Sebastian Guhr
CHAMISSIMO

Sebastian Guhr

CHAMISSIMO

Roman

S. Marix Verlag

Inhalt

Von Innen betrachtet ist nichts völlig leer.

Der Edelmann als Bürger

Es war der Sommer des Jahres 1791, als Adelbert aus der behüteten Welt des französischen Hochadels herauskatapultiert wurde und eine etwas andere Perspektive kennenlernte. Er verbrachte mit seinem Bruder Eugène den Vormittag auf einer Wiese hinter dem Schloss, als sich eine Wespe auf seiner Nasenspitze niederließ und ihn einfach nicht stechen wollte. Adelbert musste schielen, um ihren wippenden Hinterleib zu erkennen, denn er wollte unbedingt sehen, wie der kleine Stachel in seine Haut eindrang.

»Verjag sie!« rief Eugène, aber Adelbert tat das Gegenteil, er drückte mit seinem Zeigefinger auf die Wespe und ärgerte sie, bis er endlich den Stich spürte.

»Tut es sehr weh?« Eugènes untere Gesichtshälfte war mit Spucke verschmiert.

»Hat nur kurz gepiekt.« Auf seiner Nasenspitze wuchs ein roter Hügel und Adelbert schielte angestrengt, um jede Einzelheit des Kraters zu erkennen und später mit Kohle abzeichnen zu können. Sein Hauslehrer Monsieur Lusignan hatte davon gesprochen, dass die Materie aus winzigen Teilchen besteht, und auf Adelberts Nasenspitze sah es wirklich so aus, als hätte die Wespe ein Teil aus seiner Haut weggenommen.

»Es muss doch wehtun!« Eugène, der noch Mädchenkleider trug, raufte sich vor Sorge um seinen Bruder die Haare, während Adelbert ruhig an dem Krater herumdrückte, bis Blut kam. Er leckte das Blut von seinem Finger ab. Monsieur Lusignan meinte, das sei das Typische am Menschen: Ein Mensch sei Materie, die sich für Materie interessiere.

»Das Blut schmeckt nicht anders als sonst.« Diese Erkenntnis enttäuschte ihn, und am liebsten hätte er sich gleich noch mal stechen lassen, aber die Wespe war natürlich fort.

An diesem Vormittag hatten er und sein Bruder Staudämme gebaut, Reiche erobert und die Karawanen der Ameisen umgeleitet, bis eine vertrocknete Schlangenhaut die Möglichkeit eröffnete, dass Drachen vielleicht doch existierten. Letztlich verhalf ein Nachschlagen in der Enzyklopädie der Vernunft zum Sieg. Es gab keine Ungeheuer. Zumindest nicht in Frankreich.

Hier, im Norden des Landes, befand sich das Schloss der Familie Chamisso, ein quadratisches Gebäude, über dessen Eingangstor das Familienwappen hing: zwei tote Hände und fünf Kleeblätter auf silbernem Schild. Über den längst ausgetrockneten Wehrgraben führte eine Zugbrücke, die seit Generationen nicht mehr bewegt worden war. Vorn im Torhaus wohnten der Kutscher und der Hauslehrer, der die Nase eines Falken hatte und mit seinen Augen in unterschiedliche Richtungen blicken konnte, und vielleicht begriff sein Lehrer wegen dieser besonderen Fähigkeit so gut, wie das eine mit dem anderen zusammenhing.

Adelbert hörte seine Mutter rufen. Immer wenn er am tiefsten in seine Untersuchungen versunken war, rief sie ihn. Aber da seine Schläfen bereits schmerzten, war es vielleicht besser, das Schielen aufzugeben. Schmerz war ein Gefühl, das sich nicht zeichnen ließ, für das Adelbert aber später Worte in seinem Tagebuch finden wollte.

Als er aufsah, war Eugène schon zum Schloss gerannt. Adelbert hörte das Wiehern von Pferden, und wieder rief Maman, diesmal dringlicher. Am Himmel sahen die Wolken wie Pusteblumen aus, und am Horizont braute sich ein Gewitter zusammen. Er sah seine Mutter in einem reich gerüschten Kleid zur Treppe kommen, neben ihr stand die Kutsche. Wollten sie verreisen? Im Gehen holte er sein Heft und den Bleistift hervor, um seine Erfahrung mit der

Wespe zu notieren. Warum tat der Wespenstich nicht weh? Verhinderte seine Konzentration auf den Stich den Schmerz? Er musste diese Dinge immer gleich aufschreiben, bevor er sie vergaß. Ob es eine besondere Wespenart war, die nur in dieser Gegend lebte? Wie sollte er die neue Art nennen? Adelbert erfand gern Wörter für Dinge, die er entdeckte, und er fragte sich, ob ihn das mehr zum Dichter oder mehr zum Forscher machte. Sobald er den Namen *Vespinae Chamissae* ins Heft gekritzelt hatte, meldete sich der Schmerz auf seiner Nasenspitze wie ein notwendiger Tribut für das Wissen und die Erfahrung.

Als er bei der Kutsche eintraf, trugen schwarzgekleidete Männer gerade eine Truhe aus dem Schloss, während Maman Anweisungen gab. Ihre Haare, sonst mit dutzenden Haarnadeln zu enormer Höhe aufgesteckt, fielen ihr ins Gesicht, dessen gepuderte Wangen von Tränenspuren gezeichnet waren. Was war hier los?

»Adelbert, wo hast du gesteckt? Was ist mit deiner Nase passiert?« Das klang scharf und gefährlich.

»Er hat sich absichtlich von einer Wespe stechen lassen und am ganzen Körper gezittert«, petzte Eugène.

»Hab' ich nicht! Ist Monsieur Lusignan noch nicht da?«

»Der Unterricht fällt aus«, sagte Maman. »Packt eure Koffer und dann kommt zum Essen. Wir reisen noch heute ab.« Ihre Stimme bebte und kurz sah es aus, als wollte sie noch etwas sagen. Aber dann drehte sie sich um und tadelte den Mann, der mit einem Gemälde am Türrahmen aneckte. Adelbert kannte das Bild, es hatte im Schlafzimmer seiner Eltern gehangen. Es war damals seinem Vater, dem Comte Louis-Marie de Chamisso, geschickt worden, damit er sich in Maman verliebte. »Auf den Haufen damit! Alles verbrennen!« Seine Mutter zeigte auf einen Berg voller Möbel, die Adelbert seit seiner Geburt kannte, die zu ihm gehörten wie Körperteile und die nun dort lagen wie herausgerissene Zähne.

Adelbert konnte seinen Arm furchtlos in einen Fuchsbau stecken oder die Nacht allein im Wald verbringen, wenn er dabei etwas lernte. Aber seine Mutter so derangiert zu sehen, das machte ihm Angst. Auch Eugène kämpfte gegen seine Tränen an und folgte der Mutter ins Schloss, während Adelbert dem Kutscher dabei zusah, wie er das Familienwappen auf der Kutschentür schwarz übermalte. Von ihm erfuhr er, dass die Aufständischen den König gefangengenommen hatten.

Adelbert holte ein Köfferchen aus seinem Eckzimmer und überlegte nun, was er mitnehmen sollte, wobei die wichtigste Frage war, wie viele Bücher in den Koffer passten, ohne dass die Henkel rissen. Er ging in die Bibliothek seines Vaters, wo Weltkarten an den Wänden neben einem Regal mit der illustrierten Ausgabe des *Robinson Crusoe* hingen. Einem ersten Impuls folgend griff er dieses Buch, aber dann fiel ihm ein, dass er auf einer längeren Reise Bücher bräuchte, die er noch nicht gelesen hatte. Er setzte sich im Schneidersitz auf den Bibliotheksboden und seufzte. Am liebsten hätte er sich hier versteckt und so die Abreise verzögert, aber bestimmt waren die Aufständischen schon auf dem Weg hierher.

Er sah zu den Regalen hinauf, sah die persischen Märchen aus *Tausendundeiner Nacht*, den *Musenalmanach* der französischen Poesie 1777-1787, James Cooks Reiseberichte in siebzehn Teilen und die hundertneunundfünfzig Bände von Diderots Enzyklopädie. Den hundertsechzigsten Band hatte er an einen Freund im Dorf verschenkt. Dinge, die er gerade nicht benötigte, verschenkte Adelbert oft leichtfertig. Brauchte er sie dann doch, lieh er sie sich zurück, weshalb er manchen als Narr galt. Er spielte gern mit den Söhnen der Handwerker und Bauern, und wahrscheinlich fand sein Vater ihn deshalb für eine Offizierslaufbahn ungeeignet, im Gegensatz zu seinen älteren Brüdern Hippolyte und Charles, die in Versailles dem König dienten. Gedient hatten, musste man nun wohl sagen. Adelbert fragte sich, wo seine Brüder sich gerade befanden. Im Kerker beim König? Oder auf der Flucht?

Er könnte hierbleiben, hier leben wie Robinson auf seiner Insel. Und wenn er Hunger hätte, könnte er sich Äpfel aus dem Schlossgarten holen. Viele kostbare Stunden hatte er hier auf dem Bibliotheksboden schon verbracht, während sein Vater in den Ländereien unterwegs war, hatte bäuchlings mit einem Buch auf dem Parkett dagelegen und alles Geschriebene Wirklichkeit werden lassen, einfach indem er es las. War das nicht Magie? Sein Körper war ein Reservat für all das Glück und den Schmerz, die er durch die Bücher aufnahm; sein Körper war dazu da, das Gelesene zu ermöglichen.

Er entschied sich für drei Bände von Cooks Reiseberichten und legte die Bücher, gerade als Maman ihn rief, mit schlechtem Gewissen ins Köfferchen. Meistens, wenn er aus dem Bibliothekszimmer kam, sah er die Welt mit anderen Augen: Die Flecken an den Tapeten fielen ihm plötzlich auf oder ein viertes Stuhlbein, das nicht zu den anderen dreien passte. Als er nun den Salon betrat und Eugène in einem der grau-weiß gestreiften Sessel am Marmorkamin sitzen sah, glaubte Adelbert ebenfalls zunächst, es stimme etwas mit seiner Wahrnehmung nicht. Sein Bruder lümmelte wie ein müder Harlekin auf einem Thron, indes der König außer Haus war, und schmollte, weil er zum ersten Mal Jungenkleider tragen musste.

»Du siehst drollig aus«, sagte Adelbert.

Eugène wollte nicht darüber reden. Sie gingen in den angrenzenden Speisesaal, wo seine Schwester Louise am Tisch saß und, als sie Eugènes Kleindung sah, schockiert den Kopf schüttelte.

»Was?« fragte Eugène und wurde feuerrot.

»Nichts«, sagte Louise. Sie trug ihr Kinn immer etwas zu hoch, was nicht nur daran lag, dass sie kleiner als Adelbert war. Mit ihr verband ihn wenig, eigentlich nur das gemeinsame Schimpfen über ihre Brüder. Sie starrte auf seine Nasenspitze, als er sich an den Esstisch setzte. »Bist du gestochen worden?«

»Nein.«

»Er hat sich absichtlich stechen lassen«, sagte Eugène, woraufhin seine Schwester ein Messer vom Tisch nahm und Adelbert reichte. »Hier, zum Kühlen.«

Maman öffnete die Flügeltür und betrat den Salon. Sie hatte sich um ihre Frisur gekümmert und wirkte gefasster als vorhin, obwohl sie sich mit beiden Händen auf die Stuhllehne stützte, während sie sprach: »Meine Lieben, die Nationalversammlung hat endgültig die Abschaffung der Feudalrechte beschlossen, zurzeit fliehen tausende Aristokraten über die Grenze nach Belgien und Deutschland, und wir werden uns ihnen anschließen. Die gute Nachricht ist, dass es eurem Bruder Hippolyte gut geht. Er und euer Vater reiten nach Koblenz, um sich einer Exilarmee anzuschließen. Nun ja«, – hier seufzte Maman vielsagend – »euer Vater hat den alten Säbel aus dem Keller geholt. Möge er ihm Glück bringen.«

»Was ist mit Charles?« fragte Adelbert.

»Was soll das Messer in deinem Gesicht? Willst du dich ebenfalls der Exilarmee anschließen?«

»Nein.« Er ließ das Messer sinken.

»Wir haben noch keine Nachricht von Charles. Es heißt, dass die preußisch-österreichische Armee unserem König zu Hilfe eilt, aber solange können wir nicht warten. Wir werden die Dörfer umfahren müssen, die Menschen dort haben keine Sprache für das, was gerade in diesem Land vor sich geht und greifen lieber zur Mistgabel, um sich auszudrücken.« Hier lachte Maman bitter. Als eine geborene Cherivy hatte sie ihre Jugend in Versailles verbracht, bevor sie auf den Stammsitz der Chamissos in die Champagne zog. Für die Provinz hatte sie sich nie erwärmen können. »Gott weiß, ob die Bauern weiterhin die Felder bestellen werden, wenn die Herrengüter in Gemeindeland umgewandelt werden. Ihrer Natur nach sind sie zu zügellos, um für sich selbst zu sorgen.«

Adelbert war oft genug im Dorf gewesen, um zu wissen, dass das nicht stimmte. Und sein Lehrer Lusignan hatte ihn darüber aufgeklärt, dass die Staatschulden mehr als 300 Millionen Livre betrugen. »Zügellosigkeit ist wohl eher in Versailles zu suchen als bei den Bauern.«

Mamans Finger krallten sich in die Stuhllehne, sie hob den ganzen Stuhl kurz an und ließ ihn aufs Parkett knallen. »Geh auf dein Zimmer, Adelbert! Und denke darüber nach, wie du dich gegenüber deiner Mutter verhalten hast!«

Er fand ihr Verhalten überspannt, aber er spürte, dass jetzt nicht die Zeit für Widerworte war. Er rutschte vom Stuhl hinunter und zog sich in sein Zimmer zurück. Maman hatte zuweilen diese plötzlichen Wutanfälle, vor allem, wenn Papa nicht da war. In seinem Zimmer sah sich Adelbert um und nahm Abschied von seinem Spielzeug, dem er sowieso entwachsen war. Er öffnete das kleine Fenster und blickte zu den Weinbergen, auf deren Südseiten die Pinoir-Traube angebaut wurde. Das Gewitter war inzwischen nähergekommen und nahm schon den halben Himmel ein. Hinter den Weinbergen, dort wo der Himmel am dunkelsten war, lebten die Deutschen. Laut seinem Hauslehrer fehlte ihnen jede psychologische Feinheit. »Ein seltsamer Menschenschlag. Auf eine plumpe Art zynisch!« hatte er gesagt. Ihm war es wichtig gewesen, Adelbert Dinge zu erklären, die dieser von seinen Eltern niemals erfahren hätte, etwa dass die Gemeindevorsteher der umliegenden Dörfer gelacht hatten, als Papa ihnen anbot, auf die Leibeigenschaft, nicht aber auf den zehnten Teil zu verzichten. Ob sein Hauslehrer sich den Aufständischen angeschlossen hatte? Mit einem Gewehr in der Hand konnte Adelbert sich ihn nicht vorstellen. Immerhin, mit seinen beweglichen Augen wäre Monsieur Lusignan in der Lage, in zwei Richtungen gleichzeitig zu schießen. Adelbert wünscht ihm leise Glück und spürte, wie eine Träne über seine Wange kullerte.

Unten stiegen Eugène und Louise in die Kutsche, die wegen der vielen Koffer auf dem Dach wie zweistöckig wirkte. Auch Mutter trat vor das Schloss, drehte sich um und blickte zu seinem Fenster hinauf. Sie winkte nicht und rief ihn auch nicht, sondern wartete nur, so als ob sie ihm tatsächlich eine Wahl ließ, zu bleiben oder mitzukommen. Sie hatte diese Macht, für die es keine Worte brauchte. Und er, er hatte keine Wahl. Deshalb schnappte er sein Köfferchen und rannte hinunter.

Während der ersten Stunde der Fahrt interessierte er sich noch für die Umgebung. Er sah Krähen, die in ordentlichen Reihen über die Felder staksten wie schwarzbefrackte Inspektoren, und er musste an die Aufständischen denken, die er sich ähnlich uniform und gewissenhaft in ihrer Verfolgung vorstellte.

Sie fuhren unter dem Gewitter hindurch, harter Regen fiel auf das Kutschendach, und bald ermüdete ihn das gleichmäßige Prasseln. Er schlief ein und träumte von einer Welt, in der sich Erwachsene wie Kinder verhielten, und die Kinder wie Erwachsene. Eine Welt, in der die Erwachsenen kreischend über die Straßen rannten und sich prügelten, Angst hatten und sich Märchen erzählten. Und die Kinder mussten sie beruhigen.

Als er erwachte, hatten sie eine Herberge erreicht, die erste von vielen folgenden, die alle überfüllt waren und muffig nach feuchtem Schimmel und Kohlsuppe stanken. Bei Reims bekam er Fieber und sah seine Verfolger hinter jeder Hausecke, als wären sie sein eigener Schatten, den er nicht loswurde. Wer mit den Schatten kämpft, wirkt auf andere oft zerzaust. Seine Mutter strich ihm durch die Haare, legte ihm kalte Tücher auf die Stirn und gab ihm Baldrian. Er wollte die Kutsche nicht mehr verlassen, sie war seine Höhle, nur hier fühlte er sich sicher. Er hätte schwören können, dass ihn einmal, bei einer kurzen Pause in der Nähe von Verdun, ein Schatten in eine Seitengasse ziehen wollte.

In manchen Herbergen lag ein Brief von Papa für sie bereit. Noch immer gab es keine Neuigkeiten von Charles, der vielleicht ebenfalls geflohen war oder irgendwo im Gefängnis saß. Bei Longwy fuhren sie über eine Ebene voller Militärzelte, zehntausende französische Revolutionäre warteten darauf, gegen die Exilarmee aus Royalisten, also gegen Papa und Hippolyte, zu kämpfen. Adelbert schaute aus dem Kutschenfenster, sah die Kanonen und Haufen von Kanonenkugeln, während Maman schon seit Minuten die Luft anhielt. Bis zur Grenze waren es noch zehn Meilen, erst dort wären sie in Sicherheit. Er erblickte manche Soldaten, die nicht einmal eine Uniform trugen, es waren überzeugte Gegner des Königs, die sich freiwillig gemeldet hatten, und auf Adelbert wirkten sie wie aus Bilderbüchern entsprungene Freibeuter und Abenteurer. Sie ließen die Kutsche gewähren, machten sogar einen freundlichen Eindruck, und als einer von ihnen »Freiheit und Gleichheit!« rief, sagte Adelbert zu seiner Mutter, dass man vor diesen Menschen keine Angst haben müsse. Ein tadelndes Schnalzen drang durch den zerknitterten Reiseschleier seiner Mutter, die den Vorhang vors Kutschenfenster zog. Erst als sie die luxemburgische Grenze erreichten, zog sie den Vorhang wieder zurück.

Von Stadt zu Stadt, von Land zu Land irrend, ohne Bindungen und fast ohne Hoffnung, gewöhnte Adelbert sich allmählich an das provisorische Leben. In Luxemburg blieben sie zwei Wochen, dann ging es weiter nach Charleroi und nach Lüttich, wo er endlich seinen Vater wiedersah. Die Exilarmee war geschlagen worden, was weder Adelbert noch Maman überraschte. Papa war zum Kämpfen nicht geeignet, er war ein Salonlöwe, der den alten, von seinem Großvater geerbten Säbel nur vorsichtig anfasste, um das kostbare Erbstück bloß nicht zu beschädigen. Die Kämpfer der Revolution dagegen, die Adelbert gesehen hatte, kamen ihm wie junge Burschen vor, die kein Erbstück und auch sonst nichts zu verlieren hatten. Das Wiedersehen wurde unter Umarmungen und Tränen gefeiert, und alle waren erleichtert, dass Papa unverletzt geblieben war. Hippolyte war in Frankreich untergetaucht, um nach Charles zu suchen.

Adelbert hatte mit seinem Vater bis jetzt nur wenig Zeit verbracht, die Etikette verhinderte größere Vertrautheiten, und selbstverständlich siezten sie sich. Wenn sie in den vergangenen Jahren einmal miteinander gesprochen hatten, war es nur um wichtige Entscheidungen der Lebensplanung gegangen. Nun aber, auf der gemeinsamen Flucht, fühlte sich Adelbert ihm so nah wie nie zuvor. In der Kutsche saßen sie beengt und mussten sich fast notgedrungen miteinander beschäftigen, spielten Karten oder unterhielten sich über Politik. Nur wenn sein Vater schlief, las Adelbert heimlich in den Büchern, die er aus der Bibliothek gestohlen hatte. Er wusste nicht, was sein Vater davon halten würde.

Da die französische Revolutionsarmee immer mehr Gebiete gewann, und weil man die Familie Chamisso nun ganz offiziell suchte, mussten sie weiter fliehen. In Düsseldorf erfuhren sie von der Enthauptung König Louis XVI. auf der Guillotine, wo auch Marie Antoinette ihr Ende gefunden hatte.

»Mit einer Österreicherin auf dem Thron musste es so kommen«, seufzte Maman, die die Leichtsinnigkeit der Königin immer missbilligt hatte. »Man hätte sie früher loswerden müssen.«

»Das geht zu weit!« rief Papa und klammerte sich an seinen Säbel. Maman hatte ihn mehr als einmal zu überreden versucht, das alte Ding zu verkaufen, aber er mochte sich nicht davon trennen. Papa rief die Familie zu einem Trauergebet für den König und die Königin zusammen, bevor er ihnen mitteilte, dass die französischen Truppen vor Düsseldorf standen und sie daher noch heute abreisen müssten.

Also ging es wieder los. Aber für Adelbert hatte das provisorische Leben auch seine Vorteile, denn die flüchtige äußere Welt lenkte ihn auf seine innere Welt zurück. In der Kutsche, auf der ruckelnden Polsterbank, konnte er hemmungslos und stundenlang träumen, konnte sich alles Wünschenswerte – einen süßen Pudding oder einen Waldspaziergang mit Monsieur Lusignan – einfach vorstellen. Er wurde geradezu süchtig nach diesen phantastischen Erfüllungen, sie ersetzten ihm die Wirklichkeit fast vollständig. Manchmal konnte er es kaum erwarten, wieder in die Kutsche zu steigen und seine Augen zu schließen. Danach stellte sich immer das Gefühl ein, die Wirklichkeit hintergangen zu haben, auch fand er es eigentlich dumm. Und wie zur Strafe, als ob er sein Inneres überbeansprucht hätte, hörte er eines Nachts in einer Herberge ein Pfeifen im linken Ohr, das nicht fortging. Er wälzte sich im Bett und konnte nicht wieder einschlafen. Auch in den folgenden Nächten kehrte das Pfeifen zurück, Adelbert entkam ihm nicht und haderte mit seinem Pech: Gerade der Empfindliche fängt sich oft das Unwahrscheinlichste ein.

Sie fuhren wochenlang das Rheintal aufwärts. Deutsche lernte Adelbert dabei nur flüchtig, auf der Durchfahrt, kennen. Sie kamen ihm mürrisch vor, und ihre Sprache klang trocken wie Peitschenschläge. In einer Poststation schenkte man den Kindern braunes Packpapier, darauf zeichnete Adelbert die Felsen und das Flussufer. Maman unterrichtete ihn in Architektur, indes Papa ihm und seinen Geschwistern die Grundlagen der Ballistik beibrachte. Sie gaben sich Mühe, aber es war nicht dasselbe wie mit Monsieur Lusignan. Der Blick seiner Eltern auf die Welt war eben aristokratisch, und dem Adel ging es nicht um Erkenntnis und Wandel, sondern um Repräsentation und Dauer. So erklärte Papa einmal das Rheintal nicht als Ergebnis erdgeschichtlicher

Korrosionen, sondern als ewigwährende, natürliche Grenze des französischen Hoheitsgebiets.

Eines Tages akzeptierten die deutschen Bäcker ihr französisches Geld nicht mehr, weil es eine Währungsreform gegeben hatte. Während Maman mit einem Bäcker verhandelte, wartete Adelbert draußen vor dem Haus. Er nahm eines der James-Cook-Bücher aus dem Koffer und setzte sich ans Wagenrad, gerade als sein Vater sich aus dem Fond beugte.

»Ist das mein Buch?«

Adelbert nickte verlegen. »Ich wollte es nicht zurücklassen.«

»Das hast du gut gemacht.«

Von da an lasen sie gemeinsam in den Reiseberichten und sprachen darüber, und das weckte sogar bei seinem Vater Neugier auf eine sich wandelnde Welt.

Als Preußen im April 1795 Frieden mit Frankreich schloss, war die Familie endlich in Sicherheit, und ihre Reise nahm in Bayreuth ein vorläufiges Ende. Im Frieden von Basel trat Preußen das linke Rheinufer an die französische Republik ab. Aber das waren Dinge, die Adelbert wenig interessierten. Er zeichnete und schrieb das eine oder andere Gedicht auf Packpapier, er redete mit Papa über ferne Länder, er träumte tagsüber und bezahlte das Träumen mit nächtlichem Ohrenpfeifen, von dem er seinen Eltern nichts verriet, weil es ihm wie eine Strafe vorkam. Da war etwas in ihm, das sich gegen ihn selbst wandte, etwas Fremdes, eine Nacht in der Nacht.

Die Packpapierblätter mit den Zeichnungen verlor er später, so wie er Jahre später auch seine französische Staatsangehörigkeit verlor. Er wurde ein Ruheloser, sein Schicksal war seltsam, und manche suchen den Grund dafür in dieser ersten Flucht.

Venus und Amor

Wie – *zut alors* – mimte man einen Franzosen? Das fragte sich Adelbert an einem Frühlingstag des Jahres 1796, als er neben dem Lieblingspferd der preußischen Königin darauf wartete, seinen Platz in einem *Lebenden Bild* einzunehmen. Er war Königin Friederike Louises Leibpage geworden, und deren zweitliebster Zeitvertreib bestand nun einmal darin, durch ein ›Bilderbuch der Welt‹ zu wandeln, wie sie es auszudrücken pflegte. Adelbert hatte bisher schon einen Amor, einen Tisch, ein Kätzchen zu Füßen Kleopatras und eine Cumuluswolke dargestellt, aber noch nie einen Franzosen.

Das Pferd neben ihm spürte seine Unsicherheit und wurde nun gleichfalls unsicher, schnaufte und trat auf der Stelle, indes Adelbert immer wieder zur offenen Stalltür blickte. Draußen, an einem der Bäume am Spreeufer, lehnte eine Leiter, die sich nun bewegte und auf ihn zuwackelte.

Nach ihrer Flucht hatte die Familie Chamisso ein Jahr in Bayreuth verbracht, wo Maman, Eugène und Louise in einer Papierblumenmanufaktur arbeiteten. Papa dagegen saß oft in Wirtshäusern herum, angeblich, um mit anderen Emigranten Pläne zur Rückeroberung Frankreichs zu schmieden. Adelbert war zu einem Tischler in die Lehre gegeben worden, lernte dadurch als erster der Familie Deutsch, und vielleicht wäre sogar ein guter Tischler aus ihm geworden, hätte sein Vater diesen Beruf nicht eines Chamissos' unwürdig empfunden. Sie zogen nach Berlin, wo es von Franzosen nur so wimmelte. Mehr als Fünftausend, die meisten adlig, lebten in der Stadt. Seine Schwester Louise wurde zweite Vorleserin im Schloss Bellevue, wo auch sein Bruder

Eugène unterkam. Adelbert landete im Schloss Monbijou, auf der anderen Spreeseite.

Im hellen Rechteck der Stalltür erschien ein Kopf mit blonden Zöpfen und rosigen Wangen, er gehörte Wilhelmine von Klenke, einer jungen Zofe der Königin. Der Rest ihres schlanken Körpers steckte in einem grauen Leiterkostüm.

»Bist du bereit?« fragte sie. »Sie kommt gleich.«

»Ich hab' wirklich keine Ahnung, wie ich einen Franzosen darstellen soll!« Adelbert drückte seinen Brustkorb vor und winkte mit seiner Hand. »So?«

»Was soll das sein? Ein Truthahn auf der Balz?«

Er hüpfte wie ein französischer Pierrot auf einem Bein, bis das Pferd neben ihm schnaufte und Adelbert ihm beruhigende Worte in Ohr flüstern musste. Noch schlimmer, als die Königin bei einem *Lebenden Bild* zu enttäuschen, war, ihr Lieblingspferd scheu zu machen.

»Das ist auch kein Franzose«, sagte Wilhelmine.

»Wie benimmt sich denn ein Franzose?«

Wilhelmine fuhr mit ihrem Zeigefinger quer über ihren Hals. »Ihr köpft eure Könige.«

»Unmöglich.«

»Es heißt, Frankreich ist jetzt so frei, man kann dort köpfen lassen wen man will.«

»Das hilft mir nicht weiter.«

»Sei einfach du selbst. Sei froh, dass du keine Leiter spielen und die ganze Zeit so unschicklich breitbeinig dastehen musst. Wenigstens hab' ich was zu lesen dabei.« Sie holte ein Buch hervor und blätterte darin. »Ich wollte dich etwas fragen. Was bedeutet der Satz ›Alles ist ein Gleichnis‹?«

»Er bedeutet, dass es das Echte nicht gibt.«

Wilhelmine klappte das Buch empört zu. »Das ist so eine französische Antwort! Wer nicht ans Echte glaubt, glaubt nicht an natürliche Grazie und auch nicht an die Monarchie!« Sie warf ihm das Buch vor die Füße, wodurch das Pferd erschreckte, nach hinten austrat und mit dem Huf die Holzwand traf. Adelbert hängte sich mit seinem ganzen Gewicht an den Zügel, aber leider wog er nicht viel. Das Pferd bäumte sich auf, Wilhelmine erschrak und rannte fort. Kurz darauf kam sie mit dem Pagenhofmeister Gabler zurück, der das Pferd mit einer einzigen Geste beruhigte und Adelbert ausschimpfte. Plötzlich knallte Gabler seine Stiefelabsätze gegeneinander. »Eure Exzellenz!«

Wilhelmine lehnte sich leiterartig gegen die Stallwand, als die Königin, begleitet von ihren Zofen, eintrat ein. Sie war rundlich, wirkte wie eine große, zitronengelbe Blüte auf zwei Beinen und war immer unglücklich, weil der König sie in Monbijou versauern ließ, während er sich im Stadtschloss mit seinen Mätressen amüsierte.

Adelbert erstarrte. Da er sich selbst nicht vertraute, schwieg er. Wie Wilhelmine es ihm geraten hatte, war er nun – notgedrungen – einfach er selbst.

»Wie viel Philosophie er besitzt! Ein richtiger kleiner Voltaire!« sagte die Königin und applaudierte in ihrer porzellanenen Vornehmheit mild, ohne dass sich ihre Hände berührten, und ihre Zofen taten es ihr gleich. Adelbert war erleichtert. Aber statt sich mit seiner gelungenen Darstellung zufrieden zu geben, und weil die Launen des Gemüts noch seltsamer sind als die Launen der Macht, wurde er übermütig und rief: »Wir in Frankreich sind jetzt so fortschrittlich, sogar die Guillotine hat einen Blitzableiter!«

Pagenhofmeister Gabler und auch die Zofen schnappten nach Luft. Wilhelmine, mit rotem Kopf an der Stallwand lehnend, rollte mit den Augen. Niemand erkühnte sich, zur Königin zu blicken, und kurz bot die kleine Gesellschaft in ihrer Erstarrung wahrhaftig ein lebendes Gemälde.

»Ja«, seufzte die Königin, »in Frankreich betreibt man nun Experimentalpolitik. Wir werden sehen, was dabei herauskommt.« Dann wandte sie sich ab, nicht ohne Adelbert ein Zeichen zu geben, ihr zu folgen.

Die Wahrheit war, dass die Königin ihn mochte, fast egal, was er tat. Er folgte ihr ins Schloss, durch prunkvolle Säle, in denen die Königin wie immer die Tapisserien beklagte, die nicht der neuesten Mode entsprachen, und über die Stoffe ihrer Kleider jammerte, die nur zweite Wahl seien, weil der König sie vernachlässige. Adelbert stellte sich vor, wie sie mit dem Schneider um einen Sonderpreis feilschen würde. Wie würde sich ein armer Schneider in diesen Gemächern fühlen?

Und wie fühlte sich Adelbert? Auch er war eigentlich arm dran. Er lebte mit seiner Familie in einer kleinen Mietwohnung und sein Ohrensausen verdross ihn nicht mehr nur nachts, sondern hatte sich zur dauerhaften Beschallung ausgeweitet. Besonders laut wurde es, wenn Adelbert sich in falschen Situationen befand, was am Hof andauernd der Fall war. Seine Eltern blieben den ganzen Tag zu Hause, sie lebten von Zuwendungen befreundeter Exilanten und gaben sich keine Mühe, in Berlin heimisch zu werden. Sie klagten über deutsches Wetter und deutsches Essen; eigentlich aßen sie nur noch, um den Wein nicht auf leeren Magen zu trinken. Wenn Adelbert abends nach Hause kam und seine Pagenuniform ablegte, schlüpfte er manchmal in die zu kleinen Kleider aus Kindertagen, bloß um seinen Eltern eine Freude zu bereiten. Oder er fragte sie Dinge über die Heimat, die er eigentlich schon wusste, um sie ein wenig in besseren Zeiten schwelgen zu lassen. An seinen freien Sonntagen ging er durch die endlosen Straßen Berlins, melancholisch, einsam, aber unfähig, seine Lage zu ändern oder mit anderen Menschen ins Gespräch zu kommen.

»Komm her, du dummer keiner Franzmann!« Die Königin hatte sich vor einen goldgerahmten Spiegel gesetzt und die

Schuhe von ihren Füßen gestreift. Adelbert hockte sich neben sie und ließ sich sein schulterlanges Haar kraulen.

»Gefällt dir Wilhelmine?«

»Ich weiß nicht.«

»Sie ist schön, und du bist ein schöner junger Mann.«

»Ach nein.«

Er wusste wirklich nicht, ob Wilhelmine ihm gefiel. Er fand sie ein bisschen harmlos, und er hatte das Gefühl, dass er sich in ihrer Gegenwart ebenfalls verharmloste, dass sein Reden harmlos wurde, nur damit sie ihn verstand.

Und was gab es Harmloseres, als das Schoßhündchen einer Königin zu sein? Ekel überkam ihn, und er wand sich unter der Hand seiner Gönnerin. »Gefällt dir das? Soll Wilhelmine kommen?«

Adelbert ahnte, worauf das hinauslief, auf ein ganz spezielles Lebendes Bild, eine Aufführung mit allein der Königin als Zuschauerin und mit ihm und Wilhelmine als Daphnis und Chloé.

»Eigentlich kann ich sie nicht leiden«, sagte er. »Sie wirft Bücher fort, nur weil ihr Sätze darin nicht gefallen.«

Die Königin lachte, drehte sich zum Spiegel und betrachtete ihr Profil. »Versprich mir nur, dass du sie nicht fallen lässt wie eine heiße Kartoffel, sobald sie die Form einer Kartoffel hat.«

»Sehr wohl, Eure Exzellenz.«

»Und jetzt wechsle deine Sachen, du riechst nach Pferdestall.«

Nachdem die Königin ihn auf Wilhelmine aufmerksam gemacht hatte, schaute er sie sich genauer an, und dafür eignete sich der gemeinsame Musikunterricht bei Pagenhofmeister Gabler besonders gut. Um die Königin angemessen zu unterhalten, mussten die Zofen und Pagen ein Instrument spielen können, wofür Adelbert leider jegliches Talent fehlte. Gabler hatte ihm mit spöttischem Grinsen die Bratsche zugeteilt, deren Name verdächtig nach Watsche klang. Adelbert mochte dieses Instrument nicht und spielte wahrscheinlich deshalb so schlecht darauf.

Der Musikunterricht fand in einem Seitenflügel des Schlosses möglichst weit weg von den empfindlichen Ohren der Königin statt, wo Gabler, mit einem Taktstock dirigierend, die Anweisung »Bratsche! Jetzt!« so derb in Adelberts Richtung schleuderte, dass es sich jedes Mal wie ein Schlag in Adelberts Gesicht anfühlte. Oft verstand er Gablers Deutsch auch einfach nicht. Oder wollte er es nicht verstehen? Aus Angst, mit dem Verständnis zu tief in Gablers Kopf einzudringen? Gablers Welt war nämlich klein, der Pagenhofmeister hatte kein Gefühl für die Schönheit eines Gedichts und keinen Sinn für Ironie; eine Gavotte oder Passacaille schritt er ab wie eine geometrische Aufgabe.

Neben Adelbert saß Wilhelmine. Sie hielt ein Cello zwischen den Knien und wiegte es hin und her, fast als liebkoste sie ihr Instrument. Adelbert sah ihr aus dem Augenwinkel zu, ein wenig eifersüchtig. Wie alle Zofen trug sie ein Kleid im englischen Stil, vorn mit Haken und Ösen verschlossen. Ihre aufgetürmte Frisur war mit Perlen und Federn dekoriert, und sogar ein kleines Schiffsmodell schaute halb aus den Haarwellen heraus. Er bemerkte erst jetzt, dass Wilhelmine zarte Sommersprossen auf der Nase hatte, nur leider verzog sie vor lauter Konzentration das Gesicht zu einer Grimasse. Das wollte Adelbert nicht sehen, er schloss seine Augen, hörte so die Sonate viel intensiver und stellte sich dabei Wilhelmine vor. Er strich den Bogen leidenschaftlich über die Seiten und merkte erst spät, dass die anderen ihr Spiel unterbrochen hatten. Als er seine Augen öffnete, erschrak er, denn über Wilhelmines Gesicht kullerten Tränen.

»Du spielst so gefühlvoll heute«, sagte sie.

»Papperlapapp«, bellte Gabler, »als Franzose wird er es nie zu wahrer Meisterschaft bringen. Die Bratsche ist gerade recht für ihn, sie bleibt im Hintergrund, fast als schämte sie sich für ihre Hässlichkeit.«

»Ein Jammer«, murmelte er.

»Die Musik als Kunstform ist den tiefsinnigen Deutschen vorbehalten, Franzosen sind dafür viel zu skrupellos. Ein Franzose würde mein Haus verbrennen, nur um sich zwei Eier zu kochen.«

»Das würde ich nicht!«

»Dann sind Sie ein falscher Franzose, was noch schlimmer ist als ein echter!«

Wilhelmine war dem Schlagabtausch mit so heftigen Wendungen ihres Kopfes gefolgt, dass das Modellschiffchen aus der Frisur kippte. Sie hob es auf, steckte es sich geschickt wieder in die Haarwellen und kam Adelbert zu Hilfe. »Und Sie, Herr Gabler, sind ein fürchterlicher Menschenfeind!«

»Bin ich nicht, ich habe nur einen guten Geschmack.«

Als sie das Musikstück erneut probten, versuchte Adelbert besonders tiefsinnig und besonders deutsch zu klingen. Seine Fingerkuppen schmerzten, so fest drückte er auf die Saiten, fast als könnte er den Tiefsinn aus seinen Fingern herauspressen. Allerdings fühlte er sich von Gabler und Wilhelmine beobachtet, und wie immer, wenn jemand besondere Erwartungen in ihn setzte, wurde er melancholisch und verlor jede Lust. Er bracht ab und hieb, um dem Abbruch einen Sinn zu verleihen, mit dem Bogen nach einer nicht vorhandenen Fliege.

»Sehen Sie«, rief Gabler, »schon ist es wieder nur so ein französisches Einerlei! Diesem Volk fehlt das Talent zur Konzentration!«

»Du hast wirklich wie ein Bauer gespielt«, sagte Wilhelmine.

Gabler wurde zur Königin gerufen, und kurz waren sie allein im Zimmer. Adelbert wusste nicht, worüber er mit Wilhelmine reden sollte, was umso ärgerlicher wurde, als sie begann, vor Langeweile Löcher in die Luft zu starren. Er musste handeln.

Er war nicht so unerfahren in Liebesdingen, nicht so ein Grünschnabel, wie Wilhelmine vielleicht vermutete, nein, er wusste um das eine oder andere verführerische Geheimnis. Er stand auf, schlich zu einer Kommode, aus der der Pagenhofmeister die Notenblätter zu holen pflegte und zog die oberste Schublade auf.

»Was machst du da?« zischte Wilhelmine, ängstlich zur Tür blickend, durch die Gabler jeden Moment zurückkehren konnte.

»Komm, ich will dir was zeigen.«

In der Schublade befanden sich eine verspiegelte Mokkatasse und ein Tellerchen, auf dessen Rand eine verzerrte, fleischlich-rätselhafte Form gemalt war. Adelbert stellte die Mokkatasse auf das Tellerchen, wodurch die Form im Spiegel entzerrt zu sehen war und ein Paar im Liebesakt zeigte.

»Das nennt man ›Anamorphismus‹. Ist es nicht faszinierend?«

Wilhelmine beugte sich über die Abbildung. »Sein Finger steckt in ihrem…«

»Das ist nicht sein Finger.«

Sie ging mit dem Gesicht näher heran, und Adelbert fragte sich, ob sie sich das Korsett selbst schnürte oder ob sie dafür jemanden brauchte. Er schielte auf ihre hübsche Hand. Durfte er sie berühren? Allerdings hatte Wilhelmine auch kräftige Oberarme, die einer Ohrfeige Wucht verleihen konnten. »Wenn es nicht sein Finger ist, was soll es dann sein?« Sie kniff ihre Augen zusammen, bevor sie erschrak und mit knallrotem Gesicht zu ihrem Instrument zurückkehrte. »Das ist so französisch.«

Adelbert vernahm Schritte im Flur und wollte das Geschirr in die Schublade zurücklegen, als ihm der Teller aus der Hand fiel und auf dem Boden in hundert Scherben zerschellte. Wilhelmine war es, die ihn rettete, indem sie zur Tür rannte, sich dem eintretenden Gabler in die Arme warf und eine Ohnmacht vortäuschte. Während der Pagenhofmeister sie vorsichtig auf den Boden legte und sich um sie kümmerte, sammelte Adelbert heimlich die Scherben ein. Nach dieser Rettung mochte er Wilhelmine gleich noch viel mehr. Gleichzeitig ärgerte er sich über sich selbst. Warum hatte er ihr diese obszöne Szene gezeigt? Bestimmt hielt sie ihn nun für vulgär.

Vorgeblich um näher bei der Königin zu wohnen, bat er um eine Kammer in einem der Wirtschaftsgebäude neben dem Schloss. In Wahrheit hielt er es bei seinen Eltern einfach nicht mehr aus. Nun konnte Adelbert die Sonntage in seinen eigenen vier Wänden mit einem Buch im Bett verbringen. Er las Goethes *Werther* dreimal und träumte, er würde sich vor Wilhelmines Augen einen Brieföffner in die Brust rammen. Sich in solch süße Selbsttäuschungen versenkend, trat er ans Fenster und hoffte, Wilhelmine unten vorbeigehen zu sehen. Aber eigentlich spielte sie in seinem leidenschaftlichen Drama nur eine Nebenrolle. Wichtiger war Adelbert das große Gefühl in ihm selbst.

Mit der Zeit merkte er, dass ihm diese lesende, abgekapselte Daseinsform genügte, und er verteidigte sie gegen jede Störung. Er ging nicht mehr oft in Berlins Straßen spazieren und akzeptierte es, ein Einzelgänger zu sein. An den Wochenenden öffnete er seine Kammertür nur, wenn ihm jemand Bücher vorbeibrachte. Er las Aristoteles, Milton und Ovid, und machte sich Notizen zu allem, was ihm dazu einfiel. Nur wenn er durch sein Fenster Wilhelmine im Schlosspark spazieren sah, ließ er von der Lektüre ab und eilte hinaus, um ihr wie zufällig über den Weg zu laufen.

»Du schon wieder, Adelbert!«

»Äh… ja.« An diesem sonnigen Herbsttag war er bis mittags im Bett geblieben, hatte sich nicht einmal gekämmt und war etwas verstrubbelt.

Sie gingen über eine Lichtung, deren Büsche streng geometrisch geschnitten waren. »Ich gehe so gerne hier spazieren«, sagte Wilhelmine und hielt ihr Gesicht in die Sonne. Adelberts Ohrenpfeifen trieb ihm jedes idyllische Gefühl aus, aber das behielt er für sich. Er schritt neben Wilhelmine her und grübelte, wie er ihr sein Herz offenbaren konnte.

»In Versailles geht nun der Pöbel im Park spazieren«, sagte sie. »Wie schlimm. Kannst du dir das vorstellen?«

»Ich schätze, das ist der Lauf der Zeit.«

Die Baumschatten auf der Wiese sahen aus wie eine Weltkarte mit Inseln und Kontinenten, da musste er an die Karten im Bibliothekszimmer von Schloss Boncourt denken und wurde schwermütig. Er dachte an seine Brüder. Hippolyte und Charles waren am Leben, das war die neueste Nachricht. Sie hatten einen Brief geschickt, der seine Eltern kurz beruhigte, dann jedoch gleich wieder in Sorge versetzte, denn er kam aus Russland und seine Brüder dienten nun der russischen Armee. Zar Alexander versammelte viele Exilanten des Ancien Régime um sich und es hieß, er plane einen Feldzug gegen die Französische Republik.

Seine Familie kam Adelbert wie eine Gruppe von Spielfiguren vor, die über ein Spielbrett namens Europa bewegt wurden. Er mochte dieses Spiel der Mächtigen nicht und wollte sich aus allem heraushalten. Alles war gerade im Wandel begriffen, aus oben wurde unten und umgekehrt. Sehnte sich Wilhelmine in diesem Durcheinander nicht nach einem Pfahl, an dem sie sich festhalten konnte? Nun, Adelbert war etwas schmächtig, geradezu wie aus Draht gezwirbelt, aber dafür groß und erprobt im Umgang mit unvorhersehbaren Lebenslagen.

»Als kleiner Junge habe ich einmal ein Liebespaar aus Ton modelliert und ihm beide Köpfe abgebrochen, ich fand, das passte zum Zustand der Liebenden. Ein paar Tage später waren die Köpfe wieder mit Gips angeklebt, wahrscheinlich von der Magd, die mir einen Gefallen tun wollte. Kannst du dir das vorstellen?«

Wilhelmine hielt ihren Kopf leicht schräg und sah ihn verständnislos an. »Du bist ein morbider Charakter, Adelbert.«

»Was ich sagen will, die Liebe kann einen wirklich wahnsinnig machen.«

»Nicht, wenn man Preuße ist.«

»Heute Morgen beim Aufwachen hatte ich das Gefühl, meine Augen seien im Kopf vertauscht worden, das linke befände sich rechts und umgekehrt!«

»Ich will die Welt jeden Tag mit den gleichen Augen sehen. Manchmal möchte ich lieber sterben, als Veränderungen in meinem Leben zuzulassen.«

»So geht es mir auch! Wir sollten uns gegenseitig festhalten«, forderte er kühn und berührte mit seinen immer etwas feuchten Fingern ihre Hand, die Wilhelmine freilich sofort wegzog.

Adelbert seufzte, und eher aus Verzweiflung schlug er vor, Blumen zu pflücken.

»Das ist das Reizendste, was du heute Vormittag gesagt hast.« Wilhelmine raffte den Saum ihres Kleides mit beiden Händen, um besser durchs hohe Gras zu kommen, wo sie sich nach Blumen umschaute, während Adelbert sich durch Büsche schlug. Er pflückte das eine oder andere Gänseblümchen, entdeckte dann aber eine Distelart, die es in der Champagne nicht gab, und ging gebückt weiter. Er musste daran denken, was Wilhelmine über sich gesagt hatte: dass sie lieber sterben wollte, als Veränderungen zuzulassen. Dieser Gedanke gefiel ihm. Vielleicht war Wilhelmine doch nicht so harmlos. Er stellte sie sich vor, wie sie sich eher einen Brieföffner in den Busen rammen wollte, als eine Liebschaft mit ihm einzugehen.

Er fand sich auf einer Lichtung wieder, die er nicht kannte. Nun hatte er so viele Disteln gesammelt, dass seine Hände ganz zerstochen waren. Ob Wilhelmine schon auf ihn wartete? Er rief nach ihr und ging den Weg zurück durch die Büsche, aber er fand sie nirgends.

Eines Nachts, durch das Pfeifen im Ohr geweckt, sah Adelbert sich plötzlich so, wie er wirklich war, ohne die vielen Schichten der Verklärung, die ein Tag mit sich brachte, und was er sah, bestürzte ihn. Er war allein, und das würde er für den Rest seines Lebens bleiben, denn im Innersten war man immer allein. Und selbstverständlich würde er allein sterben, und auch wenn er jammerte und um Hilfe riefe, würde niemand ihn verstehen, denn der Tod ist eine persönliche Angelegenheit. Diese Erkenntnis machte ihn nicht unbedingt traurig, aber ernster. Er lag in seinem Bett und nickte, so als verstünde er alles, wirklich alles.

Allerdings währte diese Hellsichtigkeit nur ein paar Atemzüge, bis das vertraute Denken anhob und der geborgte Alltagssinn ihn wieder im Griff hatte. Und schon waren seine Gedanken wieder ganz und gar bei weltlichen Dingen, bei der Liebe, bei den großen Gefühlen und bei Wilhelmine. Er wolle endlich eine Entscheidung in dieser Sache herbeiführen, ja geradezu erzwingen, daher beschloss er, für Wilhelmine ein Gedicht zu schreiben. Ein Gedicht, das alles erklärte.

Um ein Gedicht auf Deutsch schreiben zu können, musste er vorher ein deutsches Gedicht lesen, wie um sich damit anzuknipsen. Von allein kam diese seltsame, eigentlich unmenschliche Sprache nicht zu ihm; außerdem musste er eine bestimmte Stimmung erzeugen. Er stand auf und zündete ein paar Kerzen an, vor die er Kristallprismen platzierte, wodurch die Kammer mit Lichttupfern gesprenkelt wurde. Dann las er ein paar Gedichte von Goethe und spürte, wie sein Kopf sich nach oben hin gleich einem Trichter öffnete. In diesem überwachen Zustand begann Adelbert, in seiner Kammer zügig auf und abzugehen.

Oft fragte er sich, was einen Dichter ausmachte, und er glaubte, dass es etwas mit Unsicherheit zu tun hatte. Er hatte oft Angst, ohne zu wissen wovor. Aber diese Angst schärfte auch seine Sinne, machte ihn empfindlicher. Er besaß die Fähigkeit, sich auf irgendeine Stelle seines Körpers zu konzentrieren und allein durch diese Aufmerksamkeit erst eine Wärme, dann eine Rötung der Haut, dann eine Wundheit zu erzeugen, die sich nach ein paar Tagen zu einer handfesten Krankheit auswachsen konnte. Er nannte das Selbstkeimung. Und mit dieser Methode wollte er nun ein Gedicht direkt aus seinem Herzen destillieren. Er blieb stehen, riss sich sein Nachthemd vom Leib und sah auf seine linke Brust, an die Stelle, unter der sich sein Herz befand. Auf dieses Herz, das nur für Wilhelmine schlug, konzentrierte er sich mit allen seinen Sinnen, indes er den Federkiel schon in seiner rechten Hand bereithielt. Das Pochen wurde heftiger, seine Brust hob und senkte sich mit jedem Herzschlag und wurde rot, der Gefühlsapparat lief heiß, er befürchtete fast, sein Brustkorb könnte zerplatzen. Rasch tauchte er den Federkiel ins Tintenfass und schrieb, ohne nachzudenken, diese Worte auf die Innenseite seines Unterarms:

Kann nicht reden, kann nicht schweigen, kann nicht sagen, wie mir ist. Mir ist wohl und bang im Herzen, kann nicht reden, kann nicht scherzen, kann nicht wissen, wie mir ist.

Und er wusste ja wirklich nicht, wie ihm war. Er schrieb wie im Rausch, als ob die Tinte aus seiner Blutbahn gezapft wurde. Da auf dem Unterarm bald kein Platz mehr war, schrieb er auf seinem Bauch weiter: *Was ich treibe, nicht gelingt, wie so leer es um mich ist! Ich kann nicht sein, ich kann nicht scherzen, kann nur fühlen, kann nicht wissen. Könnt' ich singen, süßes Leben, Töne würden Kunde geben, wie es mir im Herzen ist.*

Der Federkiel kitzelte auf seiner Haut. Um nicht zu lachen und in einen gänzlich unpoetischen Zustand zu kippen, dachte er an den Brieföffner in Wilhelmines Brust. Dann dachte er nur noch an Wilhelmines Brust, und ihm wurde heiß. Er lenkte die Schrift in Richtung seiner eigenen Brust und ließ, bei der Stelle seines Herzes angekommen, erschöpft die Feder fallen.

Er war ganz außer Atem gekommen. Nun, mit der Tinte auf seinem Körper, war es unmöglich, sich wieder schlafenzulegen, er war auch viel zu aufgeregt. Wilhelmine musste das Gedicht sehen, und zwar sofort. Er schlüpfte in seine Hose und schlich sich, mit nacktem Oberkörper, aus seiner Kammer und zu dem Teil des Schlosses, wo Wilhelmine schlief. Er suchte ihr Fenster und warf einen Kieselstein dagegen. Kurz darauf erschien ihr Kopf, den Adelbert wegen des Vollmonds vortrefflich erkennen konnte.

»Was ist denn?« fragte sie und klang dabei so gereizt, dass Adelbert fast der Mut verließ. Er bat sie, herunterzukommen.

»Mitten in der Nacht?«

»Wir müssen reden.«

»Ich glaube nicht, dass wir unbedingt reden müssen.«

»Doch! Bitte!«

»Bist du etwa nackt?« fragte sie erschrocken.

»Halb. Ich will dir etwas zeigen.«

»Was immer es ist, ich will es nicht sehen!«

Hatte sie ihn missverstanden? »Nur obenherum bin ich nackt! Ich habe ein Gedicht für dich auf meine Haut geschrieben!«

Da wurde ein Fenster in einem höheren Stockwerk geöffnet, weshalb sich Adelbert in ein Gebüsch zurückzog und auch Wilhelmine im Dunkel ihres Zimmers verschwand.

Die Blätter kitzelten ihn, und da die Nachtluft kühl war, bekam er eine Gänsehaut. War die Schrift noch erkennbar? Er hielt seinen Arm ins Mondlicht und las die Zeile: *Knn nch edn, knn nict weigen, ann nich agen, ie ir is.* Hatte sich denn alles, sogar die Natur, gegen ihn verschworen? Er wollte versuchen, das Gedicht aus dem Gedächtnis aufzusagen, und zwar nachdem er vor Wilhelmine auf die Knie gesunken war. Er kam aus dem Gebüsch, nahm einen weiteren Kieselstein und holte aus – da trat Wilhelmine unten aus der Tür.

Sie war einigermaßen verärgert. »Hör mal, ich sag' dir jetzt mal was!«

Er kam gar nicht dazu, sich zu erklären oder gar auf seine Knie herabzusinken, denn Wilhelmine versicherte ihm kühl, dass eine Affäre mit einem Franzosen für sie nicht infrage käme.

»Außerdem bist du etwas überspannt.«

Sie fröstelte, zog den Kragen ihres Mantels am Hals zusammen und riet ihm dringend, sich wieder zu bekleiden. Dann drehte sie sich um und kehrte ins Haus zurück.

Er stand starr da und versuchte, das Gesagte zu verstehen. Dass sie ihn ablehnte, weil er Franzose war, konnte nur eine Ausrede sein. Vielleicht war er ihr nicht hübsch genug oder zu unmännlich, das hätte er sogar verstanden. Mit der Statur eines Tambourmajors konnte er nicht mithalten, er trug keinen Schnauzbart und auch seine Brust war haarlos glatt. Aber ein Franzose? Was für ein leerer Begriff, was für ein hohles Argument!

Er schlich in seine Kammer zurück und ließ sich auf sein Bett fallen, mit dem Pfeifen im Ohr als Siegesfanfare seines Scheiterns. Lange lag er wach, traurig, aber auch seltsam beruhigt darüber, dass diese anstrengende Geschichte nun vorbei war. Irgendwann schlief er ein.

Am nächsten Morgen war die Schrift auf seiner Haut verwischt. Immerhin gelang es ihm, das Gedicht aus dem Gedächtnis zu notieren und so hatte er aus der ganzen Misere wenigstens ein paar wahrhaftige Zeilen gewonnen.

Aber er war ganz und gar abgelehnt worden, solch ein Erlebnis lässt das Leben in eine andere Tonart wechseln. Zwar vergingen die Tage wie zuvor, aber seine neue Grundstimmung ließ alles ein wenig anders, etwas gedämpfter, klingen. Adelbert hatte das

Gefühl, fortan in einem Winterland leben zu müssen, selbst wenn er weit in Richtung Süden wandern würde.

Er ging wieder öfter spazieren, nun, da die Blätter von den Bäumen fielen. Beklommen erwartete er den preußischen Winter wie die alljährliche Ankunft eines Ungeheuers, dem die Stadt ein Menschenopfer bringen musste. Und wenn ihm ein älteres Paar auf der Straße entgegenkam, dachte er: *Warum dürfen diese beiden miteinander alt werden?* Wilhelmine und er durften es nicht.

Derweil würfelte die unsichtbare Hand über dem Spielbrett Europa und die Figuren wurden weitergeschoben. Seine Eltern reisten mit Eugène und Louise nach Paris, um vor einer Kommission die Rückerstattung ihres Familienvermögens zu bewirken, was ihnen jedoch verwehrt wurde. Sie erhielten Boncourt nicht zurück, allerdings wurde seiner Familie versichert, dass sie, nach Jahren auf der Flucht, nun unbehelligt in Frankreich leben durfte. Seine Eltern und Geschwister kamen gar nicht erst wieder nach Deutschland zurück, sie bezogen ein Mietshaus in Paris, und sie schrieben Adelbert viele Briefe, in denen sie ihn anflehten, ebenfalls nach Frankreich zuzukehren.

Das Desaster mit Wilhelmine hätte seine Zeit in Berlin so logisch wie der letzte Akt eines Trauerspiels abschließen können. Aber Adelbert machte die Erfahrung, dass das Leben auch nach Höhe- und Wendepunkten weiterging. Und so blieb er, mehr aus Lethargie denn aus Überzeugung, allein in Berlin zurück. Nach einigen Wochen merkte er sogar, dass die Distanz zu seinen Eltern ihrem Verhältnis guttat, und er fühlte sich zum ersten Mal wie auf eigenen Beinen stehend.

Da er Wilhelmine nicht länger täglich sehen wollte, gab er seine Stelle als Höfling auf und bat um Eintritt in die preußische Armee. Er wusste nicht, ob das klug war. Das Soldatenleben stellte er sich hart vor. Wollte er sich einen neuen Schmerz zufügen, bloß um einen alten zu vergessen? Und immer so weiter?

Aber es blieb ihm nichts anderes übrig, denn er hatte keine Ausbildung und kein Vermögen, und die preußische Arme stattete ihn immerhin mit dem Nötigsten aus. Außerdem hoffte er, dass die preußischste aller preußischen Institutionen ihm sein peinliches Franzosentum, das ihm nur Unglück brachte, endlich austreiben würde.

Böse Künste

Im November 1798 trat Adelbert als Kadett in das Infanterieregiment Ferdinand von Goetzes ein, das in der Friedrichstadt stationiert war und aus zwei Bataillonen mit insgesamt 1800 Männern bestand. Am Hof der Königin war er mehrheitlich von Frauen umgeben gewesen, nach Rosen duftenden, exzellent erzogenen Damen, und der Kontrast zur Kaserne hätte nicht schlimmer sein können. Hier fiel man nicht in Ohnmacht, weil ein Galan einem zu lang in die Augen geschaut hatte, sondern weil einem nachts die Ratten an den Zehennägeln knabberten. Adelbert wohnte im Kadettenhaus; nicht mehr Parfümgeruch, sondern Latrinengestank umgab ihn, und er musste jeden Tag fünf Stunden exerzieren.

Wilhelmine hatte Recht, es gab nichts Tristeres als einen Winter in Berlin, der Himmel bleifarben, die Luft feuchtkalt und der Wind beißend. Zum Glück musste er nicht mehr die am Hof üblichen, dünnen Kniehosen tragen, sondern einen gefütterten blauen Rock, dazu eine weiße Weste und eine weiße Hose. Eine Art Husarenhelm saß ihm unförmig auf dem Kopf, als hätte jemand ein Straußenei darauf aufgeschlagen.

Adelbert versuchte, das Soldatenleben ernst zu nehmen, auch wenn ihm die Uniform wie eine Theaterverkleidung vorkam. Er war in die Armee geflohen, sozusagen vom Leben desertiert, um ein anderer zu werden. Aber nachts, im Vierbettzimmer in der Kaserne, wenn er mit Pfeifen im Ohr wach lag, hatte er mehr denn je das Gefühl, als könnte er sich selbst nicht entkommen. Einmal hörte er den Kadett im Bett nebenan furzen und brauchte unbedingt frische Luft. Adelbert stand auf, schlich durch die

Dunkelheit zum Fenster, um es zu öffnen. Eine Kutsche fuhr unten vorbei, das Pflaster glänzte im Mondlicht, die Wachhunde vor dem Kadettenhaus bellten den Pferden hinterher, und letztlich war das Bellen viel lauter als die Kutsche.

Vielleicht war es mit seinem Ohrenpfeifen ähnlich. Machte er nicht zu viel Aufhebens um ein Geräusch, das wahrscheinlich gar nicht lauter war als sein Atem? Die ganze Aufregung kam aus ihm selbst, als ob es in seinem Inneren keine Schranken mehr gab. Er legte sich wieder hin und versuchte, langsamer zu atmen, und durch diese Beruhigung störte ihn auch das Pfeifen nicht mehr so sehr. Dieser Zustand hielt zwar nur ein paar Minuten an, aber allein die Möglichkeit der Selbstkontrolle tröstete ihn.

Er dachte nach. War er zufrieden? Es waren gute Teufel, diese braven Germanen, aber er hatte hier nur Bekannte, keine Freunde. Auch nach einem Monat bei der Armee blieb er ein Einzelgänger, obwohl er täglich mit vielen anderen zusammen war. Seine Zimmergenossen mieden ihn oder machten sich über ihn lustig, offenbar bloß, weil er Franzose war. Seine Aussprache verriet noch immer einen Akzent, war unbeholfen und viel zu weich. Daher schwieg er oft im Beisein anderer, um sich nicht zu verraten. Sein Spitzname wurde ›Fisch‹. Kurzum, er war das, was die Deutschen *mutterseelenallein* nannten, und er fühlte die Bedeutung dieses Wortes umso heftiger, als sich seine Zunge jedes Mal verknotete, wenn er es auszusprechen versuchte.

Um sein Deutsch zu verbessern, ging er oft allein ins Theater, und am nächsten Morgen, in bestimmten Situationen, merkte er, wie er unabsichtlich die Mimik der Schauspieler vom Vorabend imitierte. Eine erstaunliche Entdeckung, über die er einen Aufsatz mit dem Titel *Neue Sichtweisen in der Erfahrungsseelenkunde* schrieb. Er schickte den Aufsatz an eine Zeitschrift, erhielt jedoch nie eine Antwort. Außerdem galt ihm dieser mimische Anpassungseffekt als ein weiterer Beweis dafür, dass ihm selbst ein fester Wesenskern fehlte. Seine ganze Persönlichkeit war weich und formbar wie Brötchenteig.

»Was schneidet er denn für Grimassen, Chamisso?« fragte ihn am Vormittag, während des Exerzierens, der Premierleutnant. Adelbert stand in einer Reihe mit anderen Kadetten. Mit seinen langen, dünnen Beinen fiel er immer sogleich auf, und anscheinend hatte er wieder, ohne es zu merken, die Mimik der Schauspieler vom Vorabend imitiert.

»Verzeihen Sie, Herr Premierenleutnant!« Neben ihm hörte er ein Kichern, während das Gesicht des Leutnants rot anlief.

»Hält er dies für eine Theaterarmee? Will er die Revolution zu uns bringen?« Diese Frage stellte ihm der Leutnant oft, obwohl er wusste, dass Adelbert vor der Revolution geflohen war.

»Nein, Herr Leutnant!« Aus seinem Mund kamen Wölkchen, so kalt war es.

»Er ist so wacklig wie der französische Staat!«

»Wünsche ein originaler Preuße zu werden, Monsieur Leutnant! Nehme gern strengere Befehle entgegen!«

Wieder hörte er das Kichern, während der Leutnant, in dessen mächtigem Schnauzer Raureif hing, ein paar Schritte auf Adelbert zukam. Weißvernarbte Schmisse schmückten die Wangen des Leutnants wie Schlittschuhgekrakel auf einem gefrorenen See, und seine Mimik war wirklich wie gefroren. Gewiss war er noch nie im Theater gewesen, lehnte es als weibisch ab. Adelbert starrte geradeaus, über die Schulter des Leutnants hinweg, so wie man es ihm beigebracht hatte, und sah ein dürres Pferd eine Kanone ziehen, wahrscheinlich zum Tempelhofer Feld hin, wo die Schießübungen stattfanden.

»Nenne er mich nicht Monsieur!« befahl der Leutnant und gab Adelbert einen Tritt zwischen die Beine, der aus Eiern hätte Diamanten machen können. Einen festen Kern wünschte Adelbert sich eher weiter oben, in seiner Brust. Er krümmte sich vor Schmerz, wurde vom Leutnant aber gleich wieder hochgezerrt.

»Fünfzig Liegestütze für alle!«

Ein Raunen ging durch die Truppe, und auch während Adelbert auf dem eisigen Steinboden die Liegestütze absolvierte, spürte er die Wut der anderen Kadetten. Bald zitterten seine Ellbogen, knickten ein wie dürre Äste. Obwohl er die restlichen Liegestütze bloß liegend simulierte, erfasste er den Sinn dieser Übung, die bestimmt vortrefflich geeignet war, ihn abzuhärten. Denn je näher er mit seinem Herzen dem kalten Boden kam, desto leichter gefror es. In einem halben Jahr, dachte er, würde er nichts mehr spüren und fünfzig einhändige Liegestütze schaffen, auch wenn ihm die Muskeln dabei zerplatzen. Dann wäre er ein originaler Preuße.

»Warum grinst er so zufrieden?« fragte der Leutnant, als sie wieder standen.

»Ich weiß nicht«, sagte Adelbert. Er wollte doch bloß abgehärtet werden! Selbst schwere Übungen machte er gerne mit!

»Nicht du! Der da!«

Der Leutnant meinte offenbar einen anderen jungen Mann, der neben Adelbert stand und dem es ebenfalls schwerfiel, stillzuhalten.

»Bist du auch Franzose?« flüsterte Adelbert.

»Nein, wieso?«

»Hitzig, was gibt es da zu flüstern?« rief der Leutnant. »Halten Sie doch Ihre Judenfresse!«

»Voilà«, murmelte der junge Mann. »Jetzt weißt du's.«

Der Leutnant stampfte zornig mit einem Fuß auf die Erde. »Ein Jude und ein Emigrant, schaut euch an, wie vortrefflich sie sich verstehen! Und wie sie die preußische Armee zersetzen!«

Ihre Rettung war die baldige Ermüdung des Leutnants. Nach fünf Stunden Geschrei wurde er leise, bis er sich schließlich über nichts mehr aufregte. Mit einem müden Winken scheuchte er die Kadetten fort. Ein paar von ihnen waren immer noch wütend, steckten ihre Köpfe zusammen und blickten zu Hitzig und Adelbert herüber. Die Gruppe hatte etwas Lauerndes. Das Wort »Saujude« fiel.

»Wie immer«, seufzte Hitzig. »Die Juden sind's gewesen. Ich bin übrigens Eduard Hitzig.« Die Hand, die er Adelbert entgegenstreckte, unterschied sich angenehm von den zangenhaften Pranken der anderen Soldaten. Sein Gesicht war voll und weiß, fast wie ein Kindergesicht, aber sein linkes Auge war, wie Adelbert erst jetzt erkannte, violett gefärbt und wirkte wie ein ins Gesicht gerutschter Orden.

»Was ist denn da passiert?«

»Das gleiche wie dir eben. Preußischer Drill.«

»Bist du auch in der Armee, um härter zu werden?«

»Was? Nein!« Hitzig lachte und schüttelte den Kopf. »Mein Mitbewohner wird dich mögen. Karl hat auch immer so verrückte Ideen. Komm, ich stell' euch vor.«

Wie zur Entschuldigung für ein unverdientes Privileg erklärte Hitzig, dass er mit seinem Mitbewohner ein besonders ruhiges Zimmer im obersten Stockwerk des Kadettenheims bewohnte. Die Heimleitung sei für vernünftige Argumente überraschend zugänglich gewesen und habe eine Besenkammer zur Verfügung gestellt. An der Tür, gegen die Hitzig leise klopfte, stand mit Tinte geschrieben *Silentium!*

»Unser Elfenbeinturm«, flüsterte Hitzig und zwinkerte mit dem halb zugeschwollenen Auge.

Als sie eintraten, saß Hitzigs Zimmergenosse gerade im Schneidersitz auf dem Bett, eine lange Meerschaumpfeife im Mundwinkel und ein aufgeschlagenes Buch auf dem Knie vor sich. Er hieß Karl Varnhagen und er bot Adelbert sogleich einen Zug aus der Pfeife an.

Im Zimmer befanden sich überall Bücher: auf dem Bett, auf der Kommode und sogar auf dem Waschbeckenrand. Der Fußboden bildete ein gebirgiges Auf und Ab aus Bücherstapeln, man konnte keine zwei Schritte geradeaus gehen.

»Kennst du Tieck?« fragte Varnhagen. Er reichte Adelbert das Buch. »Ich kann es dir ausleihen. Magst du Poesie?«

Ob er Poesie mochte? Er hatte sich ein Gedicht auf seinen Körper geschrieben! Das freilich verriet er nicht, sondern nickte nur brav. Er beugte sich über einen Stapel und gab zu den Büchern Kommentare ab, die seinen neuen Bekannten eine gewisse Kennerschaft verraten sollten. Hitzig und Varnhagen kommentierten wiederum selbst, und so verging rasch eine Stunde mit Gesprächen über Literatur. Tiecks *Gestiefelter Kater*, den Adelbert schon auf dem Theater gesehen hatte, wurde einhellig als Meisterwerk gleich neben Goethes *Iphigenie* gesetzt.

»Wir planen eine Literaturzeitschrift«, verriet Hitzig, der aus einem Samowar Tee in drei kleine Silbertässchen füllte. »Möchtest du mitmachen?«

»Schreibst du selbst?« fragte Varnhagen.

Adelbert fühlte sich erhoben, als nähme ihn ein Geheimbund auf, und er musste sich zügeln, um nicht zu unbedarft zu wirken. »Gelegentlich.«

»Ich glaube an die Macht der Sprache!« Varnhagen paffte an seiner Pfeife und blies den Rauch zur Decke. »Zwanzigmal den Satz *Ich bin müde* aufsagen – das wirkt wie ein sedierendes Heilkraut.«

»Wie Zaubersprüche!« rief Adelbert.

»Exactement! Ein Schriftsteller ist ein Zauberer, und was er braucht, findet er in sich selbst. Die vereinigten Schreibkräfte von Ichistan! Wortartillerie, Gefühlspropaganda, Bedrohungsszenarien!«

»Oh là là«, murmelte Adelbert und schlürfte an seinem Tee. Wo war er hier hingeraten?

Auch Hitzig, der ein ruhigeres Naturell als Varnhagen besaß, schüttelte den Kopf. »Ichistan, so nennt er seinen persönlichen Idealstaat«, ergänzte er und verdrehte die Augen.

»Und er ist das Gegenteil von Preußen«, sagte Varnhagen. »Preußen ist ein Monstrum! Schau dir die Soldaten hier an, sie wurden von der Straße geholt und zum Dienst gezwungen, kein Fünkchen Staatsgeist steckt in ihnen. Der einzige Geist hier ist der Geist der Unterordnung, der den armen Teufeln täglich eingeprügelt wird!«

Dieser Varnhagen war ein echter Hitzkopf, für den Denken offenbar bedeutete, sich aufzuregen. Und die erhitzte Vorwurfskanone feuerte gegen die Verhältnisse, gegen die Aufklärung, gegen die Monarchie. Adelbert fragte sich, was gegen die Aufklärung spräche, traute sich aber nicht zu fragen. Auch wenn er Vieles noch nicht verstand, fühlte er sich hier verstanden, vielleicht zum ersten Mal seit seiner Ankunft in Berlin.

Varnhagen blickte zur Wanduhr und schlug vor, zum Dom zu spazieren, wo heute die Inthronisierung Friedrich Wilhelms III. stattfand. Dessen Vater, der alte König, war überraschend gestorben. Adelbert musste an die verbitterte Königin denken, deren Tage in Berlin nun endgültig gezählt waren. Es hieß, sie habe Schloss Monbijou bereits verlassen und ein Jagdschloss vor den Toren der Stadt bezogen. Den Thronfolger, und besonders seine Gemahlin, die schöne Luise, wollte Adelbert gern sehen. »Dafür muss ich meine Ausgehuniform holen!«

Varnhagen winkte ab. »Für diese Kanaille machen wir uns nicht hübsch. Dieser Mann wird uns viel Ärger bringen.«

Sie ließen sich bis zur Friedrichsbrücke fahren, betraten dort von Norden her die Spreeinsel und hörten die Glocken im Dom bereits läuten, allerdings war es schon so voll, dass sie nicht durchkamen. Sie postierten sich Unter den Linden, wo schwarzweiße Hohenzollern-Flaggen aus den Fenstern der anliegenden Häuser hingen. Aber als der neue König, aus einer offenen Kutsche winkend, vorbeifuhr, winkte Varnhagen nicht zurück. »Schaut ihn euch an, der schwächste Monarch Europas!« Der jungen Königin Luise allerdings, im hellblauen Kleid, salutierte er und behauptete später, sie habe ihm in die Augen geblickt.

Hitzig lächelte nur milde über die Tiraden seines Freundes, aber Adelbert sah sich ängstlich um, ob jemand sie hörte, denn die Spitzel der preußischen Geheimpolizei waren bestimmt auch hier. Und hatte Varnhagen nicht Recht? Adelbert erschien dieser Krönungsumzug, überhaupt das Königtum, wie eine altmodische Inszenierung. Hatten die Leute nicht gehört, was in Frankreich passiert war? Und dieser König hier, hielt er sich für immun?

Sie trafen sich nun öfter, um sich Gedichte vorzulesen, um die Zeitschrift zu planen oder bloß, um sich zu versichern, dass sie mit ihren Interessen nicht allein auf der Welt waren. Varnhagen und Hitzig machten Adelbert mit der neuesten deutschen Literatur vertraut: Ludwig Tieck, Jean Paul, Friedrich Hölderlin; sie liehen ihm Bücher und ermutigten ihn, selbst zu schreiben. »Du gehörst zur bemitleidenswerten Gattung junger Menschen, die etwas aus ihrem Leben machen wollen«, sagte Varnhagen und klopfte ihm auf die Schulter. »Also werde Schriftsteller! Es gibt keinen ehrlicheren Beruf!«

Adelbert machte es nichts mehr aus, weich und verletzbar zu sein, denn daraus zog er das Material für seine Gedichte. Er ernährte sich von einer Substanz: der Poesie. Schon morgens, sobald er in der Kaserne erwachte, holte er das aktuelle Buch unter seinem Bett hervor, um die wenigen Minuten bis zum Morgenapell darin zu lesen. Und das erste Gedicht des Tages schmeckte immer am besten.

Er las die neueren Franzosen, schließlich galt Frankreich als das fortschrittlichste Land der Welt. Adelbert war sich da nicht so sicher, er dachte an die Revolution und an die Vertreibung seiner Familie, und er wusste nicht, ob der Sturz der Monarchie wirklich ein Fortschritt war. Die Republik unter Robespierre jedenfalls hatte – nach allem, was er aus den Briefen seiner Mutter hörte – keine Verbesserung für die einfache Bevölkerung gebracht. Dem Terror in Paris waren auch Wegbereiter der Revolution zum Opfer gefallen, und auch jetzt noch gab es Unruhen in den Straßen. Trotzdem wollte er die Verbindung zur französischen Sprache nicht verlieren und saß nach dem Exerzieren oft in der Bibliothek des Französischen Gymnasiums, über Büchern von Montesquieu, Voltaire und Rousseau. Besonders bei Letzterem fand er mit Sachkenntnis ausgedrückt, war er tausendmal selbst gefühlt hatte. Rousseaus Gesellschaftsvertrag und sein »Zurück zur Natur« gefielen Adelbert, in dem ein kräftiger Hass auf Knechtschaft und Herrschaft erblühte.

Er las auch Rabelais, Schiller und Cervantes. Er las alles, das Hohe und das Niedrige, las gefräßig und unermüdlich. Wenn laut Varnhagen jeder Schriftsteller alles, was er brauchte, in sich selbst fand, musste dieses Selbst doch erst einmal aufgefüllt werden. Was war sein Selbst denn anderes als ein Knoten aus allen Wörtern, die er in seinem Leben gehört oder gelesen hatte? Vieler Menschen Stimmen sprachen in ihm.

Nach einem Jahr bestand er die Kadettenprüfung und wurde zum Fähnrich befördert. Er wechselte in ein Einzelzimmer und musste nicht mehr täglich exerzieren. Meistens hielt er Wache am Brandenburger Tor oder am Leipziger Tor, wo er keine andere Verpflichtung hatte, als die Fremdenliste zu führen. Das gab ihm Zeit zum Lesen und zum Schreiben, und er übertrug alle seine bisherigen Gedichte in ein Heft. Vorn auf das erste Blatt schrieb er: *Versgeschichten eines Exilierten.*

Die Gedichte trugen nicht den Makel seiner deutschen Aussprache, und er zeigte sie jedem, den er für vertrauenswürdig hielt, als wären die Gedichte etwas, mit dem Adelbert sich seine Dazugehörigkeit zur deutschen Sprache erkaufen konnte. Vier seiner Sonette sollten in der neu gegründeten Zeitschrift, dem *Musenalmanach*, erscheinen, für deren erste Ausgabe sie immer noch Texte sammelten.

An einem Abend Ende Januar traf er sich mit Hitzig und Varnhagen in einer Kneipe nahe der Kaserne, um seinen zwanzigsten Geburtstag zu feiern, und um sich von seinen Freunden zu verabschieden, denn beide verließen die Armee. Varnhagen wollte Medizin studieren und Hitzig sein früheres Studium der Jurisprudenz fortsetzen. Wie es mit ihm selbst weitergehen sollte, wusste er nicht, und so blieb er vorerst Soldat.

Alle Plätze in der Kneipe waren besetzt, der Mohrrüben-Kaffee dampfte, Bier wurde verschüttet, und mancher zündete sich eine Zigaro an. Man stritt über Krieg und Frieden oder über den geschlossenen Handelsstaat, aber – außer an Adelberts Tisch – bestimmt nicht über Gedichte. Varnhagen und Hitzig trugen schon keine Uniformen mehr, im Gegensatz zu ihm.

»Ich entstamme eben einem Geschlecht aus Rittern, das wird man nicht los.« Adelbert überschlug die Beine. »Übrigens plane ich einen Besuch meiner Familie in Paris.« Auch Charles und Hippolyte waren inzwischen dorthin zurückgekehrt, nachdem der russische Zar bei einem Attentat getötet worden war. Die Chamissos waren nun fast wieder vereint.

»Wirst du euer altes Schloss in Boncourt besuchen?« fragte Hitzig.

Sollte er? Er hatte gar nicht daran gedacht, vielleicht weil so viele Gefühle damit einhergingen. Dabei lag die Champagne tatsächlich auf halbem Weg zwischen Berlin und Paris.

»Ich war lang nicht mehr dort, vielleicht bin ich enttäuscht, wenn ich es sehe.« Er verriet seinen Freunden nicht, dass er erwog, für immer in Frankreich zu bleiben. Es schien verlockend, kein Fremder mehr zu sein, vertraut mit der Sprache und den alten Geschichten.

Die Soldaten an den Nachbartischen grölten und stießen mit ihren Bierkrügen an. Unvorstellbar, dass er zu dieser ungehobelten Meute gehörte. Ohne seine Freunde würde er in der Armee bald wieder vereinsamen, und diese Aussicht betrübte Adelbert. Die Wirtin brachte drei Krüge mit Bier und sie stießen gesittet auf eine Zukunft an, die für Adelbert bloß ein grauer Nebel war. Er fühlte sich abgehängt. Um das Gemeinsame zu beschwören, kam er auf den *Musenalmanach* zurück.

»Wir müssen uns mit wöchentlichen Briefen auf dem Laufenden halten, und wir sollten einen bekannten Schriftsteller um ein Vorwort bitten.«

»Wie wäre es mit Jean Paul?« rief Hitzig, der ein großer Bewunderer des Verfassers des *Siebenkäs* war. Adelbert aber konnte dessen endlosen Sätzen nichts abgewinnen, er musste den Anfang und das Ende eines Satzes in einem Atemzug zusammendenken können. Lesen und die Welt zu verstehen waren etwas Körperliches für ihn, wie Atmen, und vielleicht las er deshalb so langsam. Einen Satz, der wie bei Jean Paul über eine ganze Buchseite ging, fand er der Natur des Menschen so widerstrebend wie Wetttrinken oder wie minutenlanges Luftanhalten.

»Oder Seume?« Varnhagen steuerte einen politischen Artikel bei und favorisierte daher die politischen Autoren. Adelbert zuckte mit den Schultern. Politik und Poesie waren zwei ganz verschiedene Welten für ihn. Er fand sich außerdem viel zu emotional, um ein politischer Mensch zu sein.

Sie tranken Bier und wurden stiller, weil es anstrengend war, gegen die Kraftmeiereien der anderen Soldaten anzuschreien und auch weil jeder der drei Freunde über seine eigene Zukunft nachdachte. Die Soldaten begannen zu singen, einer kletterte auf den Tisch und hielt eine Lobrede auf den König. Adelbert rutschte zur Stuhlkante vor, um Varnhagen, der gerade etwas über die Schwächen der preußischen Verwaltung sagte, besser zu verstehen. War die Verwaltung nicht eigentlich die einzige wirkliche Stärke dieses Landes? Wahrscheinlich, dachte Adelbert, wird Varnhagen einmal eine ordentliche Karriere in diesem Staat, den er ständig kritisiert, machen. Und Hitzig? Der war der Einzige von ihnen, der die Literatur völlig selbstlos liebte. Mit ihm verstand Adelbert sich am besten, fast ohne Worte. Da wurde Adelbert von einem vorbeikommenden Soldaten angerempelt und vom Stuhl gestoßen. Er war so in Gedanken versunken gewesen, dass er im Fallen die Handflächen zu sich kehrte, zu seinem Gesicht hin, als wären es zwei Spiegel. Eine seltsame, introvertierte Reaktion, dachte er später. Die Weltzugewandten brachen sich seltener die Knochen.

»Pass doch auf, du Franzosenbengel!« schimpfte der Soldat und ging weiter. Adelbert lag auf dem Boden, beide Handgelenke umgeknickt, während Varnhagen bereits an der Schulter des Soldaten hing, der ihn jedoch leicht abschüttelte. Adelbert setzte sich wieder auf den Stuhl. Dieser Abend, vielleicht ihr letzter gemeinsamer, sollte nicht mit einer Prügelei enden. Er forderte Varnhagen auf, ihm mehr über die preußische Verwaltung zu erzählen, als wäre nichts passiert.

»Wenn ich König wäre!« rief Varnhagen und bestellte noch eine Runde.

»Man müsste einfach nur…«

»Politiker sind Trottel!«

Es waren Wirtshausfantasien, ganz aus Rausch und Sprache. Als Adelbert später nach Hause torkelte, schaffte er es nicht einmal, seine Zimmertür allein aufzuschließen, und er musste einen Nachbarn um Hilfe bitten.

Bevor Adelbert zu seinen Eltern und Geschwistern nach Paris fuhr, wollte er tatsächlich Schloss Boncourt besuchen. Der Ort seiner Kindheit hatte in seiner Erinnerung inzwischen etwas Märchenhaftes angenommen und schien außerhalb der Zeit zu existieren. Adelbert bewahrte ihn in sich, um bei Bedarf – vornehmlich in Zeiten der Krise – gedanklich dorthin fliehen zu können, und wahrscheinlich stieg er deshalb mit gemischten Gefühlen in die Kutsche, die ihn innerhalb einer Woche von Berlin nach Reims brachte. Dort wechselte er die Kutsche, und nun war es nicht mehr weit. Weinberge kündigten die alte Heimat an. Allerdings verfuhr der Kutscher sich, denn alle Schilder, die es früher einmal gegeben hatte und die ihnen hätten den Weg weisen können, waren zerstört worden. Das allein hätte Adelbert stutzig machen sollen, aber nach einer Woche in der wackligen Kutsche wurde die Wahrnehmung der Welt, nun ja, wacklig. Die Menschen auf den Straßen schüttelten die Köpfe, sobald sie das Wort »Boncourt« aus seinem oder des Kutschers Mund hörten, was Adelbert nun wirklich märchenhaft vorkam, so als handelte es sich bei Boncourt um ein Märchenschloss, das nur einmal in hundert Jahren erscheint. Hatten die Bewohner dieser Gegend ihre eigene Geschichte bereits vergessen?

In einem Dorf betrat er ein Wirtshaus und sprach den erstbesten Mann an, vorgeblich um zu plaudern und Neuigkeiten aus der Region zu erfahren. Nach so langer Zeit fiel es Adelbert nicht ganz leicht, ungezwungen auf Französisch zu reden, und auch der Mann, vielleicht ein Tagelöhner, vielleicht schon etwas betrunken, fand ihn wohl wunderlich und wandte sich ohne ein Wort ab.

Diesmal hatte Adelbert Boncourt nicht einmal erwähnt und war trotzdem auf Schweigen gestoßen! Lag es etwa an dem preußischen Rock, den er trug? Als auch der Wirt ihn ignorierte, verließ er kopfschüttelnd die Schenke und schickte den Kutscher, einen Franzosen, hinein, der kurz darauf mit einer Wegbeschreibung zurückkehrte. Also hatte man ihn für einen Preußen gehalten! Adelbert ärgerte sich über die Vorurteile seiner Landsleute, schämte sich geradezu für ihre Plumpheit.

Sie erreichten Boncourt in der Dämmerung. Er ließ die Kutsche halten und stieg aus, lief über die alte Zugbrücke und wunderte sich, weil er die Silhouette der Ecktürme nicht am Abendhimmel sah. Seine Augen brauchten einen Moment, um zu erkennen, dass die Türme nicht mehr standen. An ihrer Stelle lagen halb abgetragene Schutthaufen. Auch das Hauptgebäude war verfallen. Nur die Familienkapelle stand noch, allerdings ohne Dach, die Buntglasfenster herausgerissen und die Mauern bröcklig wie das Skelett eines verrotteten Riesen. Ein Holzgatter verriet, dass hier Tiere gehalten wurden.

Entsetzt kletterte er über das Geröll, suchte vergeblich sein altes Kinderzimmer und die Bibliothek seines Vaters. Hatten etwa die Bauern der Umgebung sich hier Baumaterial geholt? Ein knorriger Baum ragte aus dem Schutt hervor, seine Wurzeln hingen halb in der Luft und sahen im Mondlicht wie Arme eines Kraken aus, der nun Herr von Boncourt war und Adelbert vertreiben wollte. Von irgendwo kam ein Rascheln, vielleicht von Ringelnattern oder Ratten. Hier war nichts mehr zu retten oder aufzubauen. Er würde es seinen Eltern sagen müssen, falls sie es noch nicht wussten. Da es zu regnen anhob, kehrte er zur Kutsche zurück und befahl dem Kutscher, nach Reims zurückzukehren.

Im dunklen Fond der Kutsche drückte er sein Gesicht gegen das Sitzpolster und weinte, als hätte er gerade sein Kostbarstes verloren. Er sagte sich immer wieder, dass er dieses Kostbare schon lange nicht mehr besessen hatte, doch das tröstete ihn wenig. Sein Ohrensausen war so laut wie nie zuvor und er schlug wütend mit der flachen Hand gegen seine Ohrmuschel. Am liebsten hätte er sich einen Federkiel in den Gehörgang gerammt und das Trommelfell mit drei harten Stößen zerstört. Allerdings hatte ein Arzt ihm gesagt, dass sogar Gehörlose noch dieses Pfeifen wahrnahmen, weil es tief aus dem Körper kam oder weil es womöglich gar nicht wirklich existierte. Adelbert musste diesen Defekt endlich als zu ihm gehörig akzeptieren, anders ging es nicht. Dieser Fehler bist du! Du bist die Störung! Du selbst bist eine Ruine, aber weißt du was? Ruinen sind uneinnehmbar.

Er setzte sich aufrecht hin, öffnete das Kutschenfenster und atmete die Nachtluft ein. Wie immer nach dem Weinen war er innerlich geklärt, der Spiegel der Seele war abgewaschen worden von seinen Tränen. Ein paar erleuchtete Hütten flogen vorüber, in denen sich vielleicht das eine oder andere Möbelstück aus Schloss Boncourt befand. Sollte er es den Dorfbewohnern verübeln? Er schloss seine Augen und wurde ruhig. Sein Ohrensausen störte ihn nicht mehr.

Vom Ruckeln der Kutsche hin und her geschaukelt, schlummerte er im Halbschlaf vor ihn hin, erinnerte sich an Szenen aus seiner Kindheit, baute die Kulissen fast trotzig wieder auf: wie er in manchen Sommernächten auf einem der Türme übernachtet hatte, wie er sich im Kerker gefürchtet und wie er die bunten Kapellenfenster geliebt hatte, weil sie Geschichten aus der Bibel erzählten. Oder sein heimliches Entsetzen, als er einmal mit seinen Eltern im Sonntagsstaat zur Kapelle gegangen war und sie an einem Pferd mit erigiertem Penis vorbeikamen. Maman ließ sich nichts anmerken, aber später hörte er sie den Kutscher ausschimpfen.

Er übernachtete in Reims, schaute sich die Kathedrale an, versuchte, seine Eindrücke in Worte zu fassen und wenigstens ein paar Zeilen zu schreiben, aber sein Gehirn war zu träge, er fühlte sich immer noch leer. Am nächsten Morgen fuhr er weiter und erreichte zwei Tage später Paris.

Nach der ersten Freude des Wiedersehens mit seiner Familie wusste er bald nicht, was er in Paris eigentlich tun sollte. Er kannte in der Stadt noch weniger Menschen als in Berlin, er war hier genauso ein Fremder wie dort. Er tauschte den Preußenrock gegen einen Mantel Hippolytes, aber das änderte nicht viel.

Seine Eltern waren alt geworden, überraschend faltig. Sie lebten unter ärmlichen Bedingungen, und sie verheimlichten ihre adlige Herkunft, so gut es ging. Sein Vater schrieb unter bürgerlichem Pseudonym Leserbriefe an die Zeitungen und beschwerte sich leidenschaftlich über die vielen unbekannten Wörter in den Artikeln. »Wenn jemand mit meiner Erfahrung nicht mal mehr einen Zeitungsartikel versteht«, schimpfte er gegenüber Adelbert, »dann kann etwas nicht stimmen!«

Adelbert fragte ihn, warum er sich kein neueres Wörterbuch kaufte und das Vokabular nachschlug, aber der alte Comte de Chamisso wollte einfach nichts Neues lernen, saß den ganzen Tag auf dem Sofa und erklärte Maman, wie die Welt dort draußen neuerdings funktionierte. Die Nachricht vom Verfall des Familiensitzes nahmen sie resigniert hin, als ob sie längst damit abgeschlossen hätten.

Adelbert hielt es nicht lange bei ihnen aus, wurde gereizter und verhielt sich ungerecht gegenüber seinen Eltern. Einmal umarmte ihn Maman, längst nicht mehr so streng wie früher, plötzlich wie von Liebe überwältigt und drückte ihn fest an sich. Er aber verkrampfte nur und wartete, bis dieser »Angriff« vorbei war. Später würde er oft daran zurückdenken, an diesen Versuch seiner Mutter, ihn festzuhalten.

Er trieb sich in den Straßen von Paris herum und studierte die neuen Zeichen, die seit der Revolution galten. Sogar einen anderen Kalender benutzte man nun: Der November hieß nun Brumaire, den Dezember nannte man Frimaire, und eine Woche bestand aus zehn Tagen. Ein kleiner Mann namens Napoleon Bonaparte hatte sich inzwischen zum Konsul ernannt, er schien beim Volk beliebt zu sein, vielleicht gerade wegen seines kleinen Wuchses. Aber Adelbert kümmert sich nicht um die große

Politik, er hatte genug mit der kleinen, alltäglichen zu kämpfen. Während er durch Paris schlenderte, hielt er nach einem Zimmer für sich Ausschau, doch es herrschte Wohnungsnot; auf eine winzige, schäbige Kammer gab es hunderte Bewerber. Jemand wie er, ein Adliger mit deutscher Attitüde, war ohne Chance.

Ihm kam diese neue, republikanische Gesellschaft wie ein undurchschaubares Gewimmel, Geschiebe und Gedränge vor. Keine höheren Absichten, sondern geheime Signale schienen die Menschenmassen, die sich nun für frei hielten, zu lenken. Wie erkannte der Einzelne den ihm gemäßen Platz? Adelbert jedenfalls hätte ebenso gut ein Verbrecher werden können, wenn sich die Gelegenheit dazu ergeben hätte.

Lieber als bei seinen Eltern hielt er sich in der Wohnung seines Bruders Hippolyte auf. Während dessen Zeit in Russland hatte er sich zu einem respekteinflößenden Dragoner gemausert, in sich ruhend und mit einem wilden Schnurrbart, hatte geheiratet und war Vater eines Sohnes geworden. Hippolytes Leben schien auf einer vorbestimmten Bahn zu verlaufen, worüber Adelbert staunte. Warum war er selbst so anders? Aber auch mit seinem Bruder geriet er bald in Streit. Hippolyte war beleidigt, weil Adelbert den Namen seines zweijährigen Neffen oft vergaß oder verwechselte. Ihm war das unangenehm, er wusste nicht, warum es ihm passierte, aber er fand Hippolytes Verärgerung übertrieben.

Es gab Menschen, die ihre Familien im Stillen hassten, weil sie sich ihr Leben lang als deren Leibeigene empfanden. So weit wollte Adelbert es nicht kommen lassen. Nach drei Wochen verabschiedete er sich mit größtmöglicher Zärtlichkeit und reiste nach Berlin zurück.

Als die Kutsche die deutsche Grenze überquerte, fühlte Adelbert nichts Besonderes, nur eine kleine Vorfreude auf die Arbeit am *Musenalmanach* und an neuen Gedichten. Vielleicht vergaß er den Namen seines Neffen ja deshalb immer wieder, weil ihm

Stammbäume und Stammsitze inzwischen als unsicher galten. Er fühlte sich wirklich wurzellos, aber das musste ihn nicht weiter stören. Im Gegenteil. Er wollte ein Endpunkt sein, kein Zwischenglied, er wollte eine heldenhafte Stellung in der Welt einnehmen, allein und mutig an der Kante zur Dunkelheit. Genau dort, wo ein Künstler stehen sollte.

Um nach seiner Ankunft in Berlin nicht dem Trübsinn zu verfallen, besuchte er sogleich Varnhagen, der zur Untermiete nahe des Molkenmarkts wohnte und überrascht war, Adelbert schon so bald wieder zu sehen. »Familie, hm?«

Adelbert nickte und erzählte ihm die Neuigkeiten aus Frankreich, dass er nicht wusste, wohin er nun gehörte und was aus ihm werden sollte. Varnhagen, der über aufgeschlagenen Medizinbüchern gebrütet hatte, war dankbar für die Unterbrechung, holte einen feinen Kirschlikör und zwei Gläser, und so ertranken sie sich eine Zukunft.

Er hatte sich mit Varnhagen bisher fast nur über Projekte oder Politik unterhalten, selten über Persönliches. Das änderte sich nun, als Varnhagen von seiner Familie aus Ärzten erzählte, und davon, dass dieser Beruf nicht seinen Neigungen entsprach. »Mein Vater hat mir schlicht die Pistole auf die Brust gesetzt. Medizinstudium oder ich werde enterbt.« Ein Staunen lag in diesen Worten.

»Ich wäre gern Instrospekteur«, sagte Adelbert, das Likörglas zum Nachfüllen angehoben.

»Ist das ein Beruf?«

»Sicher. Introspekteure sind Inspekteure für die inneren Zustände des Menschen.«

»Und damit verdient man Geld?«

Adelbert prustete los, während Varnhagen nachgoss und zur Kaminuhr blickte. »Ich treffe nachher Hitzig, wir wollen in den Salon von Henriette Herz, und du solltest mitkommen. Introspektion lohnt sich doch wohl nur, wenn man sie auf tiefgründige Menschen anwendet. Und die tiefgründigsten Menschen findest du in den Salons.«

Über Henriette Herz' Salon hatte er schon die schillerndsten Gerüchte gehört. Adelbert fühlte sich eigentlich zu beschwipst, um unter Menschen zu gehen, aber da er sich allein niemals dorthin getraut hätte, musste er die Gelegenheit nutzen. Es hieß, man treffe bei Henriette Herz gelegentlich sogar die Schlegels oder die Humboldts an.

Sie verließen Varnhagens Haus, unterwegs schlossen sich Hitzig und ein Jüngling namens Kleist an, der von einem Zeitungsprojekt redete, für das er allerdings kein Geld habe. Als Adelbert sich wegen seiner abgewetzten Kleidung sorgte, beruhigte ihn Varnhagen: »Man gibt sich im Salon von Frau Herz betont leger. Es wird Tee getrunken und zuweilen werden belegte Brote gereicht, mehr nicht.« Adelbert schwankte schon leicht und ermahnte sich, bei Henriette Herz bloß nicht unvorteilhaft aufzufallen. Die kleine Gruppe überquerte den Gendarmenmarkt in Richtung Lustgarten.

Hitzig schlug vor, ihrem Dichterkreis den Namen *Nordsternbund* zu geben, weil der Nordstern den Seefahrern den Weg wies. Und nicht vom Kurs abzukommen, darum ginge es ja. Varnhagen zitierte eine Stelle aus dem *Werther*, die die anderen so ergriff, dass man sich an den Schultern fasste wie eine Phalanx aus Träumern. Adelbert blickte zum Himmel, der schon wieder dämmerte. Wie kurz die Tage im Winter hier waren! Aber wenn es dunkel war, war es wenigstens nicht grau.

Man war einverstanden mit Hitzigs Vorschlag und Varnhagen versprach, für jeden einen Siegelring mit einem Stern darauf anfertigen zu lassen.

»Ob Goethe auch im Salon sein wird?« fragte Adelbert ängstlich. Er konnte sich nicht vorstellen, dem Autor des *Werther* ungezwungen die Hand zu geben. »Wartet mal!« Ihm war flau, er musste sich auf seine Knie stützen.

»Angeblich mag Goethe Berlin nicht besonders«, beruhigte ihn Varnhagen. »Er wird gewiss nicht dort sein.«

»Wie kann man Berlin nicht mögen?« fragte Hitzig.

»Wie kann man in Berlin leben, ohne nicht ständig an Selbstmord zu denken?« fragte Kleist, den sich Adelbert erst jetzt genauer ansah. Er hatte erstaunlich kleine Ohren, man musste unwillkürlich an Mäuseohren denken. Ob er das mit dem Selbstmord ernst meinte? Adelbert wollte mit ihm reden, es ihm notfalls ausreden; niemals war man so glücklich oder so unglücklich wie man dachte; aber da war Kleist schon in die nächstbeste Gasse eingebogen und verschwunden.

»Drolliger Kauz«, sagte Varnhagen.

Nach den einzelgängerischen Wochen in Paris gefiel Adelbert diese freundschaftliche Ausgelassenheit, er fühlte sich verstanden. Er gehörte jetzt einem Dichterkreis an und umgab sich mit Menschen, für die die Literatur so echt war wie ein nahrhaftes Mittagessen.

»Wartet nochmal!« Er musste sich wieder auf seine Knie stützen. Der Kirschlikör hatte ihn betrunken gemacht.

Henriette Herz öffnete persönlich die Tür ihrer Wohnung, in der sie mit ihrem Mann, dem Arzt Marcus Herz, lebte. Sie war von auffallend hohem Wuchs. Adelbert verbeugte sich, das Blut schoss ihm in den Kopf, alles drehte sich. In diesem Zustand hätte er nicht herkommen dürfen.

»Gestatten...« Sein Nachname fiel ihm nicht ein, zum Glück kam Hitzig ihm zu Hilfe und stellte ihn vor. Frau Herz war trotzdem entzückt und zog ihn am Oberarm mit sich, um ihm die Räumlichkeiten zu zeigen.

Es war eine große Wohnung, mit Steinböden und mit hohen Wänden voller Stuckgirlanden. Schleier waren um die Öllampen drapiert, um nichts Grelles zuzulassen. Frau Herz' Selbstvertrauen fußte auf dem Reichtum ihres Mannes und darauf, dass sie die Bücher des Afrika-Reisenden Mungo Park ins Deutsche übersetzt hatte. »Ich beherrsche fünf Sprachen«, sagte sie. Eine beiläufige Bemerkung, die nicht prahlerisch gemeint war. »Immer wenn ich ein interessantes Buch im Original lesen möchte, lerne ich die Sprache.« Sie lachte und zeigte reizende, perlengleiche Zähne. Aus ihrer Kleidung drang der Duft von Puder und Rosenwasser.

Frau Herz wallte durch die Zimmer und nahm Adelbert gleichsam in ihrer Bugwelle mit sich, sodass sich ihm das Ungewöhnliche dieses Salons bald erschloss: Hier gesellten sich die Frauen ganz zwanglos zu den Männern. Letztere trugen ihre Haare gestutzt, um sich von jenen Alten mit Zöpfen zu unterscheiden, die sich in der Mittwochsrunde des Verlegers Nicolai, ein paar Straßenzüge entfernt, trafen. Über diesen Nicolai, und über die Aufklärung im Allgemeinen, hörte Adelbert einige Gäste schimpfen. »Stellen Sie sich vor«, sagte Frau Herz, »bei Nicolai ist nur das sogenannte starke Geschlecht zugelassen!«

»Wie langseitig... ich meine... wie einweilig!« Für diesen einfachen Satz benötigte Adelbert ein paar Anläufe. Um seine Trunkenheit zu kaschieren, und weil er sich hier sowieso für sein schlechtes Deutsch schämte, beschloss er, fortan lieber zu schweigen. Es dauerte einfach zu lang, bis er einen Satz zusammengebaut hatte, das wirkte zu unintelligent.

Einen rundlichen Herrn mit Backenbart stellte Frau Herz ihm als Ludwig Tieck vor. Adelbert nickte wild, um seine Bewunderung auszudrücken.

»Ich finde, die Aufklärung hat nur zu Kälte und Sterilität geführt«, sagte Tieck. »Da kann Nicolai noch so sehr gegen die Schlegels wettern, das neue Zeitalter wird geheimnisvoll sein! Das ganze Mittelalter liegt noch gänzlich unverstanden vor uns!«

Adelbert überlegte, ob das Geheimnisvolle sich nicht zwangsläufig aufklärte, sobald man begann, sich dafür zu interessieren, aber sein Schweigegelübde verhinderte diesen Einwand. Er erfuhr, dass die Gebrüder Schlegel in ihrer Zeitschrift *Athenaeum* nicht weniger derb gegen Nicolai ausgeteilt hatten. Offenbar war eine große Keilerei im Gange, von der Adelbert bisher nichts gewusst hatte. Das Ganze schien ihm wie ein Glaubenskrieg aus Aufsätzen und Reden.

Adelberts Magen knurrte. »Ich hole Ihnen etwas Brot«, sagte Frau Herz und verschwand. Er klammerte sich an einer Stuhllehne fest und beobachtete Tieck, der aussah, als ob er seinen Bauch absichtlich herausstreckte. Jeden seiner Sätze beendete der berühmte Dichter zögernd, damit alle im Raum hörten, wie empfindsam er war. Auch Tiecks Gehen besaß dieses geübte Stocken, was seine Gattin auf Spaziergängen gewiss in den Wahnsinn treiben musste.

Frau Herz kehrte mit einer Brotscheibe zurück, die sich Adelbert in den Mund stopfte, um den Alkohol inwendig aufzusaugen. Auch sie blickte zu Tieck und flüsterte: »Der Ausdruck ›ein gemachter Mann‹ trifft völlig auf ihn zu. Günstige Beziehungen, eine Erbschaft und glückliche Fügungen haben ihn zu dem gemacht, der er ist. Er selbst musste nicht viel dazu beitragen.«

So hatte er die Phrase ›gemachter Mann‹ noch nie verstanden und er lächelte mit vollem Mund. Er begann, sich wohler zu fühlen. Ihm gefiel die Durchmischung des Salons und die ungezwungene Atmosphäre. Standesschranken schienen hier keine Rolle zu spielen, die Gäste waren schlicht gekleidet, es wurde wirklich nur Tee serviert. Ebenso wurde, wie er nun erkannte, viel charmiert. Eine Frau mit einer französisch wirkenden Nase und mit Grübchen lächelte ihm zu, aber Frau Herz steuerte ihn mit entschlossenem Griff in die entgegengesetzte Richtung. »Die wollen Sie sich ersparen.«

Goethe, der mit seinem *Werther* das starke Gefühl gegen die kalte Aufklärung gesetzt hatte, war ganz offensichtlich das Idol der hier Anwesenden. Frau Herz äußerte den sehnlichsten Wunsch, der Geheimrat möge ihrem Salon einmal die Ehre erweisen, allerdings sei Goethe seit fünfundzwanzig Jahren nicht mehr in Berlin gewesen. »Es heißt, er findet die Stadt ein wenig zu prosaisch.« Frau Herz zuckte mit den Schultern, bevor sie Adelbert einem anderen Mann vorstellte.

»Herrn Schadow verdanken wir die Quadriga auf dem Brandenburger Tor.«

Sollte Adelbert verraten, dass er dort oft Wache hielt? Besser nicht. Man würde seine Gedichte mit dem Wissen, dass er ein einfacher Soldat war, nicht mehr ernst nehmen. Nachdem sie auch Schadow hinter sich gelassen hatten, flüsterte Frau Herz: »Er inszeniert sich gern als Büchermensch, kann aber keine vier Verlage aufsagen.«

Adelbert machte große Augen, schüttelte empört den Kopf. Vier Verlage? Er dachte nach… Er kannte Göschen aus Leipzig, und natürlich Cotta aus Tübingen.

»Sehr gesprächig sind Sie nicht gerade, mein lieber Chamisso.« Damit ließ Frau Herz ihn, der schwankte wie auf einer Eisscholle, allein. Er schaute sich nach Varnhagen und Hitzig um, sah sie aber nirgends. Nun, die beiden hatten bestimmt keine Schwierigkeiten, mit Leuten ins Gespräch zu kommen. Er selbst hatte den Mund wohl zu voll genommen mit seiner Behauptung, ein Introspekteur sein zu wollen, den Menschen in die Köpfe zu schauen. Er war ja selbst ganz verschlossen! Er schaffte es nicht einmal, mit fremden Menschen zu reden.

Um ihn herum gab es Strudel aus Gesprächen und Tabaksqualm, und er hatte das Gefühl, dass alle heimlich zu ihm sahen. Seine Stirn war heiß, glühte vermutlich. Er blies seine Backen auf und hielt nach der nächsten Stuhllehne Ausschau, um sich daran festzuhalten. Die Romantiker erkannte er an ihren Augenringen, was ihn nicht wunderte, denn sie waren ja nachtaktiv. Nur nachts fächerten sie ihre hochempfindlichen Antennen aus und berührten sich über weite Distanzen hinweg. Adelbert war ja selbst ein Übernächtigter, seine persönliche Geschichte, der Torso seines Lebens, sein ruiniertes Schloss Boncourt hatten ihn dazu gemacht.

Um nicht weiter aufzufallen, gesellte er sich zu einer Gruppe Diskutierender und nickte wortlos, wobei er nicht der Einzige war, der schwieg. Für einige der Anwesenden schien die Wahrheit in der Sprache zu liegen, für andere im Schweigen. Letzteres fand Adelbert angenehmer und eigentlich der romantischen Schule angemessener.

Ein Mann, der besonders viel und besonders laut sprach, entpuppte sich als Jean Paul, dessen Bücher Adelbert so unlesbar fand. Und dieser Jean Paul sprach genauso wie er schrieb! Ein paar Sätze von ihm, in die Runde geworfen, genügten, um Adelberts Denken zu zerstören, denn er fügte in diese Sätze so viele Abschweifungen ein, dass man gar nicht hinterherkam mit dem Aufdröseln, dem Definieren, dem Ordnen. Am Ende aber war es Jean Paul offensichtlich egal, ob man ihn verstand, denn er kehrte den anderen plötzlich den Rücken zu und entfernte sich.

Sie sahen ihm fassungslos hinterher.

»Er hat gerade mein Gehirn auseinandergenommen, wer setzt es jetzt wieder zusammen?« fragte eine Dame. Doch da die Bekanntschaft mit Jean Paul ihm den ersehnten Fortschritt für seine schriftstellerischen Ambitionen bringen konnte, lief Adelbert ihm hinterher wie ein Dackel seinem Herrchen. Er nahm allen Mut zusammen und sprach ihn von der Seite an. »Auch ich schreibe.«

Der Meister drehte sich zu ihm. Es entstand eine ungute Stille. »Gelegentlich«, fügte Adelbert hinzu.

»Ich könnte sagen, das sollten Sie nicht tun, denn Schriftsteller üben täglich ihren Selbstmord ein, ihre Arbeit findet unweigerlich im Unwirklichen statt, aber was sagte das schon? Das einzige Angenehme, was ich machen kann, ist, dass ich, da Sie diese Injurie gegen mich ausgestoßen, diese ausdehne auf alle Menschen und dadurch das Pasquill zur edleren Satire erhebe und versüße.«

Der Dackel wurde von seinem Herrn verprügelt. Adelberts Kopf drohte zu platzen. »Aber… Sie leben ja noch«, stotterte er.

»Ich darf, glaube ich, annehmen, dass ich mich schämen müsste, könnte ich nicht stündlich vor dem Gesetz und vor Gott beweisen, dass ich ein Mann von Begabung bin und dass ich mich noch nicht umgebracht habe. Werfen Sie mir also mein Lebendigsein vor?«

»Ich würde nur Verfehlungen kritisieren, die ich mir selbst zutraue, und für den Selbstmord bin ich schlicht zu feige.« Adelbert fand es nicht leicht, in seinem Zustand überhaupt etwas zu sagen, und er war stolz darauf.

»Was genau, junger Mann, wollen Sie von mir?«

Das wäre der Moment gewesen, Jean Paul zu bitten, einen Blick auf seine Gedichte zu werfen. Stattdessen hörte Adelbert sein linkes Ohr wie einen Wasserfall rauschen. Er war abgelenkt. Er bewegte seinen Mund, er schrie sogar, aber es kam kein Laut heraus.

»Aha, so ist das! Immer mit dem Bauch durch die Wand, sagt der Bauchdenker«, spottete Jean Paul und wandte sich ab.

Adelbert konnte nicht glauben, wie sehr er es vermasselt hatte. Jean Paul hielt ihn für einen Bauchdenker. Was bedeutete das? Dass er zu impulsiv oder dumm war? Offenbar fehlte es Adelbert an der Begabung, sich beliebt zu machen. Er war einfach kein Mann der Gesellschaft.

Der *Musenalmanach auf das Jahr 1804* erschien zur Leipziger Messe und ganz vorn in der Zeitschrift stand diese Erklärung: »Der Mitherausgeber des Almanachs, A. v. Chamisso, ist ein geborener Franzose und erst seit wenigen Jahren mit dem Studium des Deutschen beschäftigt.«

Dieser Satz war Varnhagens Idee und Adelbert bereute es, ihn nicht verhindert zu haben. Was sollte so ein Satz bezwecken? Dass die Leser Mitleid hatten? Immer wenn er den Almanach aufklappte, überblätterte er die Seite mit der Erklärung, und irgendwann riss er sie ganz heraus. Er wollte als Autor wahrgenommen werden, nicht als irgendein besonderes Exemplar.

In den Monaten bis zur Veröffentlichung des Almanachs war ihm seine Zuversicht, ja seine Hochgestimmtheit, selbst nicht geheuer und er ermahnte sich, nicht zu viel Hoffnung hineinzusetzen. Und als der *Musenalmanach* dann erschien und von niemandem weiter beachtet wurde, wunderte es ihn nicht und er war fast froh, sich wieder in sein Schneckenhaus zurückziehen zu können.

Sein Schneckenhaus, das war seine Wachstube am Brandenburger Tor. Entweder man verblödete bei der Armee oder man nutzte die Zeit. Adelbert entschied sich für Letzteres, lernte Griechisch und Latein, las aber auch militärgeschichtliche Bücher und immer wieder Philosophie. Die Stoiker passten nun am Besten zu seiner Lage: Epiktet, Seneca, Marc Aurel. Mindestens fünf Stunden am Tag lesen und sonst fast nichts anderes tun, das musste wohl ein sinnvolles Leben sein. Voll Sinn, den die Bücher lieferten. An anderen Tagen ahnte er, dass die Gefahr bestand, sich bis zur praktischen Unbrauchbarkeit zu verbilden.

Er besuchte nun regelmäßig Henriette Herz' Salon und auch den ihrer Konkurrentin Rahel Levin, in die Varnhagen heftig verliebt war. Rahel schien seinen Freund allerdings nicht weiter zu beachten, vielleicht weil sie gerade eine unglückliche Affäre mit einem preußischen General hinter sich hatte, der ihr eine Hochzeit versprochen, sie aber jahrelang vertröstet hatte. Adelbert riet seinem Freund, es ruhig anzugehen und Rahel Zeit zu lassen.

Rahel Levins verstorbener Vater war ein Bankier gewesen, dessen Vermögen inzwischen verflossen war, was man auch an der etwas kleineren Wohnung sah. Hier lebte Rahel zusammen mit ihrer Mutter und ihren Geschwistern, und hier empfing sie zu ihrem Salon.

Am Mittelfinger seiner linken Hand trug Adelbert nun einen Siegelring mit vier griechischen Buchstaben. »Es bedeutet ›Die des Polarsterns‹«, erklärte er Rahel, die seine Hand genommen hatte, um den Ring zu studieren.

Er merkte, wie Varnhagen vom anderen Ende des Zimmers misstrauisch zu ihm sah. Varnhagen neigte zur Eifersucht, das hatte Adelbert schon früher gemerkt, daher zog er seine Hand zurück, wobei Rahels Finger auf eine Art über seine Haut strichen, die man nur zärtlich nennen konnte. Er entschuldigte sich und setzte sich an einen anderen Tisch.

Varnhagen hatte wirklich keinen Grund, in ihm einen Konkurrenten zu sehen. Er fand Rahel wenig begehrenswert, auch wenn Goethe sie als »schöne Seele« gelobt hatte. Der Geheimrat und sie waren sich in Karlsbad begegnet, seitdem führten sie Korrespondenz. Rahel war geistreich, das musste Adelbert ihr lassen, aber auch aufbrausend und chaotisch, ganz im Gegensatz zu Henriette Herz.

»Angeblich war die Bibel des analphabetischen Kaisers Otto I. besonders prachtvoll verziert«, hörte er Herrn Brentano neben sich sagen. »Je ungebildeter die Zeiten, desto opulenter die Ausschmückung!«

Brentano sprach oft und auffallend bewundernd über das Christentum. »Das Christentum ist heute in einer Situation, die seiner Frühphase gleicht: Es steht einer feindlich gesinnten

Umgebung gegenüber. Welcher Ort wäre für eine Religion der Schwachen besser geeignet?«

Adelbert hütete sich davor, zu widersprechen. Die Abende in den Salons waren für jemanden wie ihn, der immer noch mit der deutschen Sprache zu kämpfen hatte, ein kostbarer Anschauungsunterricht, allerdings zuweilen auch eine schweißtreibende Hampelei.

»Alle endlichen Werte sind gegenüber dem Tod gleich groß, nicht wahr?« sagte jemand links von ihm, doch bevor Adelbert sich dorthin umdrehen konnte, antwortete jemand von rechts: »Sie klingen wie einer dieser schrecklichen Aufklärer, die auch noch den Tod, das letzte Mysterium, wegerklären wollen. Oder was seinen Sie, Monsieur de Chamisso?«

Aber Adelbert konnte nicht antworten, denn von links kam: »Was ich sagen will, ich muss unbedingt anfangen, mich auf meinen Tod vorzubereiten.«

Rechts: »Jetzt schon? Sie sind noch nicht einmal fünfzig!«

Links: »Ich rechne mit dreißig Jahren Vorbereitungszeit auf den Tod, ich müsste also jetzt damit anfangen. Aber ich würde wirklich gern Adelberts Meinung hören. Er gibt oft so geistreiche Sottisen von sich.«

Das stimmte eigentlich nicht, doch hatte Adelbert gemerkt, dass, wenn er sich aus den Gesprächen heraushielt, das Interesse an ihm wuchs. Er stellte nun fest, dass zwei Augenpaare auf ihm ruhten, eines von links und eines von rechts. Er räusperte sich. »Die Stoiker zu lesen, kann nie schaden.«

Später am Abend sah er die Frau wieder, die in Henriette Herz' Salon mit ihm charmiert hatte. Damals hätte er schwören können, dass sie ein französisches Profil besaß, und tatsächlich stellte sie sich als Cérès Duvernay vor. Sie hatte schwarze Locken und, wenn sie lächelte, Grübchen neben den Wundwinkeln. Ein Stoffgebirge umgab sie, jede Bewegung raschelte. Sie stammte aus der Bretagne, war ein paar Jahre älter als Adelbert und arbeitete als Hauslehrerin in Berlin. Mit ihr unterhielt er sich auf Französisch, und vielleicht lag es an der sprachlichen Vertrautheit, dass er sich sogleich in sie verliebte. Immerhin war diesmal nicht davon auszugehen, dass sie ihn mit der Begründung ablehnen würde, er sei Franzose.

»Die Deutschen entdecken gerade das gute Essen für sich«, witzelte Cérès, »und kommen sich furchtbar kultiviert vor.«

»Aber letztlich fehlt ihnen der Mut zum eigenen Geschmack, dafür brauchen sie uns Franzosen.« Er versuchte, nicht zu auffällig auf ihren Nacken zu blicken. Ein Nacken wie aus Porzellan, mit einem schwanenhaften, sanften Schwung. Sie hatte die Haare hochgesteckt und fuhr sich mit einer Hand über ihren hinteren Haaransatz, als ob sie etwas festhalten wollte, eine Fussel, die dort gelandet war, oder eben Adelberts Blick.

Sie lächelte ihn offen und interessiert an, und Adelbert glühte. Zu dumm, dass nun Rahel ihn zu sich winkte, er verließ Cérès nur ungern. Varnhagens Augen folgten ihm missbilligend. Warum hielt sein Freund ihn für einen Nebenbuhler? Adelbert rief Varnhagen ebenfalls zu sich, forderte ihn auf, Rahel und ihm von seinem Medizinstudium zu erzählen, was sich als Fauxpas herausstellte, denn er war durch die Prüfungen gefallen. Varnhagen funkelte ihn nun geradezu wütend an, aber Adelbert hatte Besseres zu tun, es zog ihn zurück zu Cérès. Er fand sie auf dem Balkon. Er brachte ihr ein Getränk und eine Decke, um ihren kostbaren Nacken zu wärmen. Sie unterhielten sich über den Champagner seiner Heimatregion und über französische Politik, während Adelbert um Cérès herumtänzelte und sie mit Komplimenten überhäufte. Sein Betragen war so tollzärtlich, dass einige der Salongäste zu ihm sahen.

»De Chamisso?« fragte Cérès. »Noch nie gehört.« Aber wahrscheinlich neckte sie ihn nur, denn als er errötete, entschuldigte sie sich übertrieben und küsste ihn auf den Mund. Sie verabredeten sich für den nächsten Tag zu einem Picknick vor dem Halleschen Tor.

Es waren die letzten Spätsommertage, Adelbert und Cérès lagen auf einer Decke im hohen Gras, zwischen ihnen eine Weinflasche und ein Korb. Sie küsste ihn, dann erzählte sie ihm, dass sie einen sechsjährigen Sohn habe und bis vor kurzem mit einem Amerikaner verlobt gewesen sei. Er fragte nicht, wer der Vater des Jungen war und was zum Bruch der Verlobung geführt hatte.

Später gingen sie zu ihrer Wohnung und schliefen miteinander, was für Cérès völlig selbstverständlich zu sein schien – für Adelbert war es das erste Mal. Als er ihr das sagte, fand sie es herzerwärmend.

Er besuchte sie nun regelmäßig. Ihm gefiel, dass Cérès in ihrer Wohnung genau den richtigen Grad an Schmuddeligkeit zuließ, sie war keine dieser preußischen Pedantinnen. Sie gingen spazieren, dann schliefen sie miteinander und dann lasen sie, Cérès auf der Couch, Adelbert auf dem Sessel. Ab und zu warfen sie sich Küsse zu und lachten über ihre Einfältigkeit.

Nie traf er ihren Sohn, der Georg hieß und seine Sachen in der Wohnung hatte. Auch sein Kinderbett stand hier, und manchmal war es ungemacht. Als Adelbert sie fragte, wo sich Georg eigentlich gerade befand, legte sie ihm eine Hand auf den Mund und schüttelte den Kopf. Er vermutete, dass sie den Jungen zu einer Nachbarin oder Freundin gab, wenn Adelbert kam. Das verursachte ihm ein schlechtes Gewissen.

Wenn Adelbert und Cérès im Bett lagen und das Licht schon gelöscht war, sie aber noch zu aufgedreht waren, um zu schlafen, dachten sie sich Wortspiele aus und kicherten über Albernheiten, bis einer sagte: »Jetzt müssen wir aber einschlafen!« Diese Nächte waren ihm kostbar, aber er konnte nicht anders, als immerzu an ihren Sohn zu denken, der gerade irgendwo in einem fremden Bett liegen musste. Es kam ihm nicht richtig vor, den Jungen so zu verstecken, und eines Nachts beging Adelbert den Fehler, mit Cérès darüber, und über ihre Zukunft im Allgemeinen, zu reden. Er sagte, dass er Georg gern kennenlernen würde, dass er es sich auch vorstellen könnte, so etwas wie ein Vater für ihn zu sein. Damit zerstörte er alles.

»So etwas wie?« fragte Cérès kühl. Am nächsten Morgen teilte sie ihm mit, dass sie der Sache vernünftig ins Auge sehen müssten. Sie habe für ein Kind zu sorgen, er aber sei nur ein armer Soldat und Dichter, der von 600 Talern im Jahr lebe. Sie sei nicht mehr die Jüngste, sie brauche einen sicheren Hafen, in dem sie vor Anker gehen könne, auch im Interesse ihres Sohnes, dem es im Leben an nichts fehlen solle.

Cérès verabschiedete ihn umstandslos und lud ihn auch nicht wieder zu sich ein. Ein paar Wochen später, im Winter des Jahres 1805, erfuhr er, dass sie eine Stelle als Haushälterin in Königsberg angetreten und Berlin verlassen hatte.

Wieder musste er einen harten Berliner Winter überstehen. Es schneite so viel, dass die Kutschen steckenblieben; auch Erwachsene bauten Schneemänner, aber Adelbert mochte den Schnee, den er in Berlin überhaupt zum ersten Mal gesehen und berührt hatte, nicht. Er fühlte sich darin wie in Watte gelegt, isoliert und einsam, auch weil Hitzig nun Rechtswissenschaften in Halle studierte. Auch Varnhagen war fort, hatte sein Studium unterbrochen und arbeitete als Hauslehrer in Hamburg. Adelbert dachte an Cérès und daran, was er falsch gemacht hatte. War er zu drängend gewesen? Er hätte gern die Armee verlassen und ein Studium begonnen, aber all sein Erspartes war für den *Musenalmanach* draufgegangen.

Er war in diesem Winter oft erkältet, weil der Ofen in der Wachstube am Brandenburger Tor nur schwach heizte, und nach Dienstschluss trieb er wie ein dürres, vom vorletzten Herbst übriggebliebenes Blatt durch die Straßen. Er wurde verbittert, schimpfte über »die Frauen«, von denen er eigentlich nicht viel wusste, außer dass sie die leidige Angewohnheit hatten, ihm sein Herz zu brechen. Er schrieb auch seinen Eltern, die ihm ihre Unterstützung für ein Studium allerdings verwehrten. Sie waren besorgt über seinen Lebenswandel und versuchten, ihn zur Rückkehr nach Frankreich zu überreden. Sein Vater hatte für ihn ein reiches, zwölfjähriges Mädchen aus Meaux bei Paris gefunden, das er heiraten sollte. Papa schrieb ihm mehrmals deswegen und beteuerte, dass die Familie des Mädchens einverstanden sei, aber Adelbert ging gar nicht darauf ein.

Er besuchte Rahel und klagte ihr sein Pech und seine Einsamkeit. Sie schien selbst nicht ganz gesund zu sein, sie war blass, und sie grübelte fast so viel wie Adelbert. Sie saßen in der kleinen Küche mit der gemusterten Tapete und einem gesprungenen Waschbecken. Den Salon zu beheizen, lohnte sich nicht bei nur einem Gast. Rahel versicherte ihm, dass er das volle Recht hätte, unglücklich zu ein. »Du bist ein Schlemihl, wie ich!«

»Was ist ein Schlemihl?«

»Ein Pechvogel! Mein Pech ist es, als Jüdin eine Deutsche zweiter Klasse und dazu noch eine Frau zu sein. Außerdem wirke ich auf die meisten Männer zu selbstbewusst. Du kannst mich Rale nennen, wenn du magst.«

Sie sah ihn mit großen Augen an, und es war offensichtlich, was sie hören wollte: dass Adelbert sie nicht zu selbstbewusst fand. Aber er entwand sich, wollte nicht mehr über sich sprechen und Rahel auch keine Hoffnung machen. Da Varnhagen immer noch heimlich in sie verliebt war, legte Adelbert ein gutes Wort für seinen Freund ein: »Karl sehnt sich nach einer Frau wie dir.«

»Varnhagen? Ach, Varnhagen…« Sie seufzte und tunkte einen Keks in ihren Tee. »Ich weiß nicht, ob ich überhaupt heiraten möchte. Man sollte immer eine gepackte Reisekutsche vor der

Tür und einen Dolch im Mantelfutter haben, findest du nicht? Könnte Varnhagen das akzeptieren?«

Er zuckte mit den Schultern. »Es käme auf einen Versuch an.«

»Es kommt immer und allein auf die Sprache an. Unsere Sprache ist unser gelebtes Leben«, sagte Rahel. »Ich habe mich mithilfe der Sprache erfunden und das solltest du auch tun! Oder reise um die Welt wie Humboldt.«

Adelbert zuckte mit den Schultern. Das waren sicher gutgemeinte Ratschläge, und er wollte darüber nachdenken, aber dann kam doch alles anders. Zu Weihnachten wurde Napoleon Bonaparte in der Kathedrale Notre-Dame in Paris zum Kaiser der Franzosen gekrönt, indes man sich in Berlin noch fragte: »Napoleon? Wer soll das sein?«

Zwei Wochen später setzte der kleine Feldherr mit seiner Armee über den Rhein und Adelbert musste in den Krieg ziehen.

Ich träumte, ich stach dir ins Herz

Im Frühjahr 1806 erhielt das Regiment Goetze seinen Marschbefehl und Adelbert zog in den Kampf. Er fragte sich, ob er Tote sehen werde. Natürlich würde er das, es war schließlich Krieg. Er hatte noch nie eine Leiche gesehen, und fast wünschte er sich um dieser Erfahrung Willen ein kleines Scharmützel.

Vorerst aber passierte nicht viel, sie marschierten über Magdeburg und Göttingen in Richtung Süden, erhielten dann Befehl, ihr Zeltlager aufzubauen und zu warten. Nach einer Woche ging es im Zickzackkurs weiter, manchmal sogar im Kreis, als ob die Generäle sich nicht einigen konnten, wann und wie sie Napoleons Armee angreifen wollten.

Hier, im Feld, war das Soldatenleben noch stumpfsinniger als in Berlin, wo man Abwechslung und Möglichkeiten des Amüsements fand. Die Tage gingen mit Saufen und Kartenspielen dahin, weshalb Adelbert sich bald freiwillig meldete, um der Truppe vorauszureiten und in den umliegenden Dörfern Lebensmittel und Brennholz zu beschlagnahmen. Ihm wurde ein Diener namens Bendel zur Seite gestellt und ein kleiner, ständig kläffender Hund namens Figaro. In den Stunden, in denen sie durch den Morgennebel der Wälder und Auen ritten, fühlte Adelbert sich wie entkommen. Bendel sprach nicht viel, was ebenso eine Wohltat war, und fast hätte Adelbert den Krieg vergessen, wenn er nicht jedes Mal irgendwann ein Dorf erreichen und seiner Pflicht nachkommen musste. Er ging in die Häuser und prüfte, ob sie als Lazarett oder Lager für die Armee dienen konnten. Er befahl den Bauern, ganze Wagenladungen mit Broten und Würsten und Brennholz zum Feldlager zu bringen.

Bald wurde ihm diese Arbeit zuwider, denn der Zweck seiner Besuche sprach sich herum und er wurde von den Dorfbewohnern wütend und mit vorgehaltenen Mistgabeln empfangen. Wenn seine weiche Stimme Befehle gab, erntete er nur höhnisches Grinsen, und den Säbel zu ziehen kam nicht infrage. Außerdem fand er immer weniger Vorräte bei den Bauern und er war nicht hartherzig genug, ihnen das Wenige, was sie besaßen, wegzunehmen. So kehrte er oft mit magerer Ausbeute und schlechten Nachrichten zu seinem Kommandanten ins Lager zurück und wurde bald von seiner Aufgabe entbunden.

Er schrieb täglich seine zwei Briefe an Varnhagen und Hitzig, wie eine Henne, die ihre zwei Eier am Tag legt. Hitzig hatte inzwischen geheiratet, ein Kind war unterwegs, und Varnhagen schwärmte in seinen Briefen von Rahel. Seine Freunde schienen in allen ihren Entscheidungen geschickter gewesen zu sein, ihnen schien es an Freude im Leben nicht zu mangeln, während Adelbert haderte. Außerdem machte ihm das Warten auf den Krieg die Zeit im Lager allmählich zäh. Die Gerüchte, die man sich über die napoleonische Armee erzählte, wuchsen sich ins Monströse aus, sodass unter den Soldaten bald Angst spürbar wurde. Einige hatten ihre Frauen dabei, mit denen sie am Feuer schmusten, andere saßen in Cliquen beisammen. Nur Adelbert blieb abends allein und beobachtete das Treiben mit Abstand, vielleicht weil er Franzose war, oder Dichter, oder jemand, der zu viel nachdachte. Er saß auf einem Baumstamm und vertrieb sich die Zeit mit Schnitzereien, fühlte sich den über ihm flatternden Fledermäusen näher als den Menschen. Hatte er sich selbst dafür entschieden, anders zu sein? Oder war dieser Abstand zu den Menschen immer schon in ihm angelegt gewesen? Selbst mit Bendel entwickelte sich keine Kameradschaft, höchstens zwischenmenschliche Routinen. Alle Menschen waren ihm fremd, auch die sogenannten Bekannten. Er gewöhnte sich einfach nicht an sie.

Die Nachricht, dass Napoleon die russisch-österreichische Armee geschlagen hatte, versetzte die Kompanie in Aufregung, und ihr wurde befohlen, sich zur Festung Hameln zu begeben. Wegen zu enger Stiefel bekam Adelbert auf dem Weg dorthin Druckgeschwüre an den Füßen, die bald zu offenen Wunden wurden und wie faule Eier stanken. Er biss die Zähne zusammen. Sein Diener Bendel stützte ihn jeden Morgen die wenigen Schritte vom Zelt bis zu seinem Pferd und half ihm aufzusteigen, und als sie die Festung endlich erreichten, wurde er sogleich ins Lazarett gebracht.

Inzwischen war es Herbst geworden und der Krieg so unübersichtlich, dass Adelbert gar nichts über die allgemeine Lage sagen konnte. Wegen der Verletzung war er ohnehin für einige Wochen außer Gefecht gesetzt, und er gab sich Mühe, nicht zu jammern und niemandem zur Last zu fallen. Das Lazarett befand sich in einem der Festungstürme, dort lag Adelbert auf einem Klappbett, von Krüppeln umgeben, die aus anderen Kompanien hierher verlegt wurden. Einige lasen in der Bibel oder schrieben Briefe. Sie hatten schon Schlachten erlebt, manche wimmerten im Delirium, andere erzählten sich Grausames über den Gegner, etwa dass die Franzosen ihren Gefangenen die Zehennägel abrissen. Adelbert verdrehte die Augen, hielt es aber für klüger, seinen Mund zu halten und seinen Akzent zu verbergen. Wäre seine Identität aufgeflogen, hätten die anderen sich vermutlich geweigert, mit ihm in einem Saal zu liegen, oder sie hätten ihm Schikanen bereitet, ihn nachts verprügelt oder Schlimmeres. Diese Soldaten hassten ihren Feind wirklich, obwohl der Krieg doch etwas so Unpersönliches war und echte Feindschaft nur im Persönlichen möglich ist. Streit, dachte Adelbert, entsteht doch, wenn zwei Menschen unvereinbare Ziele verfolgen. Aber diese Soldaten hier hatten keine bestimmten politische Ziele; anfangs haben sie gewiss nur gemacht, was man ihnen sagte, und jetzt hatten sie einzig das ganz persönliche Ziel, zu überleben.

Im Lazarett schrieb er so viel und – erstaunlicherweise – so vortrefflich wie nie zuvor. Eine Krankheit kann das Bewusstsein in unbekannte Bereiche vordringen lassen, man schwebt in einem fremden Zustand und hat dazu noch die Zeit, sich eingehend zu beobachten. Was hatte Jean Paul über die Dichter gesagt? Dass sie verkappte Selbstmörder seien? Vielleicht, weil sie nur in der Nähe zum Tod diesen ehrlichen Blick auf sich selbst bekamen. Während um ihn herum der Krieg tobte, schrieb er das Märchen *Adelberts Fabel*, in dem der Held in einem gefrorenen Zustand, aber mit wachem Bewusstsein, viele Jahrhunderte in einem Eisschloss liegt, bis ein Mädchen kommt und ihn auftaut. Es war nicht schwer, hierin eine Beschreibung seines eigenen Zustands zu sehen, er versuchte auch gar nicht, es zu verstecken. Nie war er geistig wacher als in dieser Zeit, da er jeden Tag sterben konnte, während er sich in dem Festungsturm wie eingemauert fühlte. Und ein Mädchen wünschte er sich auch.

Er schrieb Briefe an alle Menschen, die er kannte, machte sein Testament, bedauerte sich und stellte Fragen an die Risse in der Zimmerdecke. Hatte er unweigerlich hier landen müssen oder hätte er eine Wahl gehabt? Warum hatte er aufgehört, sich über kleine Dinge zu freuen? Warum war alles schwarz geworden? Warum ließ er völlige Desillusionierung trotzdem nicht zu? Ist Nicht-Glauben einfach nicht möglich? Ist die Entstehung eines Gedichts so festgelegt im Ablauf der Zeit wie die Entstehung des Lebens im Universum? Kommt das Wissen über die Welt aus unserer Welt oder aus einer anderen? Wie sieht der menschliche Krieg vom Mond betrachtet aus? Gewiss würde man eine Spezies sehen, die sonst alles tut, um ihren Erhalt durch Fortpflanzung zu sichern, die aber zugleich eine massenhafte Selbstzerstörung organisiert. War das nicht verrückt?

Die anderen Verletzten hörten ihn diese Fragen in Richtung der Zimmerdecke murmeln und hielten ihn – so wie er sie – für delirierend. Aber er wusste, was er tat. Da war dieser eine Riss, der breiter werden musste, damit der Panzer der Riesenschildkröte zerfiel. Er gab Bendel einen Brief, in dem sich ein offizielles Abschiedsgesuch an den König befand, denn er hatte beschlossen, die Armee baldmöglichst zu verlassen. An Bendels Blick hätte er erkennen müssen, wie weltfremd dieser Brief war, schließlich befanden sie sich mitten im Krieg. Folgerichtig erhielt er acht Tage später vom Kriegsministerium die Ablehnung seines Gesuchs.

Bendel war wie ein Medium, das ihn über die Außenwelt unterrichtete, und in dieser Zeit kamen sie sich näher als in den Monaten zuvor. Von Bendel erfuhr er, dass Friedrich Wilhelm III. ein Ultimatum an Napoleon gestellt hatte, mit seinen Truppen die besetzten Gebiete in Süddeutschland zu verlassen. Natürlich ließ sich der kleine Korse auf kein Ultimatum ein, schickte stattdessen wie zum Trotz die *Grande Armée* weiter in Richtung Norden. In einem Dekret erklärte Napoleon schließlich, dass jeder Franzose, der in ausländischem Dienst stand und gefangengenommen wurde, erschossen werden sollte.

Das betraf ihn! Nun war Adelbert ein persönlich Gejagter. Er hatte das Gefühl, dieser kleine Teufel namens Napoleon wollte eine Rechnung mit ihm begleichen, dabei kannte er ihn gar nicht. Panik stieg in Adelbert auf und er fragte Bendel nach genaueren Informationen über die französischen Truppen. Näherten sie sich schon Hameln? Sollte er fliehen? Für Fahnenflucht wurde man standrechtlich erschossen, dessen war sich Adelbert bewusst. Und wohin sollte er fliehen? Varnhagen hatte ihm in seinem letzten Brief mitgeteilt, dass er ganz in der Nähe Hamelns auf Schloss Nennhausen weilte, und er hatte Adelbert sogar zu einem Besuch auf dem Schloss, das einem gewissen Friedrich de La Motte Fouqué gehörte, eingeladen. Wegen seiner Verletzung war ein Besuch bislang nicht infrage gekommen, doch nun schrieb er Varnhagen und fragte um Rat. Als Adelbert aber nach einer Woche noch keine Antwort erhielt, befürchtete er, dass die Postwege bereits vom Feind kontrolliert wurden.

Er hielt es nicht länger im Krankenbett aus, stand auf und zog sich hastig an, obwohl sein Zustand das nicht erlaubte. So humpelte er durch die Festung, in der die Soldaten wie im Fiebertraum agierten, fast als hätte die Lazarettluft sich ausgebreitet und die Menschen vernebelt. Gerüchte über das, was draußen geschah, blühten irreal bunt. Wörter für bisher ungeahnte seelische Zustände wurden von den Soldaten ad hoc erfunden, so sagte man etwa, man fühle sich *gebumfiedelt*, wobei Adelbert nie herausfand, was genau damit gemeint war. Als es hieß, dass Friedrich Wilhelm III. und sein Hof nach Königsberg geflohen waren, sagten die Soldaten, der Kaiser habe sich *verfrührückt*. Adelbert notierte sich diese Wörter, die ihm beispielhaft für die außerordentliche Situation des Krieges schienen. Als sie die Nachricht erhielten, dass die Trikolore auf dem Brandenburger Tor flatterte und Napoleon in Berlin eingeritten war, kam es in der Festung zu Tumult. Einige Soldaten befürworteten die Kapitulation, andere wollten bis zum Ende kämpfen; wiederum andere betranken sich bis zur Besinnungslosigkeit, was wohl auch eine Art Kapitulation darstellte. Aus Angst, gefangengenommen und erschossen zu werden, lief Adelbert die Wachposten ab und ermutigte sie, besonders aufmerksam zu sein, was man ihm als Loyalität auslegte. Dabei ging es ihm bloß um seine eigene Haut.

Angeblich befanden sich alle anderen preußischen Festungen schon in französischer Hand, nur hier in der Festung Hameln grub man sich tiefer und tiefer ein, obwohl alle wussten, dass der Krieg verloren war. Als die Offiziere die Kapitulation der Festung beschlossen, stürmten Soldaten niederen Rangs das Kommandozimmer, es kam zu Gewalt, auch zu Selbstmorden aus Verzweiflung. Adelbert sah zwei Soldaten sich Hand in Hand gegenseitig erschießen. Da hatte er seine Leichen. Es waren bloß Körper, bald erstarrt, erschreckend wertlos. Ein anderer Soldat erhängte sich mit seinem Gürtel, auch diese Leiche sah Adelbert.

Er wollte das Durcheinander nutzen, um heimlich die Festung zu verlassen, und suchte Bendel, damit er ihn begleitete, aber er fand ihn nirgends. Da Adelbert als loyal galt, erlaubte man ihm die Entsorgung des Abfalls durch eine Luke in der Festungsmauer. Durch diese Luke sprang er dem Abfall hinterher, wurde von der Riesenschildkröte ausgeschieden und wusste noch im Fallen, dass die Flucht weiterging. Was war das für ein Leben? Eine Frage an den Riss in der Zimmerdecke, der so breit geworden war, dass er nur noch aus Luft bestand, Luft, nach der Adelbert nun schnappte.

Er landete in einem stinkenden Brei, tauchte unter, hob langsam seinen Kopf aus dem Matsch und lauschte, ob man seine Flucht bemerkt hatte. Er wartete zitternd, bis es dunkel wurde, dann stieg er aus dem Graben, hinter ihm die düster aufragende Festungsmauer und vor ihm ein Wald, in dem vielleicht der Gegner bereits darauf wartete, ihn zu erschießen. Er rannte geduckt zum Waldrand, spürte den Schmutz in seinen schlecht abgebundenen Wunden brennen. Er kannte die ungefähre Richtung nach Schloss Nennhausen und humpelte die halbe Nacht durch den Wald. Da das Schloss im Norden lag, konnte er sich nach dem Nordstern richten, und als er ein paar Stunden im Unterholz ausruhte, küsste er den Siegelring an seinem Finger zum Dank. Er dachte an seine Freunde vom Dichterbund, an bessere Tage; und er dachte auch an Bendel und bedauerte es, sich nicht von ihm verabschiedet zu haben.

Am Vormittag erreichte er Schloss Nennhausen, wo Varnhagen ihn ein wenig überrascht, aber überschwänglich begrüßte.

Adelbert musste ihm zunächst wie eine Gespenstererscheinung vorgekommen sein, wie er dort verdreckt und humpelnd in den Schlossgarten trat, wo sein alter Freund eine Partie Krocket mit dem Schlossherrn spielte. Ein Gärtner, der gerade die Rosen schnitt, wollte ihn vertreiben, da rief er seinen Namen und gab sich zu erkennen. Varnhagen fragte ihn irritiert, warum er nicht per Kutsche den üblichen Weg über die Straßen genommen habe, und als Adelbert ihm die Lage in der Festung erklärte, kam ihm das schon wie ein Traumbericht vor. Fouqué, der in dem Schloss wie ein altmodischer Ritter lebte, verwunderte es besonders, ihn ohne Hut, ohne Handschuhe und ohne Schnupftuch anzutreffen. Adelbert sagte, er hätte diese Dinge unterwegs verloren, worauf Fouqué spöttelnd fragte, ob er denn wenigstens seinen Schatten bei sich trüge.

Für derart halbwitzige Kauserien fehlte Adelbert die Kraft, er stöhnte und fiel fast in Ohnmacht, und er war froh, dass Fouqués Gattin Caroline seine Lage besser erkannte und ihm ein Bett gab, wo sie seine Wunden reinigte und neu verband.

Adelbert schlief mehr als zehn Stunden, und als er erwachte, standen zwei Krücken neben seinem Bett. Er richtete sich mühsam auf, klemmte sich die Krücken unter seine Achselhöhlen und machte sich daran, das Schloss zu erkunden. Ob er hier sicher war, war keinesfalls gewiss. Die französischen Truppen befanden sich in der Gegend und durchsuchten bestimmt auch die Herrensitze. Als Adelbert durch die Flure ging, schien es ihm, als wäre hier die Zeit stehengeblieben. An den Wänden hingen Streitäxte, Hellebarden und Wandteppiche mit mittelalterlichen Motiven. In den Ecken waren Ritterrüstungen aufgestellt, und selbst der Schlossherr Fouqué kam ihm in einer klappernden Rüstung entgegen, die vermutlich seinem Ururgroßvater gehört hatte. »Nun, wie befindet ihr euch?«

Die altmodische Sprechweise und die Rüstung ließen Adelbert vermuten, auf dem Schloss fände ein Kostümfest statt, was Fouqué jedoch verneinte. »Es ist einfach die praktischste Kleidung, die ich mir vorstellen kann!«

Adelbert fragte ihn, ob er ebenfalls emigrierter Franzose sei, in der Hoffnung, einen Schicksalsgenossen gefunden zu haben. Aber Fouqué verstand die Frage nicht, meinte, es gäbe gar kein Frankreich und keine Französische Revolution, sondern nur das Reich Karls des Großen, das sich von den Pyrenäen bis zur Lausitz erstrecke. »Diese Revolution war nur ein Regionalkonflikt. Nichts, das mich beunruhigt!«

Adelbert hatte das Gefühl, mit einem Kind zu reden. Er machte große Augen, nickte und tat, als glaubte er diese Albernheiten. Hatte dieser Fouqué etwa zu viele Ritterromane gelesen? Er wünschte seinem Gastgeber einen guten Tag und ging weiter, um Varnhagen zu suchen, aber als aus einem Zimmer am Ende des Flurs Befehle auf Französisch drangen, machte er auf der Stelle kehrt und humpelte – den in seiner Ritterrüstung nur langsam vorrankommenden Fouqué überholend – zu seiner Kammer zurück. Als er in sein Bett sank, fühlte er eine ganz grundlegende Erschöpfung.

Er erwachte in der Nacht und sagte sich, dass die französischen Soldaten, wenn sie denn im Schloss wären, ihn doch längst geholt hätten. Dann schlief er erneut ein und wachte wieder auf, als die Sonne durch das rosenumrankte Fenster schien. Ein Krug mit Dünnbier stand neben seinem Bett, daneben ein Teller mit Brot und Käse. Gerade als Adelbert sich aufrichtete, steckte Varnhagen seine Nase durch den Türspalt und wünschte ihm einen guten Morgen.

»Sind Soldaten gekommen, um mich zu holen?« fragte Adelbert.

»Nein, nur ein Bote aus Paris, er hat das hier gebracht.« Varnhagen zeigte ihm einen Brief. »Von deinem Bruder Hippolyte.«

Adelbert ahnte, dass etwas Unerfreuliches passiert sein musste. Er öffnete den Brief und las, dass sein Vater und seine Mutter kurz hintereinander, wohl an den Pocken, gestorben waren. Adelbert merkte, dass er den Atem angehalten hatte, und nun schnaufte er laut und schnappte nach Luft. Er ermahnte sich, ruhig zu bleiben, sagte sich, dass es früher oder später so hatte kommen müssen. Hippolyte berichtete in dem Brief, dass seine Eltern in ihren letzten Lebensmonaten fast gar nicht mehr von Adelbert gesprochen hatten, beinahe als hätten sie ihn vergessen. Ihn betrübte das keineswegs, im Gegenteil, es war eine befreiende Entdeckung, dass seinen Eltern ihr eigenes Leben endlich wichtiger geworden war als das ihres Sohnes.

Adelbert verbrachte ein paar Tage im Bett, während seine Wunden an den Fersen heilten. Er spürte eine ruhige Traurigkeit, wenn er an seine Eltern dachte. Nur nachts schreckte er aus Kindheitsträumen auf, weinte und wurde sich erst allmählich bewusst, was der Tod seiner Eltern bedeutete. Seine erste Lebenshälfte war nun von ihm abgetrennt worden, wer konnte seine Erinnerungen an die Kindheit jetzt noch beglaubigen? Er saß im Bett und hörte ein metallisches Scheppern auf dem Flur, offenbar geisterte der Ritter auch nachts durchs Schloss, und das fand Adelbert bizarr.

Als sich am Vormittag Varnhagen an sein Bett setzte, fragte Adelbert ihn, was mit Fouqués Verstand passiert war. Zu seiner Überraschung verteidigte Varnhagen den Schlossherrn. »Ich bewundere ihn dafür, dass er kein anderes Wirklichkeitsgesetz über sich duldet als das seiner Fantasie.«

»Ach ja? Ich finde ihn lächerlich.«

Sie unterhielten sich auch über ihre Zukunft. Da Napoleon alle Universitäten hatte schließen lassen, konnte Varnhagen nicht weiterstudieren und war wie Adelbert auf Schloss Nennhausen wie auf einer Insel gestrandet. Adelbert fragte, wie es um ihn und

Rahel Levin stünde, und Varnhagen gab zu, dass sie sich briefliche Küsse schickten.

»Das ist immerhin ein Fortschritt«, seufzte Adelbert. »Und was soll ich machen? Das Mädchen aus Meaux heiraten, das mein Vater für mich ausgesucht hat?«

»Du könntest sie zumindest einmal besuchen.«

»Worüber soll ich mich mit einer Dreizehnjährigen unterhalten? Nein, wenn der Krieg vorbei ist, will auch ich studieren.«

Später, beim Krocketspiel im Schlosspark, erzählte ihm Fouqué von einer landwirtschaftlichen Akademie, die im Oderbruch östlich von Berlin gegründet worden war. Nur zwanzig Studenten lernten und forschten dort nach neuesten Methoden. Adelbert überraschte es, dass der mittelalterliche Ritter sich für fortschrittliche Landwirtschaft interessierte, aber die Studiengebühren waren für Adelbert viel zu hoch. Fouqué riet ihm, ein Darlehen aufzunehmen und begründete diese Notwendigkeit mit der grundsätzlichen menschlichen Kondition: »Wer leben will, muss schuldig werden! Indem du lebst, hast du dir schon ein Darlehen vom Unbelebten geborgt, da kommt es auf ein weiteres Darlehen nicht mehr an.«

Leider konnte er Fouqué nun wieder nicht ernst nehmen, und alles, was er später über diesen Mann erfuhr, bekräftige ihn in seiner Ablehnung. Fouqué hatte dutzende Rittermärchen geschrieben und sich damit einen gewissen Ruf bei einer weltfremden Leserschaft verdient. Er verherrlichte eine natürlich gewachsene Standesgesellschaft, die ihre Wurzeln im Mittelalter hatte und in der der Adel seine Funktion für alle Zeiten behielt. In einer völlig künstlichen Welt zu leben, das war offenbar sein Weg, als Franzose nie in Deutschland ankommen zu müssen. Für Adelbert stellte das keine Option dar. Einmal fand er Fouqué im Schlosspark in seiner Ritterrüstung auf dem Rücken liegen, hilflos wie ein Käfer, das Visier vors Gesicht geklappt. Adelbert kniete sich neben ihn und schob das Visier hoch. Die Augen des hilflosen Ritters waren angsterfüllt. Und während Adelbert ihm beim Aufstehen half, dachte er, dass die einzige Funktion, die der Adel heute noch hatte, die des Schmarotzers war.

Als er nach Berlin zurückkehrte, fiel ihm als Erstes das nackt wirkende Brandenburger Tor auf. Die Franzosen hatten tatsächlich die Schadowsche Quadriga nach Paris verfrachtet und im Louvre ausgestellt, so wie ein Jäger seine ausgestopften Trophäen im Salon gut sichtbar positionierte. Dieser Napoleon war schon ein gewitzter Kerl, denn so wurden die Berliner täglich an ihre Niederlage erinnert und die Pariser an ihren Sieg. Von der preußischen Armee war ohnehin nicht mehr viel übrig, seit sich Friedrich Wilhelm III. mit dem Frieden von Tilsit zur Reduzierung der Truppe verpflichtet hatte. Varnhagen hatte in allem Recht behalten, dieser König war schwach und zaudernd. Adelberts Kompanie existierte nicht mehr, er besaß kein regelmäßiges Einkommen. Immerhin schickte ihm Hippolyte ein paar Taler mit der Aussicht auf mehr, sobald die Erbschaft seiner Eltern geregelt wäre.

Er besuchte wieder Rahels Salon, aber es war nicht mehr dasselbe wie vor dem Krieg. Die Gäste waren anders, ungesittet und eifernd; man diskutierte nicht mehr über Poetologie oder Philosophie, sondern empörte sich lautstark über die Franzosen und über die patriotische Kränkung, die die Niederlage angeblich bedeutete. Ein kleiner, stämmiger Mann namens Ludwig Jahn klopfte Adelbert auf die Schulter und sagte, ihm wäre zu Ohren gekommen, dass er sich in Hameln gegen die Kapitulation ausgesprochen hätte. »Dann sind Sie ein Held!«

»Ich hatte einfach Angst vor den napoleonischen Truppen.«

Jahn zog die Augenbrauen zusammen, stieß dann aber Adelbert mit dem Ellbogen an, als wären sie Freunde. »Die Niederlage hat immerhin etwas Gutes. Jetzt wird es Reformen geben, und bald überflügeln wir Frankreich!«

»Wer's glaubt...«

»Angeblich hat der König sich schon den Zopf abgeschnitten!«

»Lieber der Zopf als der Kopf, was?« Tatsächlich hatte es ein paar Reformen in Preußen gegeben, die Schulpflicht für alle Kinder war eingeführt worden, auch Bürger durften nun Land kaufen und in Berlin wurde erstmals ein Stadtrat gewählt. Aber der übersteigerte Patriotismus Ludwig Jahns war Adelbert trotzdem zuwider, und bloß um ihn zu ärgern sagte er, dass er ein französischer Dichter sei, dass er die französische Lebensart der preußischen vorziehe, genauso wie das französische Essen, denn die Preußen hätten keinen Geschmack, weder kulturell noch kulinarisch.

Jahn schüttelte den Kopf und musterte Adelbert vom Scheitel bis zu den Sohlen. »Sie sind närrisch, mein Lieber! Haben Sie nicht Fichtes Rede an die deutsche Nation gelesen? Die Deutschen sind ein Urvolk, das zur Führung anderer nordischer Nationen berufen ist! Alles zeigt sich in den Deutschen klarer als in den Vermischungen seiner Nachbarn.«

»Und am klarsten zeigt sich bei den Deutschen der Irrsinn!« Adelbert war aufgebracht. So wie Jahn redete, hätte man wirklich glauben können, die Deutschen hätten gerade den Krieg gewonnen und nicht verloren. »Ich bin nicht nordisch, da haben Sie Recht, das sieht man schon an meinen dunklen Haaren. Aber das trifft, wenn Sie sich einmal umschauen, auf die meisten hier zu.«

Ludwig Jahn blickte sich um und schien erst jetzt zu begreifen, wo er sich befand. Sein Gesicht errötete, er stotterte und fuchtelte mit den Armen, bevor er seinen Hut nahm und den Salon verließ.

Als Adelbert Rahel davon erzählte, verdrehte sie die Augen. »Er hat ganz seltsame Geräte in der Hasenheide aufgebaut! Die reinsten Folterinstrumente, um die deutschen Männer auf den Kampf vorzubereiten. Er nennt es Turnen!«

»Was für ein seltsames Wort.«

»Er leitet es vom Wort ›Turnier‹ ab. Dieser Jahn hält sich wohl für einen edlen Ritter.«

Von Rittern hatte Adelbert inzwischen genug. Woher kam diese merkwürdige Mode? Plötzlich wollten die Menschen in Burgen wohnen und sehnten sich nach Minne und Aventuren! Adelbert nahm sich vor, den Platz in der Hasenheide, wo diese Geräte standen, einmal zu besuchen; auch zu einer der christlich-deutschen Tischgesellschaften wollte er gehen, die nun allerorts gegründet wurden. Rahel aber machte ihn darauf aufmerksam, dass bei diesen Gesellschaften weder Juden noch Frauen und erst recht keine Franzosen erwünscht waren.

Rahel und Varnhagen waren nun ein Paar, das sich auch in der Öffentlichkeit zusammen zeigte. Adelbert freute sich darüber, auch wenn er wusste, dass es für Rahel eine Vernunftentscheidung war. Sie ging auf ihr achtunddreißigstes Lebensjahr zu und wollte nicht mehr bei ihrer Mutter wohnen, das hatte sie ihm einmal verraten. Sie suchte einen sicheren Hafen, und da Varnhagen, fünfzehn Jahre jünger, sie vergötterte, nahm sie eben ihn. Und Adelbert verstand das gut.

Was er nicht verstand, war der neue Fanatismus, den er in Berlin antraf. Als ob den Menschen hier vor langem eine ungeheuerliche Idee in den Kopf gepflanzt worden war, die nun erblühte. Auf den Straßen kam es zu Schlägereien mit französischen Besatzungssoldaten. Jeder bellte ungefragt seine Gesinnung heraus und forderte dies auch von seinem Gegenüber. Da Adelberts Kleidung zerschlissen war, hielt man ihn zum Glück eher für einen Bettler als für einen Besatzer und ließ ihn meistens in Ruhe. Seine Situation war miserabel, das lag auch an seiner Sturheit. Er hatte nicht vor, sein Leben, das hauptsächlich aus Lesen, Nachdenken und Dichten bestand, grundlegend zu ändern, und schon gar nicht wollte er sich eine Arbeit suchen, die ihn zu müde für alles Geistige machte. Wenn er Hunger hatte, trieb er sich auf der Spreeinsel bei den Dienstboteneingängen des Schlosses herum, um ein paar Küchenabfälle zu ergattern. Manchmal war er so hungrig, dass er halluzinierte und sich das Hohenzollernschloss zerstört vorstellte, von Pflanzen überwuchert, südlichen, exotischen Pflanzen. Dann lachte er wild, setzte sich auf die steinerne Uferbefestigung und baumelte mit den Beinen, bis ihm jemand aus Mitleid einen Kreuzer hinwarf.

An Hippolyte schrieb er Brief um Brief, um sich nach dem Stand der Erbsache zu erkundigen, aber sein Bruder mahnte ihn zur Geduld. Bald konnte Adelbert sich sein Zimmer nicht mehr leisten und zog zu Hitzig, wo er die Tage ziellos verbrachte. Er schlief bis mittags, spielte dann mit Hitzigs Pflegetochter Antonie oder fertigte Scherenschnittportraits an, eine Mode, die aus England gekommen war. Wieder einmal wusste er nicht, welche Richtung sein Leben nehmen sollte. Im Scherenschnitt erwies er sich als so talentiert, dass er ein paar Portraits auf dem Spittelmarkt verkaufte und sich nun ernsthaft fragte, ob er es mit der bildenden Kunst versuchen und bei einem Kunstmaler in die Lehre gehen sollte. Für seine Gedichte hatte er noch nie einen Taler erhalten. War es der entscheidende Fehler seines Lebens, nicht zu wissen, welche Ausdrucksweise am besten zu ihm passte? Wäre das ein Vorwurf, den auch seine Eltern ihm machen würden? Ihm fiel auf, wie oft er sich noch in einem innerlichen Rechtfertigungszwang ihnen gegenüber befand.

Manchmal, wenn er zu laut mit Antonie herumalberte, ermahnte Hitzig ihn, leiser zu sein, denn er wollte keinen Ärger mit den Nachbarn haben. Adelbert nickte bedrückt. Es war gefährlich geworden, einen Franzosen zu beherbergen; es war eine Zeit angebrochen, in der die Nachbarschaft über einen zu Gericht saß, ohne dass man etwas davon ahnte. Eine Zeit, in der abends patriotische Fackelumzüge stattfanden und man sich in alten Burgruinen traf, um unpatriotische Bücher zu verbrennen.

Adelbert beschloss, Spanisch zu lernen, um Calderon im Original zu lesen, nachdem Rahel davon geschwärmt hatte. Ihr Salon verlor an Bedeutung, immer weniger Gäste kamen, nachdem Ludwig Jahn sich öffentlich von ihr losgesagt hatte. Dort, in Rahels Salon, traf Adelbert Cérès wieder, die für drei Wochen in Berlin weilte. Sie war so schön wie damals, als die beiden vorm Halleschen Tor auf der Wiese gelegen hatten. Aber sie sprachen nicht miteinander, warfen sich nur betrübte Blicke zu. Ihm wurde schmerzlich bewusst, dass sich seit ihrer Affäre nicht viel an seinen Lebensumständen verbessert hatte. Er war immer noch arm, mehr noch, er war inzwischen ein echter Taugenichts geworden. Wer hätte von ihm als Kind, ja noch als Jugendlicher gedacht, dass er einmal eine so nutzlose Existenz werden würde?

Gesellige Unterhaltungen im Freien

Weil sie sich die Turner in der Hasenheide ansehen wollten, spazierte Adelbert mit Varnhagen und Hitzig an einem nebligen Novembervormittag durchs südliche Stadttor hinaus in Richtung der bewaldeten Böschung. Er war ein wenig zerknirscht, denn hier in der Gegend hatten Cérès und er ein paar schöne Stunden verbracht. In Gedanken versunken hörte er nicht richtig zu, als Hitzig von seinem Plan erzählte, die Waisenhausbuchhandlung von Andreas Reimer zu kaufen und zur Michaelismesse in Leipzig seinen neuen Verlag vorzustellen.

»Eine hervorragende Idee«, sagte Varnhagen. »Du hast Spaß an der Kunst und am Unternehmertum, und das braucht ein guter Verleger.«

»Und du sagst gar nichts dazu?« beschwerte sich Hitzig bei ihm.

»Doch, das ist wunderbar!« Und mutig, dachte er. Nach dem ausbleibenden Erfolg des *Musenalmanachs* hatte Adelbert regelrecht Angst davor, Hitzig könnte ihn nach neuen Gedichten fragen. Er zweifelte an seiner schriftstellerischen Berufung, und ehrlich gesagt zweifelte er auch daran, mit Büchern überhaupt Geld verdienen zu können. Aber Hitzig war der Vernünftigste von ihnen, er vertraute seiner inneren Stimme viel mehr, als Adelbert es konnte. Wenn nicht Hitzig Erfolg haben würde, wer dann?

Hinter dem Halleschen Tor befand sich ein neuer Friedhof, der wegen der wachsenden Einwohnerzahl Berlins notwendig geworden war. Adelbert suchte die Stelle, wo Cérès und er gelegen hatten, aber Gräber befanden sich nun dort. Ziemlich bezeichnend für das, was aus ihrer Affäre geworden war. Adelbert stellte sich einen Grabstein vor, auf dem ihre beiden Namen standen.

Sie stiegen die Hasenheide hinauf, während Varnhagen jammerte, dass er Rahel nun seltener sehen würde. Da die Universitäten wieder geöffnet hatten, und weil Berlin immer noch keine eigene Universität besaß, musste er sein Medizinstudium in Tübingen fortsetzen.

»Das schaffst du schon«, sagte Adelbert sarkastisch. Er konnte sich immer noch kein Studium leisten, auch hatte er keine Frau, nach der er sich sehnte wie Varnhagen nach seiner Rahel. Er hatte in Cölln Huren besucht, aber das war nicht das gleiche. Die Mädchen dort waren schlechte Schauspielerinnen und nachdem sich Adelbert einen Tripper eingefangen hatte, verzichtete er auf diese fragwürdigen Vergnügungen

Kurz, er fühlte sich elend, und er rief: »Können wir aufhören, Pläne zu schmieden?«

»Ganz richtig. Schau!« sagte Hitzig und zeigte durch die Bäume auf einen Platz, wo ein Mann in weißem Hemd und weißer Hose Anlauf nahm, um mit gespreizten Beinen über einen Holzkasten zu springen. Ein anderer stützte sich mit seinen Ellbogen auf zwei horizontale Stangen, während seine Beine vor- und zurückschwangen. Ludwig Jahn beaufsichtigte alles und gab Anweisungen. Selbst aus der Entfernung nahm Adelbert die konzentrierte Atmosphäre wahr, als ob jede Bewegung wohlüberlegt angegangen wurde. Aber was war der Zweck? Die Übungen erinnerten ihn an militärischen Drill, nur dass die Männer dies hier freiwillig taten. »Was für eine Vergeudung menschlicher Lebenskraft!«

»Schsch«, machte Hitzig, aber Ludwig Jahn hatte sie schon entdeckt und sich an Adelbert erinnert. Er pfiff zwei seiner Männer zu sich und zeigte mit der Hand in ihre Richtung.

»Ich glaube, wir sollten verschwinden«, sagte Varnhagen.

»Diese turnenden Patrioten sollen ruhig kommen«, sagte Adelbert, aber Hitzig zog ihn am Arm fort. Halb belustig und halb erschrocken rannten sie den Abhang hinunter zum Stadttor zurück und blickten sich erst dort wieder um. Die Männer waren ihnen nicht gefolgt. Trotzdem gingen sie zügig zu Hitzigs Wohnung weiter.

Dort bei Hitzig war ein Brief von Hippolyte eingetroffen. Adelbert befühlte den Umschlag und war enttäuscht, denn offenbar enthielt er kein Geld. Als er den Brief geöffnet und gelesen hatte, wusste er nicht, ob er sich freuen sollte. Sein Bruder hatte ihm eine Stelle als Lehrer in einer französischen Kleinstadt vermittelt.

Ein einfacher Lehrer sein? Varnhagen und Hitzig fanden das keine schlechte Idee und rieten ihm zu, sie waren schließlich ebenfalls dabei, sich zu etablieren, sich für ihre mittlere Lebensphase, die nicht mehr weit entfernt lag, einzurichten. Und als Dichter war Adelbert wohl eindeutig gescheitert. Als Lehrer hätte er ein solides Auskommen, wie man so sagte, ein Leben zwar ohne größere Ambitionen, aber vielleicht dennoch reizvoll.

Fünf Tage später fuhr er mit dem Schlitten auf der zugefrorenen Elbe bis nach Osnabrück, bevor es über Aachen mit der Kutsche weiterging. Seine Manuskripte und Scherenschnitte hatte er bei Hitzig deponiert, und er wusste nicht, ob er diese Dinge überhaupt jemals wieder anfassen würde.

Es war seltsam, wieder in Frankreich zu sein, er fühlte sich wie ein Ausländer. Am frühen Abend traf er in dem Städtchen ein, die Kirche läutete gerade sechs Uhr, aber keine Menschenseele befand sich auf der Straße. War man schon zu Bett gegangen? Adelbert wurde melancholisch und er tröstete sich damit, dass er nicht den Rest seines Lebens hier verbringen müsste, höchstens vielleicht ein paar Jahre. Oder machte er sich etwas vor? Er war doch ein seltsamer Vogel, und wenn er einmal den Grund dafür fände, würde er sich selbst einen Brief schreiben und sich darin erklären.

Mit der Empfehlung seines Bruders in der Hand klopfte er an das Haus des Schuldirektors, doch der Herr, der ihm öffnete, wusste nichts von einer freien Stelle an seiner Schule.

»Sind Sie nicht der Direktor?« fragte Adelbert.

»Das bin ich.«

Adelbert gab ihm den Brief. Der Direktor las und blickte zwischendurch immer wieder auf, Adelbert musternd, als wäre er ein Zirkusartist, fahrendes Volk oder dergleichen. Adelbert fühlte sich unwohl. Stimmte etwas nicht mit seiner Kleidung?

»Also«, sagte der Direktor, »wir hatten hier eine freie Stelle vor zwei Jahren. Sie haben sich auf eine alte Annonce beworben.«

Adelbert musste lachen. Was für ein Pech! Oder vielmehr was für ein Glück! Kurz ärgerte er sich über seinen Bruder, aber nur der Umstände wegen, die er Adelbert bereitet hat. Die Fahrt hierher war mühevoll und völlig umsonst gewesen. Er verabschiedete sich vom Direktor und bestieg erleichtert die Kutsche. Noch am gleichen Abend reiste er nach Paris weiter, nicht um mit Hippolyte zu schimpfen, sondern um ihm zu danken. Sein Bruder hatte ihm irrtümlich gezeigt, wer er nicht sein wollte.

In Paris wohnte er bei Hippolyte in der Rue de l'Oratoire, gegenüber einer Kirche. Jeden Morgen um sechs Uhr schüttelte der Klang der Glocken ihn durch, sodass an Weiterschlafen nicht zu denken war. Hippolyte und seine Familie waren, wenn er verschlafen in die Küche kam, immer schon wach und sahen ihn an, als käme er buchstäblich aus einer Traumwelt zu ihnen herüber. Sein Bruder hatte eine Beamtenlaufbahn eingeschlagen und war so verknöchert, wie Adelbert es nie werden wollte. Jeden

Scherz musste er ihm erklären, und Gedichte ließen ihn ratlos zurück, weil er keinerlei Sensorium für Dinge hatte, die nicht auf den ersten Blick nützlich waren. Hippolyte nahm alles wörtlich, weshalb er sich nur wohlfühlte, wenn er über Verwaltungsfragen sprach; für frei Zirkulierendes war sein Kopf schlichtweg zu quadratisch. Adelbert traute ihm zu, dass er den Wohnort neben der Kirche bewusst ausgewählt hatte, bloß um sich und seine Familie zu schinden.

Bald nach seiner Ankunft hatte ihm sein Bruder eröffnet, dass aus dem Erbe seiner Eltern nur etwa hundert Taler für ihn abfielen. Immerhin, das war mehr, als er jemals besessen hatte. Als Hippolyte ihm das Geld auszahlte, fragte er Adelbert nach seinem Ziel im Leben. »Immer noch Gedichte schreiben? Du wirst bald dreißig!«

Er zuckte mit den Schultern. »Ich weiß nicht, was aus mir wird.«

»Worauf wartest du? Auf ein Wunder?«

»Ach Hippolyte…« Er schmollte, zog sich in seine Kammer zurück und wartete auf dem Bett sitzend, bis sein Bruder ins Büro gegangen war, dann erst traute er sich wieder heraus.

In der ersten Woche seines Aufenthalts genoss er die Großzügigkeit, die man Urlaubern gern entgegenbringt. Hippolyte lud ihn zum Diner ein und gab sich interessiert, wenn Adelbert von seinen Museumsbesuchen berichtete. Bald aber wurde sein Bruder ungeduldig und fragte, was er in Paris eigentlich machen und wie lange er bleiben wolle.

Adelbert konnte beides nicht beantworten. An den Vormittagen trieb er sich an den Seine-Brücken herum. Ein Brief von Hitzig versorgte ihn unerwartet mit einem Auftrag. Sein Freund wollte im neuen Verlag auch französische Literatur anbieten, und da der Buchhandel zwischen beiden Ländern seit dem Krieg eingestellt war, sollte Adelbert, sozusagen an der Quelle, Autoren finden.

Abends hielt er es ohnehin nicht lang in Hippolytes Wohnung aus. Adelbert hatte ihm stolz von Hitzigs Auftrag erzählt, aber für einen Verleger Autoren heranzuschaffen glich für Hippolyte zu sehr der Arbeit eines Laufburschen. Sobald sein Bruder aus dem Büro nach Hause kam, ging Adelbert auf die Straße und weiter in Richtung Montmartre, setzte sich in die Kneipen zu den Studenten und zu den poetischen Galgenvögeln, die, sobald sie nur betrunken genug waren, begannen, ihre Gedichte zu rezitieren. Am Ende kam es nicht selten zu einer Prügelei. Brauchbare Gedichte hörte Adelbert nie.

Er las ein paar neuere Franzosen, von denen ihm keiner zusagte. Und er streifte durch die Armenviertel, auf Suche nach alten Liedern. Er hatte die Vorstellung, poetische Schätze zu heben, die das Volk über Jahrhunderte bewahrt hatte und in denen sich die Seele Frankreichs zeigen würde. Das Ganze hätte als Sammlung veröffentlicht werden können, als Gegenstück zu Brentanos *Des Knaben Wunderhorn*. Aber auch hier fand Adelbert selten etwas Originelles. Die Armen kopierten bloß die bekannten Komponisten, wobei er nicht wusste, ob sie sich vielleicht einfach nicht trauten, ihm etwas anderes vorzusingen als das, von dem sie meinten, dass es ihm gefiel.

Einmal hörte er einen Kerzengießer ein Wiegenlied singen, das so fremd klang, als entstammte es tatsächlich einer verborgenen Welt. Adelbert sprach ihn an, fragte, ob er den Liedtext aufschreiben dürfe, da spürte er schon eine Faust in seinem Gesicht.

Als Hippolyte ihn nach dem Grund für sein blaues Auge fragte, sagte er, er wäre überfallen worden. Sein Bruder hätte weder verstanden, was ihn an alten Liedern interessierte, noch, was den Kerzengießer wütend gemacht hatte.

»Kein Wunder, wenn du dich in solchen Gegenden herumtreibst.«

»Du treibst dich tagsüber in deinem Büro herum, schämst du dich nicht?« Adelbert fand ungeahntes Vergnügen daran, den Spieß umzudrehen und einmal seinem Bruder Vorwürfe zu machen.

»Was meinst du damit?« Hippolyte sah ihn mit großen Augen an, und Adelbert verstand ja selbst nicht, was er damit sagen wollte.

Aber der Vorwurf zeigte Wirkung, und eines Tages verkündete Hippolyte stolz, dass es auch in Paris Salons gäbe. »Die Berliner Salons sind mir ja durchaus bekannt, auch wenn ich ihren Sinn nicht verstehe.«

»Es geht genau um das, um Sinn. Um den Austausch von Ideen.«

Hippolyte seufzte, aber dann forderte er Adelbert auf, ihn in einen der Pariser Salons zu begleiten. »Es wird dich überraschen, aber ich bin ein gern gesehener Gast dort.«

»Du?«

»Freilich geht es bei uns etwas konventioneller zu, vor allem, was die Kleidung betrifft.«

Hippolyte lieh ihm einen seiner besseren Fracks, mit einem hohen Stehkragen, dessen spitze Enden Adelbert bis zu den Mundwinkeln reichten. Er fand, dass er darin entweder wie ein russischer Diplomat aussah oder wie der Attentäter eines russischen Diplomaten. In dieser Aufmachung betraten sie ein Palais am Quai d'Orsay, wobei er aus Hippolytes nervösem Verhalten schloss, dass er vielleicht doch kein so regelmäßiger Gast hier war.

Stimmengewirr brodelte in den hohen Fluren des imposanten Gebäudes, wo goldgerahmte Gemälde hingen und von irgendwoher sogar Orchestermusik schallte. Es war eher ein Ball als ein Salon. Und auch hier waren viele Deutsche anwesend. Gleich am Eingang standen Zuhörer um einen beleibten Mann, der sich als Alexander von Humboldt herausstellte. »Der ist auch hier?« zischte Adelbert. »Warum hast du das nicht gesagt?«

»Ist er wichtig?«

»Er ist der Größte, neben Goethe.« Der berühmte Entdecker berichtete von seiner Andenexpedition und fuhr sich währenddessen mit einem Taschentuch immer wieder über das ledrige Gesicht, dem das südamerikanische Wetter wohl arg zugesetzt hatte. Adelbert wollte zu ihm durchdringen, um mehr zu hören, aber Hippolyte mahnte ihn zur Eile. »Wir sind verabredet. Das heißt, ich bin verabredet. Ich möchte dir jemanden vorstellen.«

»Eine Frau?« War das der Grund für Hippolytes Nervosität? Hatte er eine Geliebte? Hippolyte errötete und führte ihn tatsächlich zu einer Dame, die sich gerade zu ihnen umdrehte.

»Darf ich vorstellen, Helmina de Chézy«, sagte sein Bruder.

Adelbert schluckte und stotterte. Das war doch Wilhelmine! Vor acht Jahren, am Hof der alten Königin, hatten sie sich zuletzt gesehen. Sie wirkte immer noch zauberhaft.

»Adelbert? Du hier?« Sie fiel ihm um den Hals, ihre violetten Glacéhandschuhe raschelten an seinen Ohren, und er dachte daran, wie er halbnackt nachts vor ihrem Fenster gestanden hatte, um ihr ein Gedicht vorzutragen. Diese Erinnerung war ihm peinlich. Über Wilhelmines Schulter hinweg sah er Hippolyte das Weite suchen.

»Ich wusste nicht, dass du Hippolyte kennst«, sagte er.

»Wer ist Hippolyte?«

»Nicht so wichtig. Wie ist es dir ergangen?«

Wilhelmines Gesichtszüge waren erwachsener und markanter geworden, ihr Rücken immer noch kerzengerade. Adelbert erfuhr, dass sie als Journalistin arbeitete und ironischerweise mit einem Franzosen verheiratet war, mit dem sie zwei Söhne hatte.

»Damals wolltest du mich nicht, weil ich Franzose war.«

»Wirklich? Daran kann ich mich nicht erinnern.«

Er holte Luft für eine große Beschwerde, schluckte dann aber nur trocken. Seine Fassungslosigkeit belustigte Wilhelmine und sie küsste ihn auf die Wange, als ob sie ihn damit für alles entschädigte. Sie erzählte, dass sie für Cotta die *Französischen Miscellen* herausgab, und sie gestand ihm, dass ihre Ehe kurz vor der Scheidung stand. »Eigentlich ist es schon meine zweite.« Sie zuckte mit den Schultern und griff nach einem Glas Champagner, das auf einem Tablett vorbeischwebte. »Ich bin gern unabhängig, und meine Arbeit ist mir das Wichtigste. Ich wurde von der Baronin de Staël beauftragt, in Paris den Druck ihres Buchs *De l'Allemagne* zu überwachen. Zusammen mit diesem Herrn dort.« Ihr Blick ging zu einem etwa fünfzigjährigen Mann, der einen Frack und weiße Gamaschen trug und laut zu einer Gruppe von Bewunderern sprach. »August Wilhelm Schlegel.« Wilhelmine seufzte tief, wobei ihr Dekolleté kurz aufwogte.

Schlegel war ein rechter Gockel, er hatte aschblondes Haar und blasse Lippen, sah ungesund aus und sehr poetisch. Ob Wilhelmine in ihn verliebt war? »Dieser Schlegel, ist er Madame de Staëls Favorit?«

»Zurzeit jedenfalls. Aber bei Madame weiß man nie. Sie ist eine außergewöhnliche Frau.«

»Kann ich sie kennenlernen?«

»Das wird schwer. Nach einem Dekret Napoleons darf sie sich Paris nicht mehr als vierhundert Meilen nähern. Die Arme ist ständig auf der Flucht, gerade wohnt sie in Chamont.«

Sie lächelte und fuhr mit einem Finger über seinen spitzen Hemdkragen. »Pass auf, dass du damit niemandem ins Auge stichst.«

»Oder dass Speisereste daran hängenbleiben. Diese Art Kragen wird Mitesser genannt, hast du das gewusst?«

Sie lachte und ließ ihre Hand lange auf seiner Taille ruhen, während sie ihn nach Montmorency einlud, einem Vorort von

Paris, wo sie die Bibliothek für ihre Arbeit nutzte. »Eine wunderbare Bibliothek«, flüsterte sie. »Du wirst sie lieben.«

Er sah, wie die Zuhörer um Schlegel herum das Interesse verloren und sich, einer nach dem anderen, abwandten. Auch Wilhelmine erkannte das und wurde hektisch. »Er ist eine Attraktion, aber er kann die Zuhörer nur kurz begeistern, das weiß er, das macht seine ganze Tragik aus. Ich muss mich nun um ihn kümmern, bevor er unerträglich wird.«

Er verschob seinen Besuch in Montmorency immer wieder, denn er ahnte, worauf es hinauslaufen würde. Wilhelmines sehr damenhafter Duft war in seiner Nase und hielt sich hartnäckig dort, und er träumte auch wieder von ihr. Aber eines Tages fuhr er doch nach Montmorency hinaus, unter dem Vorwand, ihr bei einer Übersetzung zu helfen. Wilhelmine empfing ihn am Tor und küsste ihn auf den Mund, sobald er aus der Kutsche gestiegen war. Dann ließ sie von ihm ab und schüttelte den Kopf. »Was tust du hier?«

»Du hast mich eingeladen.«

»Ach, Adelbert.«

Sie zeigte ihm die Bibliothek, deren Rocaillen-Decke wie Meerschaum, wie ein Strand voller Muscheln wirkte. Sie stiegen die Wendeltreppe zu einer Empore hinauf, nahmen alte Bücher und pusteten den Staub von den Ledereinbänden. Seit Napoleon an der Macht war, wurden viele Residenzen zu Bibliotheken umgewandelt, so auch Montmorency.

Im Lesesaal, wo einmal Bankette für Prinzessinnen stattgefunden hatten, arbeitete Wilhelmine an einer Übersetzung von Schlegels *Vorlesungen über Dramatische Kunst*. Sie zeigte Adelbert ihren Arbeitsplatz, schob einen Bücherstapel auf dem großen Eichentisch beiseite, lehnte sich rücklings an die Tischkante und lächelte ihn an.

»Wo ist Schlegel?« fragte er.

»Hast du Angst vor ihm?«

»Nein.«

»Solltest du. Er ist verrückt.« Sie streckte ihre Arme nach ihm aus und zog ihn zwischen ihre Beine. Er musste an den Musikunterricht denken, den Platz des Cellos nahm er nun ein. Als sie den Saum ihres Kleides lüpfte, sah er blaue Flecken auf ihren Kniescheiben.

Sie spazierten durch den ehemaligen Schlosspark, dessen geometrisch geschnittene Hecken Adelbert langweilten. Warum Pflanzen dressieren anstatt sie frei wachsen zu lassen? Sie unterhielten sich über frühere Zeiten auf Schloss Monbijou. Die alte Königin war inzwischen gestorben. »Wie ich diese ›Lebenden Gemälde‹ gehasst habe!« sagte Wilhelmine und seufzte. »Aber ich muss jetzt an meinen Schreibtisch zurückkehren. Schlegel ist ein Arbeitstier, das muss man ihm lassen. Er schimpft, wenn er sich alleingelassen fühlt.«

Sie küsste ihn und ließ ihn im Park allein. Er fühlte sich vor die Tür gesetzt, besaß aber genug Würde, Wilhelmine nicht hinterherzulaufen. Da die Luft schon nach Frühling roch, marschierte er zu Fuß nach Paris, er dachte nur an Wilhelmine und schimpfte sich deswegen aus.

In den nächsten Tagen wartete er auf eine weitere Einladung nach Montmorency, aber Wilhelmine ließ ihn zappeln. Daher beschloss er, sie ohne Einladung zu besuchen und stand bald mit einem unguten Gefühl vor dem Tor.

»Du bist einfach hergekommen?«

Er entschuldigte sich, zuckte mit den Schultern und hoffte, sie würde ihn küssen. Aber das tat sie nicht.

»Ich hab' keine Zeit, tut mir leid.«

Übellaunig kehrte er nach Paris zurück und schwor sich, Wilhelmine nicht wiederzusehen. Er war kein Libertin, zumindest nicht in der Liebe. Er nahm die Dinge nicht leicht genug, hatte nie jonglieren gelernt. Jonglierte Wilhelmine mit ihm und anderen Männern? Auch mit Schlegel? Als sie sagte, er sei verrückt, meinte sie da, verrückt nach ihr?

Die folgende Woche konnte er nicht klar denken vor Eifersucht, und umso euphorischer reagierte er, als dann doch ein Brief von Wilhelmine eintraf, in dem sie ihn – mit den süßesten, sehnsuchtsvollsten Worten – zu sich nach Montmorency lockte. Natürlich fuhr er sofort hin, und natürlich schliefen sie miteinander. Sie vögelten wie von tausend Teufeln besessen auf dem Fußboden der Bibliothek, Adelbert dachte an die blauen Flecke auf ihren Knien.

Als Wilhelmine sich unvermittelt verabschieden wollte, stellte er sie zur Rede, sagte, dass es so nicht weitergehen könne und dass er litt.

»Mir geht es nicht besser«, sagte sie »ich bin nicht mehr jung, ich muss zwei Kinder versorgen, und eigentlich brauche ich einen Mann in gehobener Stellung, mit entsprechenden Einkünften.«

Das war also der Grund. Seine zweifelhafte Existenz. Und er verstand Wilhelmine sogar und wollte nicht, dass sie ihr Leben an seiner Seite vergeudete, denn er war nun mal ein Taugenichts. Er wünschte ihr »Lebe wohl«, hoffte in Paris dann aber trotzdem auf die nächste Einladung nach Montmorency.

Seine Rettung kam in Form eines Briefes der Baronin de Staël, die ihn aufforderte, zu ihr zu kommen. Adelbert war erleichtert, dass es nun einen Grund gab, Paris und damit Wilhelmine zu verlassen, und er machte sich sogleich auf die Reise.

Das Schloss stand am Ufer der Loire, so romantisch wie nur irgendeines der Schlösser auf den Gemälden, die neuerdings in Paris ausgestellt wurden. Von Weitem wirkten die spitzen Schiefertürme wie bedrohliche, den Himmel abwehrende Lanzen.

Da es unterwegs regnete, kam Adelbert völlig durchnässt an, und einer der Diener warf ihm sogleich eine Decke über den Kopf. Er fühlte sich wie ein Kind, das nach Hause gekommen war. Ein Geruch nach Patschuli und Pfefferminze wehte ihm entgegen, als er zu Madame geführt wurde, die ihn in einem golddurchwirkten, orientalischen Gewand empfing. Sie ließ sich die Hand küssen und lobte den Ankömmling für den Mut, sie zu besuchen. »Ich gelte als Verräterin, weil ich mich nicht scheue, die Wahrheit zu sagen«, sagte sie in einem besseren Deutsch als das Adelberts, was ihn einigermaßen bestürzte.

Er hatte noch keinen ihrer Romane oder Essays gelesen, und als er sich Madame nun genauer ansah, wuchs nicht gerade der Wunsch danach. Sie wirkte hektisch, hörte ihm nicht richtig zu, sonnte sich in der offensichtlichen Bewunderung der anderen anwesenden Männer, von denen manche mit nacktem Oberkörper einhergingen wie in einem Harem. Jeder von ihnen hätte ihr Liebhaber sein können. Allerdings waren sie höflich zu Adelbert und behandelten ihn keinesfalls wie einen Konkurrenten.

Man gab ihm Tee, und einige der Jünglinge grinsten, als die Baronin ihn zu einem Spiel namens *petite poste* aufforderte. Sie gab ihm Stift und Papier, und hieß ihn am Tisch platznehmen. Sie selbst setzte sich ihm gegenüber und forderte ihn zu einem »stummen Gespräch« auf. Alle Gäste, sagte sie, müssten sich diesem Aufnahmeritual unterziehen.

Er schrieb: *Will ich denn überhaupt aufgenommen werden?*

Sie schrieb: *Sie scheinen mir ein wenig verloren zwischen Deutschland und Frankreich. Sehen Sie sich als Deutscher?*

Er: *Ich habe in der preußischen Armee gedient!!!*

Sie: *Diese drei Ausrufezeichen finde ich typisch französisch.*

Er: *Zwischen uns gibt es offenbar ein Missverständnis. Zwischen uns fließt der Rhein!*

Sie: *Die Marne!*

Er: *Die Spree!*

Er war sich noch nicht sicher, ob er die Baronin leiden mochte. Sie lächelte ihn an, flirtete sie mit ihm? Er fand sie recht ansehnlich, mit ihren dunklen, dichten Augenbrauen und ihrem schwarzen Haar. Ein wenig rundlich war sie, die Wangen voll. »Das ist ein albernes Spiel.« Er stand vom Stuhl auf und fuhr sich mit der Hand über die Augen. Eine magische Laterne hing an der Saaldecke, projizierte bunte Bilder an die Wände und verwirrte Adelberts Sinne.

»Verzeihung, für die Beleuchtung kann ich nichts, ich habe das Schloss nur gemietet. Der Eigentümer fährt den Mississippi rauf und runter, vermutlich auf der Suche nach Gold.«

Hatte er die Aufnahmeprüfung bestanden? Jedenfalls schickte die Baronin ihn nicht in den Regen hinaus, sondern gab ihm ein Zimmer gleich neben dem ihren. Wollte sie ihn verführen? Oder wollte sie ihn studieren? Ihr Buch *De l'Allemagne* war auf Reisen durch Deutschland entstanden, und ein aus Frankreich stammender Deutscher, der nach Frankreich zurückgekehrt war, musste sie faszinieren. Wie auch immer, Adelbert war verzweifelt und arm genug, um beide Möglichkeiten – das Verführt- wie das Studiertwerden – zuzulassen.

Aus seinem Zimmer blickte er auf eine Obstwiese hinab. Er öffnete das Fenster, leichter Mostgeruch stieg zu ihm auf. Warum rochen Apfelleichen so süß? Er machte sich ein Feuer in dem kleinen Ofen, zog sich um und fühlte sich unter Madames Fittichen überraschend beschützt. Immerhin war er hier unbehelligt von den ständigen Zukunftsfragen seines Bruders. Und solange Wilhelmine in Paris blieb, war er auch vor ihr sicher.

Am Abend gab es Fettammern à la Rothschild, die er mit einem Tuch über dem Kopf verspeiste, um das Aroma des Vogels nicht entweichen zu lassen. Die winzigen Knöchelchen knackten zwischen seinen Kiefern wie Salzstangen. Als ihm die Baronin die grausame Prozedur des Mästens erklärte, wurde ihm übel, aber er riss sich zusammen. Eine Zirkusgruppe samt Messer- und Feuerschluckern trat im größten Saal des Schlosses auf, ein kleinwüchsiger Hanswurst spielte den Napoleon, dessen dreieckiger Hut so groß war, dass er fast darunter verschwand. Adelbert fand das nicht witzig, aber die Baronin lachte laut, und da er höflich sein wollte, lachte er mit. Dann geschah etwas Seltsames. Der kleine Napoleon stolperte über seine eigenen Beine und berührte dabei den Fuß der Baronin, die erschrocken die gesamte Vorstellung abbrach. Sie musste gegen Napoleon eine geradezu körperliche Abneigung hegen.

»Die Baronin ist eine Meisterin der selbstinduzierten Panik«, flüsterte ein rothaariger Jüngling neben ihm. »Medizinische Geräte erschrecken sie so sehr, dass eine verlässliche Blutdruckmessung bei ihr nicht möglich ist.« Der Rothaarige schnappte sich Adelberts Handgelenk, sah ihm in die Augen und schien stumm zu zählen. Adelbert zog seine Hand fort. Der junge Mann war ihm nicht geheuer. Außerdem war allgemein bekannt, dass die Baronin seit Jahren von der französischen Geheimpolizei überwacht wurde, und bestimmt befanden sich auch hier Spitzel.

In der Nacht lag er wach und hoffte auf ein Zeichen aus Madames Zimmer nebenan. Gern hätte er sich als deutsch-französisches Forschungsobjekt zur Verfügung gestellt, wenn er dadurch weiter unter ihrem Dach und an ihrer Tafel speisen durfte. Wäre Madame zu ihm herübergekommen, hätte er sie in sein Bett gelassen. Dass sie fünfzehn Jahre älter war als er, störte ihn nicht. Er lauschte auf ein Klopfen, auf ein Knarren der Tür. Aber sie kam nicht.

Am nächsten Morgen begrüßte die Baronin ihn in einem orangefarbenen, angeblich aus Tibet stammenden Mönchskittel.

»Sie verkleiden sich gern«, stellte Adelbert fest.

»Ich suche mir meine Vaterländer aus. Heimat ist jeder Ort, an den sich der Geist hängt. Und mein Geist ist sehr beweglich. Gerade lese ich die Upanischaden.«

Nach dem Frühstück, während eines Spaziergangs am Flussufer, führten sie ihr Gespräch fort. »Ist Heimat nicht dort«, fragte Adelbert, »wo der Geist willkommen ist? Ich bin überall fremd, weil mein Kopf so anders denkt.«

»Bei mir sind alle willkommen«, sagte sie, und es klang fast ehrlich. Sie griff seine Hand und legte sie auf ihren Hals. Diese forsche Art verunsicherte ihn, aber er zog seine Hand nicht fort. Er spürte die ein wenig feuchte, warme Haut der Baronin. »Wollen Sie meinen Herzschlag zählen?« fragte sie.

Was war das nur für ein Spleen? Er schluckte. »Das würde eine unzuverlässige Messung ergeben.«

»Jetzt sind Sie wieder typisch deutsch.«

»Deutschland gibt es gar nicht, das sollten Sie wissen. Es gibt nur Sachsen und Württemberg und Preußen und…«

»Deutschland als Idee ist noch jung, aber diese Idee wird wachsen.«

»Sprechen Sie von den Patrioten? Ich verachte sie.«

»Warum? Patriotismus ist eine Form von Nächstenliebe!«

»Die an Grenzen halt macht. Außerdem hat ein Land keinen Charakter, nur einzelne Menschen.«

»Seien Sie still.« Sie führte seine Hand an ihre Lippen und küsste seine Handinnenfläche, steckte sich seinen Daumen in den Mund. Adelbert blickte sich verlegen um und das verleitete die Baronin dazu, ihn zu beißen.

Erschrocken zog er seine Hand zurück.

Als sie zum Schloss zurückkehrten, stand eine Kutsche, reich verziert wie eine Tabaksdose, im Innenhof und ein fremder Mann empfing sie streng. Er stellte sich als der Besitzer des Schlosses vor und zeigte sich verwundert über die vielen leichtbekleideten Männer.

Madame seufzte. »Ich hatte gehofft, Sie bleiben etwas länger auf dem Mississippi!«

Die ganze Gesellschaft musste binnen Stunden die Sachen packen und in ein anderes Schloss umsiedeln. Die Baronin nahm es gelassen und beobachtete Adelberts Reaktion, als wollte sie sehen, ob er auf die neuen Anforderungen unflexibel wie ein Deutscher oder ungeordnet wie ein Franzose reagierte. Aber er dachte nur bei sich, dass es doch angenehm ist, reich zu sein und so selbstverständlich von einem Schloss zum nächsten zu ziehen.

Aber auch im neuen Schloss konnten sie nicht lange bleiben. Drei Wochen nach ihrem Einzug erhielt Madame einen Brief des französischen Innenministers. Die Zensurbehörde hatte ihr Buch *De l'Allemagne* verboten, bereits gedruckte Exemplare sollten vernichtet werden. Außerdem musste die Baronin auf Befehl Napoleons Frankreich innerhalb von vierundzwanzig Stunden verlassen. Auch Schlegel war aus Frankreich verbannt worden, hieß es, nur Wilhelmine durfte in Paris bleiben, ihr fiel es zu, Madame de Staëls Ruf zu verteidigen. Adelbert vermied es, sich vorzustellen, was genau damit gemeint war. Er dachte an den Zirkusnapoleon und an den Rothaarigen, den er seitdem nicht wieder gesehen hatte. War er der Verräter? Hatte er die Szene weitergetragen und den echten Napoleon erzürnt?

Die skurrile Gesellschaft, samt Messer- und Feuerschluckern, musste erneut ihre Koffer packen und tat dies auf bewundernswert gelassene Art, fast wie aus Gewohnheit. Der ganze Tross floh in die Schweiz, nach Coppet am Genfer See, und Adelbert kam mit, denn er gehörte nun zur Familie.

Er war noch nie im Hochgebirge gewesen und fand die Alpen atemberaubend, aber auch so ungreifbar, dass es ihn fast ärgerte.

Von seinem Zimmer, das sich wieder neben dem der Baronin befand, sah er schneeige Berge, deren Abhänge wie weiße Vorhänge gewellt waren. In den ersten Tagen, indes die Baronin sich im Schloss einrichtete, wanderte er viel und schrieb Gedichte über die dramatische Landschaft und das nicht weniger dramatische Wetter. Er hatte die Vorstellung, dass Winter und Frühling gegeneinander um die Vorherrschaft über die kommenden Monate kämpften, wobei der Winter ein muffiger, uneinsichtiger Kältebart war, der es jedes Jahr von Neuem versuchte. Morgens stand Adelbert an seinem Fenster und besah sich das Schlachtfeld der Natur: die Wolken waren Geschwader und die Knospen im Schlosspark Granaten, die bald explodieren würden.

Hitzig hatte ihm einen Brief geschrieben und gefragt, ob er einen Botaniker in Genf kenne, denn seine neueste Leidenschaft sei das Herbarisieren. Zunächst wollte Adelbert ihm nur ein paar Alpenpflanzen im Tausch gegen Seepflanzen beschaffen, aber er ließ sich anstecken, sammelte und trocknete bald selbst die verschiedensten Gewächse. Als der Sommer kam, zählte sein Herbarium schon um die hundert Gattungen.

Er hatte sich zum Ziel gesetzt, Madame de Staël zu heiraten und alle Geldsorgen los zu sein, aber er musste sich beeilen, bevor einer der anderen Junggesellen ihm zuvorkam. Er überschüttete Madame mit Komplimenten, die sie zuweilen sofort in ein Notizbuch übertrug, wobei sie vor sich hin kicherte und sich selbst beglückwünschte. Eines Nachts nahm Adelbert allen Mut zusammen und schlich auf den Flur hinaus. Er hatte es sich genau überlegt. Es sollte so aussehen, als schlafwandelte er, so konnte er notfalls jede Verantwortung von sich weisen. Er tapste auf nackten Füßen und mit ausgestreckten Armen über den dunklen Flur, und stieß absichtlich gegen eine Truhe, damit die Baronin ihn hörte. Bald öffnete sie ihre Tür und fragte, wer da sei. Ihre Haare waren zerzaust, was sie für Adelbert noch anziehender machte.

Er drehte sich zu ihr, murmelte wirres Zeug wie im Traum und lief ihr geradewegs in die Arme.

»Endlich«, flüsterte die Baronin und umfing ihn mit ihrer Wärme. Endlich? Hätte er viel früher zu ihr kommen können? Daran, an die vergeudete Zeit, musste er denken, während er mit der Baronin schlief. Er hatte aber selbst hier das Gefühl, dass sie ihn als Studienobjekt benutzte, jedenfalls notierte sie, gleich nachdem er zum Höhepunkt gekommen war, ein paar Sätze. Und am Morgen, als er aus dem Bett stieg, saß sie bereits an einem Tisch, über ein Manuskript gebeugt. Wie nebenbei sagte sie: »Es heißt, deutsche Männer kümmern sich nicht um die Lust der Frauen.«

Er war ein wenig verlegen und sagte, dass er in diesen Dingen wenig Erfahrung hätte. In der darauffolgenden Nacht gab er sich besonders Mühe. Er streichelte, leckte, tastete, flüsterte unanständig und setzte sich gehörig unter Druck, denn sollte die Baronin ihn verstoßen, hätte er nicht gewusst, wohin. Er fühlte sich wie ein Liebesartist, und er ahnte, dass die Baronin genau das bezweckte. Sie führte ihn vor. Sie testete ihn. Und morgens machte sie sich wieder Notizen.

Als die Baronin erfuhr, dass er nicht schwimmen konnte, wollte sie es ihm beibringen. Fortan verbrachten sie die Nachmittage am See. Dort, während sie sich auf den warmen Holzplanken des Stegs sonnten, führten sie Gespräche über Literatur und Philosophie. Er erzählte ihr von Hitzig und seinem Verlag.

»Ich habe noch keinen Verleger getroffen, der nicht gern viel redet«, sagte die Baronin. »Dabei bedeutet Literatur doch genau das Gegenteil.«

»Aber Hitzig ist anders.«

»Ich lese nur noch tote Autoren. Nur die Meinung der Toten kann man ernst nehmen, denn sie stehen jenseits des Geredes.«

Er dachte nach. »Schreiben bedeutet, die Welt zu verheimlichen.«

»Geheimnisse, Wunderliches… die Romantiker reden ständig davon, daher ist ihre Literatur so unverständlich. Dagegen Goethe! So klar und kristallen wie ein Bergbach.«

Sie stiegen für eine weitere Schwimmübung ins Wasser, wo die Baronin ihn auf ihren ausgestreckten Armen hielt und Anweisungen gab. Dann zog sie ihre Arme fort und Adelbert schaffte es für drei Atemzüge, nicht unterzugehen. Er hielt sich an der nackten Schulter der Baronin fest, wischte sich die Tropfen aus den Augen und befand den Moment für geeignet, um ihre Hand anzuhalten. Verstanden sie sich nicht gut? Hatten sie nicht Spaß? Er setzte zum Sprechen an, schluckte aber Wasser und musste husten. Er versuchte es noch einmal, stammelte ein paar Worte, doch die Baronin bespritzte ihn und schwamm davon. Zu seiner Überraschung hielt er sich über Wasser, musste aber mit ansehen, wie Madame ihr Handtuch nahm und zum Schloss zurückging.

Ein paar Tage später verlobte sich Madame de Staël, für alle völlig überraschend, mit einem dreiundzwanzigjährigen Husaren namens Jean Michel de Rocca, der stolz darauf war, noch nie in seinem Leben ein Buch gelesen zu haben. Und Madame verkündete beim Diner nicht nur ihre Verlobung, sondern auch ihre neueste Publikation mit dem Titel *Tätigkeiten des Herzens dies- und jenseits des Rheins.*

Adelbert ahnte, was in dieser Publikation stehen würde. Seine gesammelten Schwächen. Er aß wenig, hatte Magenkrämpfe und stahl sich bald davon. Er fühlte sich alt, benutzt und deplatziert. Auf seinem Zimmer war er so einsam, dass er sich sogar nach seinen Feinden sehnte. Er war in der Mitte des Lebens gestrandet, der Ehrgeiz vom Beginn der Reise war verflogen, das Ziel endgültig als unerreichbar erkannt. Mit dreißig Jahren sah er sich auf ganzer Linie gescheitert, hatte nichts gelernt und war zu nichts zu gebrauchen. Wilhelmine hatte Recht gehabt, er war eine verlorene Seele. Und dass er nun gleich wieder an sie denken musste, machte ihn noch trauriger.

Die Baronin zog in einen anderen Flügel des Schlosses. Natürlich besuchte er sie nachts nicht mehr. Madame behandelte ihn weiterhin freundlich, aber distanziert. Er war nur eine weitere getrocknete Pflanze in ihrem Herbarium, und eigentlich wusste er, dass seine Zeit in Coppet vorbei war. Aber statt seine Würde zu wahren und seine sieben Sachen zu packen, ließ er sich aushalten. Zu den Malzeiten kreuzte er an Madames Tafel auf wie eine streunende Katze, das turtelnde Paar am Kopfende ignorierend.

Er stellte sich stur. Die meiste Zeit seines Lebens war er unglücklich gewesen, ein vertrauter Zustand also, mit dem er letztlich besser umgehen konnte als mit Glücksgefühlen. Er gesellte sich zu den Zirkusleuten, vertrieb sich die Zeit mit Degenkämpfen im Schlosspark, lernte das Feuerschlucken oder las in der Bibliothek botanische Zeitschriften, Reiseberichte oder Bücher über Mineralogie. Er wollte ein Buch finden, das so dick und so befriedigend war, dass er darin für den Rest seines Lebens lesen konnte. Jeden Tag ein paar Seiten, und über die Jahre würden die Seiten, die noch zu lesen wären, immer weniger, ein sicheres Zeichen für das Vergehen der Zeit. Lesend leben bis zum Tod hin, mehr wollte er nicht.

Wenn er zu müde zum Lesen war, lungerte er im Schlosspark herum, trank zu viel und wartete geradezu darauf, dass man ihn hinauswarf. Halb amüsiert und halb verbittert beobachtete er die illustre Gesellschaft, die sich um die Baronin scharrte. Bald bemerkte er einen dünnen Mann, den er zuvor noch nie gesehen hatte. Der Mann umschwirrte die Baronin als wartete er darauf, gebraucht zu werden, aber er war kein Diener. Er wirkte auch schon älter, jenseits der sechzig, und Adelbert nannte ihn für sich – nicht nur wegen seiner grauen Haare, sondern wegen seiner Kleidung und seiner ganzen Art – den Grauen.

Adelbert folgte der Gesellschaft mit einer Weinflasche in der Hand, hielt sich im Abseits, aus Furcht, irgendeine Peinlichkeit zu begehen. Er sah, wie Erfrischungen gereicht wurden, seltenes Obst aus fernen Ländern. Die Baronin forderte ihn auf, sich zu bedienen und rief: »Du brauchst dich gar nicht so zu verstecken!«

Offenbar war er zur Lachnummer verkommen. Er verbeugte sich, während der Tross beschloss, sich auf den Rasen zu legen und sich dort, am Abhang des Hügels, zu amüsieren. »Wie göttlich wäre es«, sagte die Baronin, »wenn wir einen Teppich zur Hand hätten, um ihn hier auszubreiten.« Da steckte der Graue die Hand in seine Hosentasche und zog mit demütiger Geste einen Teppich daraus hervor. Adelbert griff sich an die Stirn. Hatte jemand etwas in seinen Wein gemischt? Als er die Flasche auf dem Rasen abstellte, hörte er Rocca lachen. Bestimmt erlaubte der Spanier sich einen Scherz auf seine Kosten.

»Adelbert, was ist nur los mit dir?« rief die Baronin und meinte, er solle doch endlich zu ihr auf den Teppich kommen. Er argwöhnte, dass man ihn hereinlegen wollte und ging fort, wollte das Schloss endlich verlassen, was ihm bei der unbedeutenden Rolle, die er inzwischen spielte, leichtfiel. Er schlug sich durch den Rosenhain den Hügel hinab, zunächst langsam, später rannte er. Bald befand er sich auf einem freien Rasenplatz und warf einen Blick zurück.

Wie erschrak er, als er den Mann im grauen Rock hinter ihm herkommen sah! Obwohl der Graue sich nicht besonders anstrengte, hatte er ihn in wenigen Schritten eingeholt, und Adelbert bemerkte nun, dass auch seine Gesichtshaut grau war und silbrig glänzte. Der Mann nahm sogleich den Hut ab und verneigte sich tief. Auch Adelbert verneigte sich, stand wie angewurzelt in der Sonne und starrte den Grauen ängstlich an.

»Möge der Herr meine Zudringlichkeit entschuldigen, aber ich habe eine Bitte an ihn.«

»Um Gottes willen, was kann ich für einen Mann tun, der offenbar alles in seiner Hosentasche trägt?«

Der Graue hielt seinen Kopf schräg, und nach einem Augenblick des Schweigens fuhr er fort: »Während der kurzen Zeit, die ich das Glück genoss, mich in Ihrer Nähe zu befinden, habe ich mehrmals mit Bewunderung den schönen Schatten betrachtet, den Sie in der Sonne, ohne selbst darauf zu achten, von sich werfen. Verzeihen Sie mir den kühnen Vorstoß; Wären Sie geneigt, mir Ihren Schatten zu überlassen?«

Adelbert drehte sich um, wollte seinen Schatten betrachten, und fand nichts Besonderes an ihm. Jeder Mensch hatte einen Schatten. Der Graue musste verrückt sein, dachte er, und von oben herab antwortete er: »Mein Lieber, habt Ihr denn nicht an Eurem eigenen Schatten genug?«

»Ich trage in meiner Tasche manches, was dem Herrn nicht ganz wertlos scheinen möchte. Für diesen unschätzbaren Schatten halte ich den höchsten Preis noch für zu gering.«

Es überkam Adelbert kalt, als er an die Hosentasche dachte. »Verzeihen Sie, aber ich verstehe nicht…«

Der Graue unterbrach ihn: »Ich erbitte mir die Erlaubnis, hier auf der Stelle diesen edlen Schatten aufheben und mitnehmen zu dürfen. Wie ich das mache, das lassen Sie meine Sorge sein. Als Beweis meiner Erkenntlichkeit überlasse ich Ihnen die Wahl unter allen Schätzen, die ich in meiner Tasche bei mir trage, als da wären: ein wenig Wechselgeld, ein krummer Nagel, ein altes Taschentuch, eine Fussel, ein Strohpüppchen oder – aber das wird wohl nichts für Sie sein – ein Glückssäckchen.«

»Ein Glückssäckchen, aus dem unendlich viele Taler sprudeln?« Tausend Münzen flimmerten vor Adelberts Augen.

»Der Herr kann das Glückssäckchen gern besichtigen und ausprobieren«, sagte der Graue, steckte die Hand in die Tasche und zog einen mittelgroßen Stoffbeutel an zwei ledernen Schnüren heraus. Adelbert griff hinein und kramte ein paar Goldstücke daraus hervor, und das wiederholte er, bis er genug in beiden Händen hielt.

Er untersuchte das Gold, es war echt. Wer aus der Welt gefallen ist, dem hilft auch kein Schatten mehr, dachte er, Geld aber schon. Er hielt dem Grauen schnell die Hand hin. »Abgemacht! Der Handel gilt! Für den Beutel haben Sie meinen Schatten!«

Der Graue schlug ein, kniete dann neben ihm nieder, und mit einer bewundernswerten Geschicklichkeit sah Adelbert ihn seinen Schatten, vom Kopf bis zu seinen Füßen, leise vom Rasen lösen, aufheben, zusammenrollen und zuletzt einstecken. Adelbert bekam einen Schluckauf, ein kurzer Schauer überlief ihn, als wäre sein Körper für einen Moment in tausend Einzelteile zerfallen und gleich wieder, allerdings leicht verändert, zusammengesetzt worden. Was kümmerte es ihn, dass er nun nicht mehr derselbe war wie gerade noch? Er hatte sich nach einer Veränderung gesehnt, die nun ganz unverhofft gekommen war.

Der Graue stand auf, verbeugte sich noch einmal und zog sich in Richtung des Rosengebüschs zurück. Adelbert war, als sähe er ein Grinsen auf seinem Gesicht.

Er hielt den Beutel an den Schnüren fest. Rund um ihn herum war die Erde sonnenhell, und er wusste nicht, was er fühlen sollte. Er band sich die Schnüre des Beutels um den Hals und eilte davon, verließ den Schlosspark, erreichte die Landstraße und nahm seinen Weg zum Städtchen Coppet.

Wie er in Gedanken ging, vernahm er jemanden hinter sich rufen: »Junger Herr! Hören Sie doch!« Adelbert sah sich um, es war eine alte Frau, die ihm nachrief: »Passen Sie doch auf, Sie haben Ihren Schatten verloren!«

»Danke, Mütterchen!« Er warf ihr ein Goldstück für den wohlgemeinten Rat hin, aber am Stadttor musste er das Gleiche von der Wache hören: »Wo hat der Herr seinen Schatten gelassen?« und gleich darauf von ein paar Damen, die spazieren gingen: »Jesus Maria! Der arme Mensch hat keinen Schatten!«

Das waren nun keine Ratschläge mehr, sondern Klagen. Was sind die Menschen doch beschränkt, dachte Adelbert. Als er noch seinen Schatten hatte, kümmerten sie sich nicht um ihn und nahmen wohl an, er wäre wie sie, fühlte wie sie, dächte wie sie. Dabei hatte er ja schon immer, auch mit Schatten, sein eigenes Süppchen gekocht.

Adelbert vermied es sorgfältig, in die Sonne zu treten, was nicht überall gelang, etwa auf den breiten Straßen, die er überqueren musste. Zudem kamen zu dieser Tageszeit die Kinder aus der Schule, und ein buckliger Bengel verriet Adelbert mit großem Geschrei an die ganze Straßenjugend, die sofort begann, ihn mit Hundekot zu bewerfen. Adelbert putzte sich notdürftig mit einem Taschentuch ab, aber den Gestank wurde er nicht los. Ein Mädchen rief: »Ordentliche Leute pflegen ihren Schatten mit sich zu nehmen, wenn sie in die Sonne gehen!«

Was ging die Leute sein Schatten an? Obwohl er ihnen nichts tat und nur seine Ruhe haben wollte, fühlten sie sich durch ihn provoziert. Adelbert fand das interessant, er wollte zu gegebener Zeit einen Aufsatz darüber schreiben, den er einer Zeitschrift für Erfahrungsseelenkunde anbieten könnte. Zweifellos handelte es sich hier um ein psychologisches Phänomen. Adelbert sagte sich, dass die Menschen eben alles, was sie nicht verstanden, bekämpften oder wenigstens auslachen müssten, damit ihre Welt in Ordnung blieb. Aber den Kindern verzieh er diese Schwäche, und um sie von sich abzulenken, warf er mit vollen Händen Gold unter sie und sprang in einen Mietswagen, der gerade vorbeifuhr.

Sobald er sich allein in der Kutsche befand, wurde er traurig. Ob es an den Schweizern lag? Oder an der Kleinstadt? Würde man ihn in Paris oder Berlin ebenso behandeln? Adelbert befahl dem Kutscher, zum vornehmsten Hotel der Stadt zu fahren. Dort ließ er sich die besten Zimmer geben und schloss sich darin ein.

Da stand er nun in einem Raum mit feinen, roten Stofftapeten und einem Kronleuchter an der Decke, und er war immer noch verwirrt. So überstürzt war er aus dem Schloss geflohen, dass er nicht einmal ein Buch mitgenommen hatte. Er zog das Säckchen unter seinem Hemd hervor, und mit einer Art Wut, die, wie eine flackernde Feuersbrunst, sich in ihm durch sich selbst vermehrte, zog er Gold aus dem Säckchen, und Gold, und Gold, und immer mehr Gold, und verstreute es auf dem Parkettboden. Adelbert schritt darüber hin, ließ es herrlich klirren und warf immer mehr Münzen auf den Berg, bis er ermüdet darauf niedersank. So vergingen der Tag und der Abend, er war mit seinem Geld allein, er war zufrieden und schlief bald auf dem Geldberg ein.

Er erwachte, als tauchte er aus tiefem Wasser auf, schnappte nach Luft, fuhr sich mit den Händen über sein Gesicht und sah sich um. Er befand sich in seinem Zimmer im Schloss der Baronin, und als er seine Brust abtastete, war dort kein Säckchen. Sein Kopf brummte. Er stand auf und ging zum Fenster, um sich ins Licht zu stellen, und da sah er, dass sein Schatten an ihm klebte wie eh und je. Wie betrunken und durcheinander er gewesen sein musste! Er ärgerte sich über seine Gastgeber, die ihm einen Streich gespielt hatten, und packte seine Sachen, denn es war Zeit, von hier zu verschwinden.

Preußisches Pastoral

In Berlin zog er zunächst wieder zu Hitzig und seiner Familie, richtete sich auf dem Dachboden ein kleines Laboratorium ein und übte sich in der Kunst der Pflanzenbeschreibung. Hitzigs Pflegetochter Antonie brachte ihm Tee oder Essen hinauf, sie war inzwischen vierzehn Jahre alt, und so wie sie sich früher für seine Scherenschnitte begeistert hatte, war sie nun von seinen getrockneten Pflanzen entzückt. Adelbert zeigte ihr eine Orchideenblüte, steckte sie ihr ins schwarze Haar und hätte diesen Anblick am liebsten für immer festgehalten. Antonie merkte seinen Blick, errötete und gab ihm die Orchidee zurück.

Da in Berlin eine Universität gegründet worden war, lieh Adelbert sich Geld von Hitzig, dessen Verlag prosperierte, und schrieb sich für die Fächer Zoologie, Mineralogie und Botanik ein. Manchmal, wenn er in der Vorlesung saß, blickte er zu seinem Schatten hinunter und fragte sich, ob ihm der Graue wirklich nur im Traum begegnet war.

Er versuchte, Verlorenes wieder aufzuholen und besuchte täglich die Vorlesungen im Universitätsgebäude Unter den Linden. In diesem September des Jahres 1812 dachte er auf Spaziergängen oft, dass er nun mit der Welt in Einklang war. Aber zur gleichen Zeit wurde Napoleon in Russland vernichtend geschlagen, und die preußischen Hilfscorps, die ihm eigentlich den Rücken freihalten sollten, schlossen sich den russischen Streitkräften an. Eine Woche später konnte Adelbert nicht mehr sicher durch die Straßen gehen, denn der Franzosenhass loderte wieder auf. Adelbert stellte sich Baronin de Staël in ihrem Schloss am Genfer See vor, wie sie der endgültigen Niederlage ihres Erzfeindes

Napoleon entgegenfieberte, um wieder nach Frankreich zurückkehren zu können. Immerhin für die Baronin freute Adelbert sich.

Er selbst sah den politischen Taumel, in den seine nähere Umgebung geriet, mit verwundertem Blick. Sogar Hitzig, der liebe, gutmütige Hitzig, schloss sich einem patriotischen Verein zur Befreiung des Vaterlandes an und lernte ernsthaft schießen. Adelbert begleitete ihn aufs Tempelhofer Exerzierfeld, ging bei jedem Schuss in Deckung und hielt sich die Ohren zu. Seit seiner Zeit bei der Armee waren sechs Jahre vergangen. Er beschloss, dass er in seinem Leben nicht mehr schießen wollte. Für ihren Ziehvater hatte Antonie eine improvisierte Uniform genäht, bestehend aus einer schwarzen Jacke mit rotem Kragen und goldenen Messingknöpfen. »Schwarz-Rot-Gold!« rief Hitzig. »Die Farben der Freiheit!« Er hob sein Gewehr in die Luft, worauf sich die Männer in der Umgebung duckten. Als getaufter Jude wollte Hitzig allen zeigen, wie deutsch er sein konnte, aber Adelbert verdrehte die Augen und entdeckte am Himmel einen Falken, der drüben über Rixdorf kreiste. Seit die von Berlin kommende Straße gepflastert worden war, traf man sich dort in den Biergärten zum Trinken und Kegeln.

Antonie wollte auch ihm eine Uniform nähen, doch Adelbert lehnte dankend ab. Er hatte zu oft in Uniformen gesteckt und kleidete sich wie zum Trotz nun besonders eigenwillig, mit einer polnischen Husarenjacke und einem grünen Samtbarett auf dem Kopf. In diesem Aufzug, mit einer an der Schulter hängenden Botanisiertrommel und einem Tabaksbeutel am Gürtel, zog er durchs nähere Brandenburg und sammelte Pflanzen. Eine unbekannte Gattung fand er, wie er hoffte, jedoch nicht. Hier in Preußen war jeder Stein schon hundertmal umgedreht worden.

Als er eines Nachmittags von seiner Wanderung heimkehrte, hielt ihn eine Bürgerwehr auf der Straße an und fragte, warum er sich nicht an der allgemeinen patriotischen Mobilmachung beteiligte. Adelbert zuckte mit den Schultern und sagte, dass die Botanik sein Interessensgebiet sei. »Und Pflanzen kümmern sich nicht um Gesinnungen, genauso wenig wie ich selbst, weshalb Sie mich eine ›seltsame Pflanze‹ nennen dürfen.« Er hatte das im Scherz gesagt, aber den Leuten von der Bürgerwehr ließ sich nicht einmal ein morbides Kichern entlocken. Sie nahmen sich sehr ernst. Als Adelbert ansetzte, ihnen den Witz zu erklären, erkannten sie seinen französischen Akzent und bildeten einen Kreis um ihn. Einer schlug ihm das Samtbarett vom Kopf, ein anderer nahm ihm die Botanisiertrommel ab und schüttete den Inhalt aufs Pflaster. Hätte Antonie nicht gerade aus dem Fenster geblickt und mit ein paar rohen Eiern die Angreifer verjagt, wäre ihm wohl auch seine schöne Husarenjacke abgenommen worden.

Der Vorfall gab ihm zu denken. Zu viele Menschen, die er kannte, sprachen nur noch in vorgefertigten Phrasen, mit denen sie sich gegenseitig aufhetzten. Nicht mitzumachen, wurde nicht toleriert. Als wegen der Kriegswirren auch die neue Universität wieder geschlossen wurde, beschloss er, sich aufs Land zurückzuziehen. Im Oderbruch unterhielt der Graf von Itzenplitz zu dieser Zeit einen reformlandwirtschaftlichen Hof, der Adelbert interessierte, weil dort eine neue Form der Pflanzenvermehrung erprobt wurde. Im Studium hatte er davon gehört, und nun bat er um Aufenthalt. So floh er vor der allgemeinen Verrücktheit nach Schloss Cunersdorf, drei Reitstunden östlich von Berlin.

Graf von Itzenplitz und seine Frau waren freundliche Menschen, die einen »armen Franzosen« gerne als Gast aufnahmen. Er spielte mit, auch als die Gräfin ihn über die neueste Pariser Mode ausfragte. Immerhin verstand man hier seinen Humor, denn als er die violette Schleife nahm, die die Gräfin um den Hals trug, und sie ihr wie einen Verband um Kinn und beide Ohren wickelte, lachten alle. »So trägt es die Dame in Paris«, sagte Adelbert.

»Dann ist Paris auch nicht mehr das, was es einmal war«, sagte die Gräfin.

Während er wartete, bis die Universität wieder öffnete, sammelte er Kräuter in den Oderniederungen oder half dem Obergärtner Walter bei der Untersuchung der Wasserpflanzen im Schlossteich. Eine Lupe trug er immer griffbereit in der Rocktasche. Er zeichnete und beschrieb gerade das Laichkraut, als er dem Obergärtner von seiner Hoffnung erzählte, einmal eine unbekannte Pflanzenart zu entdecken und ihr seinen Namen geben zu können, was doch das höchste Ziel eines Botanikers sei. Der Obergärtner lachte und meinte, dafür müsse er schon mindestens bis nach Südamerika reisen, und selbst dort bliebe ihm nur das, was Humboldt übersehen hatte.

Vorerst aber steckte er im Oderbruch fest, diesem flachen, eintönigen Flecken. Als der Landsturm im Dorf erfuhr, dass ein ausgebildeter Leutnant im Schloss zu Gast war, bat man ihn, mit ihnen das Exerzieren zu üben. Lange sträubte er sich, doch dann ließ er sich überreden und führte einen kleinen Trupp zweimal täglich von einem Dorfende zum anderen. Er fand auch ein wenig Spaß daran – nicht am Militärischen, sondern an der militärischen Unbrauchbarkeit seines Trüppchens. Wenn es so um Preußens Landsturm stand, hatte dieser Staat vielleicht sogar eine Zukunft.

Um sich bei Antonie für die eierwerfende Rettung zu bedanken, beschloss er, für sie ein Märchen schreiben. Adelbert setzte sich ins Bibliothekszimmer im Schloss, mit Blick auf den Park hinaus, und schrieb seinen Traum mit dem Glückssäckchen auf, das er gegen seinen Schatten eintauschte. Die Hauptfigur nannte er Peter Schlemihl, nach dem jüdischen Pechvogel, von dem Rahel erzählt hatte. Das Schreiben ging ihm leicht von der Hand, er schrieb nüchtern, um die unwirkliche Wirkung noch zu verstärken. Ein graues Prinzip schien anwesend bei jedem Wort, das er schrieb, die Ahnung einer grundsätzlichen Wackeligkeit. Er blickte neben seinen Schreibtisch, prüfte seinen Schatten, der verdächtig zitterte. Er hatte das Märchen gerade beendet und stand auf, um die Flügeltür zum Park zu schließen, als ein Windstoß die Blätter seiner Erzählung vom Schreibtisch wirbelte. Draußen hatte der Schlosspark seine Farben verloren, und Adelbert sah den grauen Mann, der auf einer Lichtung die Hörner eines grauen Stiers gepackt hielt. Beide rangen miteinander und bewegten sich nicht von der Stelle. Adelbert schloss erschrocken die Flügeltür, sammelte die Blätter auf und ordnete sie. Er wagte es nicht, noch einmal in den Park hinauszublicken. Das Manuskript steckte er in einen Umschlag und ließ es per Bote zu Hitzig nach Berlin bringen, damit er es schnell los war. Er hatte eine Postkarte dazugelegt mit der Bitte, das Märchen Antonie zu Weihnachten als Geschenk vorzulesen, da er sich an den heiligen Tagen nicht nach Berlin traue.

Zwei Wochen lang hörte er nichts von Hitzig. Es wurde Neujahr, und er fragte sich, was Antonie über ihn dachte, wenn sie das Märchen las. Würde sie Angst vor ihm haben? Dass er der Schlemihl in dieser Geschichte war, konnte jeder leicht erraten. Aber dann kam ein Brief von Hitzig, der ihm mitteilte, dass er die Erzählung begeistert gelesen und in seinem Verlag unter dem Titel *Peter Schlemihls wundersame Geschichte* veröffentlicht habe.

Und das, ohne Adelbert überhaupt zu fragen! Er ärgerte sich, denn dieses Märchen war nie für ein größeres Publikum bestimmt gewesen. Als er dann aber die Nachricht erhielt, dass die erste Auflage binnen weniger Tage vergriffen war und ein hübsches Sümmchen auf ihn wartete, wurde er versöhnt. An dem, was er aufgeschrieben hatte, fanden anscheinend viele etwas Wahres. Damit hatte er nicht gerechnet; gerade, als er kein Dichter mehr, sondern Wissenschaftler sein wollte, holte der Erfolg ihn ein.

Die französische Armee wurde in Großbeeren, Hagelberg und Dennewitz vernichtend geschlagen. Allein bei der Entscheidungsschlacht südlich von Leipzig starben achtzigtausend französische Soldaten. Als Adelbert von dem Gemetzel hörte, vergrub er sich im Bett seines Zimmers in Cunersdorf, während der Graf von Itzenplitz gar nicht schnell genug nach Leipzig fahren konnten, um das Schlachtfeld zu besichtigen. Der Graf fragte ihn, ob er mitkommen wolle, aber er winkte ab und streifte an diesem Tag am Ufer der Oder entlang. Ihn juckte es in den Fingern, ein Gedicht über den Größenwahn zu schreiben, über diesen Napoleon, dessen Riesenreich gerade zusammenfiel. Wie ruchlos musste ein Mensch sein, um einen ganzen Kontinent zu erobern?

Als er im Oktober 1813 nach Berlin zurückkehrte, waren die Straßen voller Kriegsinvaliden. Bettler, denen beide Hände fehlten oder ein Bein oder zuweilen sogar Hände und Beine, hockten in langen Reihen auf den Gehwegen. Die Universität wurde wieder geöffnet und Adelbert nahm sein Studium auf, aber sein Elan war verschwunden, was auch daran lag, dass es in Berlin keinen Spezialisten für Botanik gab und er sich selbstständig die Grundlagen der Phytografie beibringen musste. Seine Pflanzensammlung umfasste inzwischen über viertausend Arten, die auf eine Katalogisierung warteten, doch er schob die Arbeit immer wieder auf. Die Universität hemmte eher seinen wissenschaftlichen Ehrgeiz, als dass sie ihn förderte.

Das Schlemihl-Buch erschien in Großbritannien und anderen Ländern, und wurde überall ein Erfolg. Man las es in Kopenhagen, in Sankt Petersburg und sogar bei den Deutschen am Cap, und man erzählte sich, dass das Buch regelmäßig aus den Leihbüchereien gestohlen wurde. Adelbert staunte ungläubig über seinen Erfolg, der irgendwie äußerlich blieb, ihm aber genug Geld einbrachte, um sich eine kleine Wohnung zu kaufen. Derweil marschierte die preußisch-russische Armee auf Paris zu.

Napoleons Macht schmolz stündlich, als ob die Zeit rückwärtslief, als ob einem außergewöhnlich schnellen Aufstieg zwangsläufig ein außergewöhnlich schneller Zusammenbruch folgen musste. Die Karikaturen in den Zeitungen zeigten Napoleon schon als Wurm und Witzfigur. Hippolyte schrieb aus Paris, dass die Menschen panisch die Stadt verließen. Adelbert beschwichtigte ihn und behauptete, die Preußen würden ihn gut behandeln, aber sicher war er sich da nicht. Die Preußen waren nicht gerade für ihre Menschlichkeit bekannt.

Im Frühjahr 1814 kapitulierte Paris und der Zar spazierte zusammen mit Friedrich Wilhelm III. über die Champs-Élysées. Napoleon Bonaparte wurde auf die Mittelmeerinsel Elba verbannt, wo er fortan über einen märchenhaften Zwergenstaat herrschte, was viel besser zu dem kleinen Mann passte. Unter den Linden warfen die Leute vor Freude ihre Hüte in die Luft, nur Adelbert drängelte sich mürrisch und gedankenverloren durch die Menschenmenge auf dem Weg zur Universität. Nie hatte er mehr Unlust am Politischen empfunden als jetzt.

Auf dem Tisch seines Kabuffs im Keller der Universität lag, zu seiner Überraschung, ein Brief aus Montmorency. Wilhelmine schrieb ihm, dass sie von ihm eine Tochter bekommen hatte, die kurz nach der Geburt gestorben war. Er war Vater gewesen. Als er das las, schossen ihm Tränen in die Augen. Warum meldete sich Wilhelmine erst jetzt? Seine Hand mit dem Brief zitterte, und Adelbert sah, dass auch sein Schatten neben ihm zitterte, als wäre ihm kalt. Schämte er sich für seinen Besitzer?

An diesem Tag konnte er nicht mehr arbeiten, ging auf die Straße hinaus und taumelte Richtung Brandenburger Tor. Er versuchte, sich zu trösten, indem er sich sagte, dass sich für ihn praktisch nichts änderte, dass er, da er das Kind nicht kannte, auch keinen Verlust erlitten hatte. Aber das stimmte nicht. Das bloße Wissen darüber veränderte alles, und sein ganzes Leben schien ihm nun getrübt. Er sehnte sich nach einer langen Reise, versuchte, ein Gedicht über seine Trauer zu schreiben, doch es fiel ihm überhaupt nichts ein. Er war wohl kein Dichter. Er war ein Sammler, manchmal von Worten, manchmal von Pflanzen.

Um sich abzulenken, half er in den Lazaretten und Armenasylen aus, wohin ihn Rahel mitnahm. Sie kümmerte sich seit Beginn des Krieges um verwundete Soldaten und hatte vor Aufopferung schon graue Haare bekommen. Sie sagte, sie lese nun nicht mehr viel, denn Lesen hindere die Menschen bloß am Handeln. Sie zeigte ihm Menschen, denen es schlechter ging als ihm. Hier fand er die passenden Worte und schrieb ein Gedicht über einen ehemaligen Soldaten, der im Irrenhaus lebte.

Varnhagen hatte inzwischen im Stammbaum seiner Vorfahren einen Adelstitel gefunden und nannte sich Varnhagen von Ense, was Rahel albern fand. Trotzdem heirateten sie im Sommer, nach sieben Jahren wilder Ehe. Adelbert stand bei der Trauung in der Hedwigskirche in der ersten Reihe, obwohl er Varnhagen nicht mehr viel sah. Sein alter Freund war Beamter geworden, arbeitete nun für den Staat, den er so oft kritisiert hatte. Der neue Adelstitel passte dazu. Adelbert wusste, dass Varnhagen schon früh eine Karriere anvisiert und diesem Ziel alles untergeordnet hatte, auch seine eigene politische Gesinnung. Zwei Wochen nach der Hochzeit wurde Varnhagen Berater des Staatsministers Hardenberg und bewegte sich fortan im Milieu der alten Elite, die sich durch Reformen zwar einen liberalen Anstrich gab, aber doch nie auf der Seite der Bevölkerung stand.

Hitzig und Adelbert unterhielten sich darüber während langer Spaziergänge im Tiergarten. Hitzigs Frau war kürzlich im Kindsbett gestorben, woraufhin er jeden Mut verloren und seinen Verlag verkauft hatte. Oft gingen sie schweigend, weil ihm nicht zum Reden zumute war. Die Kinder hatte er an eine Tante fortgegeben, was Adelbert besonders schmerzte, da er Antonie nun nicht mehr regelmäßig sah. Adelbert fragte ihn, was er nun aus seinem Leben machen wolle, aber Hitzig bestand darauf, dass ein Mann in seinem Alter nichts mehr beweisen müsse, er sei ja schließlich schon dreiunddreißig Jahre alt. Adelbert schluckte. Er war genauso alt, immer noch Student und erst im dritten Studienjahr. Er hatte keine Familie gegründet, und das einzig Bleibende, das er geschaffen hatte, war vielleicht diese Geschichte vom Schlemihl und seinem verlorenen Schatten.

An ihrem sechzehnten Geburtstag nahm er Antonie mit zur Universität, um ihr seine Pflanzensammlung zu zeigen, und um überhaupt einmal wieder etwas Zeit mit ihr zu verbringen. Sie bedankte sich für die Schlemihl-Geschichte. Dass sie selbst der Anlass für deren Niederschrift war, mache sie fast zu einer Berühmtheit, sagte sie. Sie lachten und gingen spazieren. Sobald sie unter dem Brandenburger Tor hindurch und den allzu neugierigen Blicken der Menschen entzogen waren, fasste Antonie ihn bei der Hand. Ihr Händchen wirkte so klein in seiner. Adelbert fühlte sich seltsam, fast wie ein Vater, und zog seine Hand fort. Er traute sich nicht, zu Antonie zu blicken, starrte stattdessen auf die Baumkronen des Tiergartens und redete über verschiedene Blattformen und wie sie sich in der Form des ganzen Baumes spiegelten. Später verabschiedeten sie sich in der größten Verlegenheit.

Er sah Antonie bei einem Abendessen wieder, das Hitzig für seine Freunde gab. Rahel war dort, auch einige Autoren des Verlags. Neben Adelbert am Tisch saß ein Gerichtsassessor aus Warschau, der erst kürzlich nach Berlin gezogen war. Der kuriose Mann hatte ein Frettchengesicht, vor dem Kinder wohl schreiend davonliefen. Er hieß Ernst Theodor Hoffmann, stellte sich aber als Amadeus vor, weil er ein großer Bewunderer Mozarts war. Hitzig hatte Adelbert gewarnt: »Er ist Jurist, Komponist und Dichter, und auf allen drei Gebieten will er der Beste sein. Wer ihn langweilt, den gähnt er an!«

Adelbert machte sich auf einen anstrengenden Abend gefasst und gab sich Mühe, den »Gespensterhoffmann«, wie man ihn nannte, zu unterhalten. Aber anstrengend wurde es gar nicht, denn die beiden verstanden sich vortrefflich. Als er seinen eigenen Namen nannte, schwappte eine Welle des Lobs über ihn, denn Hoffmann war bekennender Schlemihlianer. Die exaltierte Art des kleinen, krummen Männchens mit den aufmerksamen Augen und dem wachen Verstand amüsierte Adelbert, belebte sein eigenes Denken, brachte ihn auf Ideen. Gerade war Hoffmanns Buch *Phantasiestücke in Callots Manier* erschienen, das er Adelbert, nicht ohne sich selbst zu loben, ans Herz legte.

Adelbert musste ihm den Traum erzählen, der seiner Schlemihl-Geschichte zugrunde lag, und Hoffmann nickte bei allem, als ob er nur zu gut Bescheid wüsste. Später am Abend, nachdem reichlich Punsch geflossen und ein neuer Dichterbund – die Serapionsbrüder – gegründet worden war, gestand Hoffmann, dass er dem Grauen selbst begegnet war, allerdings nicht im Traum, sondern in Wirklichkeit, und dass er diesem Finsterling die meisten seiner Gespenstergeschichten verdankte. »Aber ich mag ihn auch irgendwie«, sagte Hoffmann. »Er ist mir lieber als mancher helle Zeitgenosse.«

»Es gibt ihn also wirklich?«

Sie standen am offenen Fenster in Hitzigs Wohnung. Ein paar Kerzen brannten und der Mond warf sein Licht auf sie. Adelbert prüfte verstohlen, ob Hoffmann seinen Schatten besaß. Ja, da war er. Gottseidank! Da erriet Hoffmann seinen Gedanken und lachte bitter. »Nicht meinen Schatten, nein. Ich habe etwas anderes gegeben.«

Hoffmann sah ihn an, ein langer, etwas betrübter Blick. Und Adelbert nickte. »Und hat das graue Prinzip seitdem Ihr ganzes Denken übernommen?«.

Hoffmann seufzte. »Ich würde es eher dunkel nennen als grau. Aber ja. Ich glaube, der Dunkle ist mehr als zehntausend Jahre alt, man hat ihm viele Namen gegeben. Manche kennen ihn als ›der Okkulte‹, ›der Bizarre‹ oder ›der Spieler‹. Wir sehen seine Spuren schon bei Ovid, auch bei Eulenspiegel oder Rabelais. Der Dunkle ist wichtig in vielerlei Hinsicht – nicht nur für die Künste, aber ganz besonders dort. Man sollte ihn nicht verdammen.«

Adelbert bekam es mit der Angst. Er fühlte sich feige, er verstand, dass er mit viel weniger Einsatz spielte als Hoffmann, und vielleicht fühlte er sich seinem neuen Bekannten deshalb so verbunden und zugleich so unterlegen. War Hoffmann ein gefährlicher Umgang? Sollte er sich lieber die Ohren zuhalten wie ein Kind? Adelbert wusste, dass nur die Wissenschaft ihn hier retten konnte, und verabschiedete sich überstürzt. Aber bevor er ging, hielt Hoffmann ihn am Ärmel fest.

»Versuchen Sie doch, es irgendwie zu akzeptieren.«

»Was?« fragte Adelbert.

»Das Dunkle. Spielen Sie ein wenig damit herum! Drehen Sie die Welt wie ein Kaleidoskop, Sie werden staunen! Das Dunkle ist eine verkehrte Realität, aber nicht weniger wahr!«

Hitzig trat hinzu. »Das Dunkle? Das sitzt gerade in Wien zusammen und baldowert unsere Zukunft aus.« Er lächelte verschmitzt. Offenbar war es seine Absicht gewesen, die beiden Sonderlinge zusammenzubringen, und jetzt war er neugierig, ob die Mischung ihrer Temperamente vielleicht eine gänzlich neue Färbung ergäbe. Adelbert dachte an Varnhagen, der auch beim Wiener Kongress mitbaldowerte. »Arme Rahel«, seufzte er, »kaum verheiratet und schon wieder allein.« Er sah sich nach ihr um, fand sie aber nicht.

Adelbert wurde zum Bleiben überredet. Sie wechselten das Thema und er verriet, dass er gern eine Forschungsreise in ferne Weltgegenden unternehmen würde. Hoffmann konnte dem nichts abgewinnen, für ihn fanden die abenteuerlichsten Reisen im Inneren des Menschen statt, aber Hitzig nahm sein Anliegen ernst und berichtete von einer bevorstehenden Weltumsegelung, die der russische Graf Romanzow finanzierte und die noch einen Naturforscher suchte. Da Hitzig mit dem Expeditionsleiter bekannt war, flehte Adelbert ihn an, sich für ihn einzusetzen, und Hitzig versprach, es zu versuchen.

Drei Tage später schickte Adelbert seine Bewerbung nach Sankt Petersburg ab, womit eine Zeit des bangen Wartens auf Antwort begann. Der Wiener Kongress zog sich hin und die Nachrichten von dort waren wenig ermutigend. Hoffmann besuchte ihn regelmäßig und sie veranstalteten seraphinische Leseabende, bei denen sie einen Totenschädel auf den Tisch stellten und das dunkle Erzählen zelebrierten. Doppelgänger, Gruften, Wahnsinn und sprechende Tiere traten auf, vor deren dunkler Übermacht sich die Erzähler mit Witz zu schützten versuchten. Auch Antonie kam nun öfter in seine Wohnung und brachte Pflanzen, von denen sie glaubte, sie würden zu seiner Sammlung passen. Er freute sich darüber und sortiere die Pflanzen in seine Herbarien, auch wenn er sie eigentlich nicht brauchte. Er ahnte, dass es nur ein Vorwand war, ihn zu treffen, und neckte sie deswegen. Als er sagte, dass er vielleicht bald auf eine Weltreise ginge, brach sie in Tränen aus. Adelbert griff ihre Hand, küsste sie und versprach, selbst auf den entferntesten Inseln an sie zu denken. »Und es wäre ja nicht für immer. Zwei oder drei Jahre. Dann bin ich wieder hier.«

Brasilianische Küstenlandschaft im Morgenlicht

Am 12. Juni traf die Zusage aus Sankt Petersburg ein. Adelbert wurde zum Titulargelehrten der Expedition ernannt, aber er wäre auch als Schiffsjunge mitgefahren, so sehr zog es ihn in die Ferne. Die Expedition war durch den russischen Zaren damit beauftragt worden, eine Passage über den Nordpol zu entdecken, hauptsächlich um den Handel mit Otterfellen für Russland lukrativer zu machen. Die meisten Otter wurden zu dieser Zeit in Kamtschatka gejagt, und für die Händler dort würde ein Seeweg über die Beringstraße nach Nordeuropa eine Zeitersparnis von mehreren Wochen bedeuten. Adelbert machte sich nichts aus Fellen und er sorgte sich auch nicht um die russische Wirtschaft, er war bloß froh, dass jemand genügend Geld zur Verfügung gestellt und ihn unter den bestimmt zahlreichen Mitbewerbern ausgewählt hatte.

Er vergoss keine Träne beim Abschied von seinen Freunden, er war ungeduldig, fast abweisend. Seine Gedanken weilten schon irgendwo in Südamerika. Die genaue Route der Reise wurde ihm allerdings nicht verraten, nur, dass es den Atlantik hinunterging bis nach Feuerland, von dort in den Pazifik und immer weiter nach Norden bis nach Alaska. Überhaupt schien ihm einiges an dieser Expedition verdächtig oder zumindest unklar, und erst viel später sollte sich zeigen, dass der Kapitän die Reise keineswegs nur mit ökonomischen Zielen angetreten war.

Da Adelbert in Kopenhagen an Bord gehen sollte, nahm er zunächst die Postkutsche von Berlin nach Hamburg, mit zwei großen Koffern voll Fächermappen für die Pflanzenproben,

Zeichenpapier und Instrumenten, unter denen sein kostbarster Besitz ein für fünfzig Taler erworbenes Mikroskop neuester Bauart war. Außerdem Lupen, Bestimmungsbücher, Pinzetten in verschiedenen Größen, dutzende Fläschchen, Fangnetze, Setzkästen, Bastverband, ein Okuliermesser, ein Exemplar des *Schlemihl* als Talisman und ein wenig einfache Kleidung. Er ging nicht davon aus, auf dem Schiff besonders stilvoll auftreten zu müssen und kümmerte sich kaum um Äußerlichkeiten.

Unterwegs nach Hamburg erfuhr er, dass Napoleon von Elba geflohen war und einen Aufstand angezettelt hatte. Was für ein zäher Kerl dieser Bonaparte doch war! Anstatt sich zur Ruhe zu setzen und das Leben zu genießen, forderte er sein Schicksal offenbar noch einmal heraus. Adelbert dachte unweigerlich an Madame de Staël, die es jetzt wahrscheinlich wieder mit der Angst bekam. Die politische Lage war unübersichtlich, und Adelbert gierte nach den neuesten Zeitungen, die er sich bei seiner Ankunft in Hamburg besorgte. Die Nacht verbrachte er in einer Herberge, deren Wirtin Marianne hieß. Als Marianne ihm sein Zimmer zeigte, knickte sie in der Hüfte leicht ein, schob auf der anderen Seite den Popo heraus, strich sich sorgfältig die Haare hinter die Ohren und lächelte ihn beständig an. Später am Abend brachte sie ihm Suppe aufs Zimmer, nach der er zwar nicht verlangt hatte, die er aber dankbar nahm. Marianne war eine verheiratete Frau, die nichts von Adelbert erwartete als sein körperliches Engagement für eine Nacht, das sie erstaunlich selbstbewusst einforderte. Und da er nicht damit rechnete, in den kommenden drei Jahren viel Damenbekanntschaft zu machen, nutzte er die Gelegenheit.

Nach Mitternacht schnürte Marianne ihr Mieder zu und verließ sein Zimmer so leise, wie sie gekommen war. Am Morgen reiste Adelbert früh nach Dänemark weiter und schiffte sich am 15. August 1815 im Hafen von Kopenhagen auf der *Rurik* ein. Am Großmast der Brigg flatterte die Kriegsflagge der russischen Marine im Wind, und er sah die acht Kanonen mit bangem Gefühl. Rechnete man damit, sich verteidigen zu müssen? Am Hafen hatte Adelbert seine letzte Zeitung gekauft, in der stand, dass Napoleons Aufstand von den Engländern niedergeschlagen und der kleine Korse wieder in Gefangenschaft geraten war. Adelbert imponierte diese Standhaftigkeit. Der Mann war eine Erscheinung aus purer Energie und bestimmt eine erfahrungsseelenkundliche Studie wert. Aber Adelbert hatte sich nun einmal auf die Pflanzenwelt kapriziert, und nicht auf die Psychologie. Er hatte zur Vorbereitung ein Buch über Hochseeschifffahrt gelesen, außerdem Reisebeschreibungen Afrikas und des Rheinlands; auch das Werk des Reiseschriftstellers Georg Forster war ihm vertraut. Da er sich für die Bräuche fremder Völker interessierte, hatte er auch nach aktuellen ethnologischen Schriften gesucht, war aber enttäuscht worden. Europas Gesellschaften waren zu sehr mit sich selbst beschäftigt, pflegten zwar die Volkskunde, aber nicht die Völkerkunde.

Er stieg beschwingt, mit je einem Koffer in jeder Hand, an Bord, gerade als der Kapitänsleutnant Kotzebue sich anschickte, die mitgenommenen Schweine nach den Namen der Besatzungsmitglieder zu taufen. Eine seltsame Gepflogenheit, fand Adelbert, und nicht ohne Risiko. Der Kapitän trug die blaue Uniform der russischen Marine. Er fragte Adelbert kurz angebunden nach seinem Namen und suchte das passende Schwein für diesen Namen aus.

»Warum die Kriegsflagge?« fragte Adelbert und deutete zum Mast, während Schwein ›Adelbert‹ an seinen Beinen schnüffelte und grunzte. Ihm war nicht wohl bei dem Gedanken, dass ›Adelbert‹ bald geschlachtet werden würde, und er schubste das Tier fort. Der Kapitän war inzwischen mit anderen Dingen beschäftigt und beantwortete seine Frage nicht. Offenbar war ihm Adelberts Anwesenheit egal.

Die *Rurik* war ein kleines Schiff, und umso ärgerlicher fand er es, dass die Kanonen auf dem Oberdeck so viel Platz beanspruchten. Auch unter Deck war es eng, Adelbert musste sich eine Kajüte mit dem Schiffsarzt und den Leutnants Sismarev und Sacharin teilen, was ihn ein wenig enttäuschte. Er hatte sich eine eigene Kabine erhofft, um seine wissenschaftlichen Instrumente ungestört auszubreiten. Aber er wollte nicht hadern, und hörte erfreut, wie oben der Befehl zum Ankerlichten ausgerufen wurde. In die Platte des einzigen Tischs in der Kabine war ein orthodoxes Kreuz geschnitzt. Der Tisch selbst war am Boden festgeschraubt, die einzige Frischluftzufuhr erfolgte durch eine Luke an der Decke. An den Wänden befanden sich jeweils zwei Kojen, und unter jeder Koje waren vier Schubladen für persönliche Gegenstände, wo er seine Habseligkeiten verstaute.

In zehn Tagen sollte das Schiff in Plymouth einlaufen, aber schon in der ersten Nacht wurde Adelbert seekrank. Damit hatte er nicht gerechnet. Warum hatten Hitzig oder Hoffman ihn nicht gewarnt? Er übergab sich in einen Eimer neben dem Bett und hörte Sismarev und Sacharin lachen. Sie sprachen Russisch, und die drei Worte, die er davon verstand, gaben ihm zu denken: Haut, weich, Franzose. Adelbert gab zurück, ob nicht ein gewisser Franzose namens Napoleon fast ganz Russland erobert hätte. Aber zum Glück verstanden die beiden Russen ihn nicht. Am nächsten Tag lehnte er jedes Essen ab, aus Angst, es nicht bei sich zu behalten. Er fühlte sich entkräftet. Am Abend kam der bengalische Schiffskoch mit besorgter Miene und einem Napf voll Suppe an sein Bett. Er sagte, das Rezept stamme aus seiner Heimat und würde helfen. Adelbert roch an der Suppe. Sie stank faulig, aber der Koch nickte ihm aufmunternd zu. Da Adelbert sich nicht schon zu Beginn der Reise unbeliebt machen wollte, schluckte er einen Löffel der Suppe gegen größte Widerstände hinunter, musste aber würgen und spie den Koch an, der daraufhin beleidigt die Kajüte verließ.

Sobald Adelbert aufzustehen versuchte, wurde ihm übel, sodass er es bald ganz unterließ. Er lag auf dem Rücken, seine Augen geschlossen. Die Kajüte schaukelte wie in einem Sturm, obwohl die See angeblich ruhig war. Sie mussten sich irgendwo in der Nordsee befinden, und Adelbert hätte zu gern die Robbenbänke gesehen. Während die anderen Besatzungsmitglieder an Deck waren und sich mit dem Schiff vertraut machen konnten, lag er hier unten. Er grollte, weil ihm sein Körper in die Quere gekommen war. Hatten Sismarev und Sacharin Recht, wenn sie ihn für einen verzärtelten Franzosen mit zu weicher Haut hielten? Er hätte gern die Besatzungsmitglieder kennengelernt. Ein Postkartenmaler namens Choris sollte darunter sein, der für die bildliche Dokumentation der Reise verantwortlich war, außerdem ein weiterer Wissenschaftler namens Wormskjöld, mit dem Adelbert sich einen regen Austausch erhoffte. Ob sie über ihn redeten? Adelbert lauschte den Geräuschen von oben, hörte den Kapitän Befehle erteilen. Dieser Kotzebue wirkte sehr streng, geradezu kaltblütig.

Nachdem er zwei Nächte nicht geschlafen und drei Tage nichts gegessen hatte, halluzinierte er. Er sah Wilhelmine und Bendel ganz klar vor seiner Koje stehen, Hand in Hand. Sie schienen ihn nicht zu erkennen und hielten ihn wegen seines stark gewachsenen Barts für einen armen Juden.

»Bendel, da bist du ja!« keuchte Adelbert und richtete sich im Bett auf. Seltsamerweise freute er sich für seinen Diener und für Wilhelmine. Die beiden gaben doch ein hübsches Paar ab. Als sie Adelbert trösteten und nach einem Arzt riefen, glaubte er sich in einem Lazarett. War er in Plymouth an Land gebracht worden? Hatte der Kapitän ihn loswerden wollen? Bendel setzte sich neben ihn auf den Kojenrand und teilte ihm traurig mit, dass sein Gesuch, die Armee zu verlassen, abgelehnt wurde.

»Aber natürlich wurde es abgelehnt«, rief Adelbert. »Der Krieg ist doch längst vorbei, Bendel!« Dann hörte er Schüsse, die Belagerung der Festung Hameln war wohl noch im Gange und er hatte die ganze Zeit hier gelegen und geträumt! Der Graue, der verlorene Schatten, alles nur Hirngespinste! Adelbert atmete heftig. Enttäuscht darüber, dass auch seine Weltreise nur ein Traum gewesen war, weinte er bitterlich, aber dann öffnete sich eine Luke in der Decke und Kapitän Kotzebue stieg aus dem Licht die Treppe herab wie ein Erlöser. Als Adelbert ihn erkannte, begrüßte er ihn überschwänglich.

»Reißen Sie sich zusammen, Chamisso! Vergessen Sie nicht, dass Sie sich auf einem Kriegsschiff befinden!«

Adelbert freute sich darüber, seine Weltreise doch noch antreten zu können, was ihn so blödsinnig erscheinen ließ, dass der Kapitän ihm eine Ohrfeige verabreichte. Kotzebue fragte ihn, warum er überhaupt an einer Weltumsegelung teilnähme, obwohl er leicht seekrank werde. Adelbert gestand ihm, vorher noch nie auf dem Meer gewesen zu sein, was den Kapitän vollends aus der Fassung brachte. Er schrie ihn an und befahl ihm, aus der Koje zu steigen. Wenn er das nicht täte, würde er bei der nächsten Gelegenheit von Bord verwiesen. »Und rasieren Sie sich gefälligst, Chamisso! Sie sehen im Gesicht aus wie ein Bär um die Eier!«

Nachdem der Kapitän gegangen war, setzte Adelbert sich mühsam auf die Bettkante, aber ihm fehlte schlicht die Kraft, aufzustehen. Der Schiffskoch rettete ihn mit einer gelben Paste, die ebenfalls aus seiner Heimat stammte und die er, wie er Adelbert versicherte, aus geheimen Ingredienzien zubereitet habe. Anders als die Suppe konnte Adelbert die Paste bei sich behalten, sie schmeckte nur etwas salzig. Er hatte einen solchen Hunger, dass er nach Brot verlangte, um die Paste darauf zu streichen. Allmählich merkte er, wie er zu Kräften kam, bis er es schaffte, aufzustehen. An der Kabinenwand entlang tastete er sich zur Treppe und stieg an Deck.

Wie abgestanden die Luft dort unten gewesen war! Und wie frisch es ihn nun umwehte! Eine Möwe kreischte über ihm, die Wellen schwappten gegen das Schiff und Adelbert atmete tief ein. Als er sah, dass sie von nichts als dem Meer umgeben waren, staunte er wie ein Kind. Die anderen Bestatzungsmitglieder gafften, als wäre er von den Toten auferstanden, und einige applaudierten, wenn auch nur im Spaß.

Zwei Stunden später liefen sie in Plymouth ein, eine Woche, nachdem Napoleon von den Engländern ebenfalls nach Plymouth gebracht worden war. Seltsam, wie ihre Lebenswege sich ständig kreuzten. Inzwischen war Napoleon aber auf dem Weg nach St. Helena, einer unbewohnten Insel im Südatlantik, wohin er letztgültig verbannt werden sollte. Auch Adelberts Schiff würde Richtung Süden segeln, und es schien ihm ein ungünstiges Vorzeichen, dass sie dem einst mächtigsten Mann Europas dicht auf den Fersen in dessen Niedergang folgten.

Vorerst aber genoss Adelbert seine wiedererlangte Gesundheit. Er schaute sich nur kurz im Hafen von Plymouth um, wollte sich gar nicht erst an festen Boden unter den Füßen gewöhnen. Er sah Verkaufsstände mit Napoleon-Souvenirs, darunter Napoleonbonbons und Napoleonbrot. Die Engländer waren sichtlich stolz auf ihren berühmten Gefangenen. Adelbert kaufte eine Tüte klebriger Bonbons, um seinen zweifelhaften Ruf bei den anderen Besatzungsmitgliedern zu verbessern, und kehrte an Bord zurück.

Am 23. September lichteten sie den Anker und verließen Plymouth in Richtung Süden. Sie behielten günstigen Wind, und bald war nichts zu sehen außer Wellen und Himmel. Der Maler Choris, ein Junge mit einem hübschen, fast kindlichen Gesicht, hatte seine Staffelei an Deck aufgestellt und malte den Horizont und die mächtigen Wolkenformationen. Als Adelbert sich ihm vorstellte, nickte Choris kurz und wies ihn darauf hin, dass er ihm im Licht stünde. Adelbert ging einen Schritt zurück, um ihn nicht zu stören, und betrachtete das halbfertige Gemälde, das einen guten Eindruck der Kräfte der Natur vermittelte. Auch wenn man die beflissene Handwerklichkeit eines Postkartenmalers durchscheinen sah, fand Adelbert es doch erfreulich, ein weiteres Künstlernaturell auf dieser Reise dabei zu haben.

»Sie stehen mir leider immer noch im Licht.«

»Verzeihen Sie.« Er machte noch einen Schritt zurück und stolperte über ein Tau. Ein Matrose half ihm, aufzustehen. Adelbert bedanke sich und stellte sich auch dem Matrosen vor, der aber nur unverständlich knurrte. Als nächstes traf Adelbert auf den anderen Naturwissenschaftler an Bord, den Dänen Morten Wormskjöld, der gerade einen Käscher ins Wasser herabgelassen hatte. Wormskjöld trug einen hohen Hut sowie einen Frack und eine breite Schleife, wie es an der Kopenhagener Akademie wohl üblich war, aber für Verhältnisse auf hoher See doch sehr unpraktisch. Adelbert wollte ihm helfen und griff das Ende des Käschers, doch der Däne stieß ihn fort.

»Das ist mein Fang, Finger weg!«

»Ich hatte nicht vor, Ihnen etwas wegzunehmen.« Adelbert wartete auf eine Entschuldigung oder wenigstens eine Abmilderung der doch etwas rüden Zurechtweisung. Als diese ausblieb, setzte er, ein wenig vergrätzt, seinen Spaziergang über das Deck fort. Er sagte sich, dass die anderen Besatzungsmitglieder eben schon ein paar Tage länger am Werk waren, dass sie schon in Routinen verfallen seien, während für Adelbert noch alles neu aussah. Beim Vordermast befand sich die Küche, dahinter eine weitere Mannschaftskajüte, dort schliefen Choris, Wormskjöld, der bengalische Koch und zehn Matrosen in Hängematten. Die Kapitänskajüte lag im hinteren Teil des Schiffs, neben den Lagerräumen. Adelbert fragte einen Matrosen, was das Schiff alles geladen habe, und er erfuhr, dass außer Lebensmitteln und einfacher Handelsware, die man zum Tausch mit den Einheimischen verwenden wollte, auch ein paar Kisten mit Gewehren dabei waren. »Warum Gewehre? Ziehen wir in den Krieg?« – worauf der Matrose keine Antwort wusste.

Am nächsten Tag begann Adelbert seine Untersuchung der Meeresflora, wobei er nicht irgendwelche beliebigen Schlingpflanzen aus dem Wasser zog und beschrieb. Man musste es systematisch angehen. Tageszeiten, Wassertemperaturen und Meeresströmungen mussten beachtet werden. Kleinste Planktonteile sammelte er mit einem Fläschchen, das er an einen Strick gebunden hatte, ansonsten verwendete er Siebe und Netze. Er führte ein meteorologisches Journal und entwarf Wochen- und Monatspläne für seine Forschungsarbeit. Andere Aufgaben wurden ihm nicht erteilt. Man traute ihm offenbar nicht allzu viel zu.

Er holte ein Thermometer aus seinem Koffer, band es an einen Strick und ließ es über die Reling hängen, um die Wassertemperatur mit der vorgefundenen Pflanzenwelt in Beziehung zu setzen. Und er sah, dass Wormskjöld, ein paar Schritte von ihm entfernt, genau das gleiche tat.

»Die Temperatur wird nicht sehr verschiedenen zwischen hier und dort sein. Wollen wir uns die Arbeit aufteilen?«

Aber Wormskjöld hielt seine Leine verbissen in der Hand und schüttelte den Kopf. Sah er in Adelbert einen Konkurrenten? Der Däne wachte geizig über seine Messergebnisse, und später erfuhr Adelbert, dass Wormskjöld eigentlich schon zu alt für eine Berufung an die königliche Universität in Kopenhagen war, diese Expedition jedoch als letzte Chance für seine Karriere sah.

Adelbert setzte sich auf ein zusammengerolltes Tau und hielt sein Gesicht in die Sonne. Kurz darauf hörte er, wie der Däne sich bei Sismarev beschwerte, weil er nicht wie Adelbert in der

Leutnants-Kajüte schlafen durfte. Sismarev erklärte ihm den Grund: Im Gegensatz zu Adelbert besaß Wormskjöld keinen militärischen Abschluss. So zahlten sich seine Jahre in der Armee doch noch aus.

Sie folgten der großen Fahrstraße und selten verging ein Tag, ohne dass sie verschiedene Segel gesehen hätten. Die genaue Reiseroute wurde nun bekannt gegeben. Es sollte von Teneriffa nach Brasilien, und dann um Kap Horn herum bis nach La Concepción in Chile gehen. Von dort wollte man quer durch die Südsee nach Kamtschatka segeln, dann weiter nach Norden bis in die Beringsee hinein. Falls man eine Passage fände, ginge es über den Nordpol zurück nach Europa; falls nicht, würde die Heimfahrt über Java, Indien und am Horn von Afrika vorbei erfolgen. Adelbert stand bei Choris an der Reling und fragte ihn, ob er sich auf die Anden freue, die bestimmt ein imposantes Motiv darstellten. Aber es zeigte sich, dass die Gedanken des jungen Malers vielmehr um die leicht bekleideten Frauen der Südsee kreisten, die ihm bei seinen Landgängen gewiss freudig entgegenkommen würden. Choris schwärmte von unbefangenen Weibsbildern, die keine Scham kannten, und Adelbert musste ihn korrigieren, denn auch die sogenannten Wilden besaßen doch Sittlichkeit. Davon wollte Choris nichts hören.

Überhaupt schien er seine Aufgabe als Illustrator der Expedition von Tag zu Tag weniger ernst zu nehmen, malte ungenau und lustlos. Der junge Mann schien Adelbert, seinerseits mit dreiunddreißig Jahren einer der Ältesten an Bord, sogar ein wenig zu verachten. Adelbert ahnte, dass die anderen Besatzungsmitglieder jemanden in ihm sahen, der in seinem Leben nicht weit gekommen war. Für die russischen Matrosen war er ein Adliger mit zwei linken Händen, der nicht einmal wusste, wie man mit dem Senkblei die Wassertiefe maß. Für Kapitän Kotzebue war er ein weltfremder Professor, für Wormskjöld ein wissenschaftlicher

Anfänger und für Choris schlicht ein alter Sack. Offenbar hatte hier niemand den *Schlemihl* gelesen oder kannte seinen Verfasser.

Der Kapitän war nur zu gewissen Zeiten – zwei Stunden vormittags und zwei nachmittags – ansprechbar. Ansonsten blieb er in der Kapitänskajüte und reagierte verärgerte, wenn man ihn dort störte. Einige Matrosen ließen ihre Zeigefinger an den Schläfen kreisen, wenn sie über den Kapitän sprachen. Einmal beging Adelbert den Fehler, zur Unzeit an die Tür der Kapitänskajüte zu klopfen. Der Grund war eine Anweisung Kotzebues, alle Gegenstände an Deck festzuschrauben. Adelbert wollte sich beschweren, denn seine Messinginstrumente waren wertvoll und konnten nicht befestigt werden; er klopfte also an und öffnete, da er keine Antwort vernahm, vorsichtig die Tür. Er sah den Kapitän über einen Kartentisch gebeugt. Mehrere Miniaturschiffe lagen auf der Karte, eines davon war umgekippt. Als der Kapitän ihn bemerkte, kam er verärgert auf ihn zu. »Was soll das?«

Adelbert beschrieb ihm sein Anliegen, aber der Kapitän akzeptierte keine Widerrede. »Tun Sie, was ich sage! Sie sind hier ein Passagier, der sich an die Schiffsordnung zu halten hat.«

Adelbert fragte ihn, was es mit den Gewehren im Laderaum auf sich hatte.

»Vielleicht werden wir uns verteidigen müssen«, sagte der Kapitän. »Glauben Sie, wir treten solch eine Reise ohne Waffen an?«

Adelbert beschloss, sich die Kisten im Laderaum selbst anzusehen. Neben einem Fass mit Sauerkraut, zwischen Töpferwaren und Schaufeln, waren zehn längliche Holzkisten gestapelt. Mit einer Schaufel stemmte Adelbert eine Kiste auf und fand zwanzig Steinschlossmusketen russischer Bauart darin. In den europäischen Kriegen wurden diese veralteten Modelle nicht mehr verwendet. Trotzdem könnte man damit eine kleine Armee ausstatten. Wo sollten diese Gewehre zum Einsatz kommen?

Eine weitere Tür des Lagerraums war mit einem schweren Schloss versehen. Adelbert hörte ein dumpfes Klatschen und Blubbern, hielt sein Ohr gegen die Tür und erschrak. Das klang wie ein Tintenfisch, der sich verzweifelt über die Schiffsbohlen schleppte und irgendwie versuchte, seinem Gefängnis zu entkommen. Aber das konnte nicht wahr sein. Schnell wandte sich Adelbert ab und eilte zurück an Deck.

Die Reise in dieser Vielvölkernussschale war eine Zumutung. Die Russen an Bord machten sich über die Kleingeistigkeit der Deutschen lustig, der Bengale fand alle Europäer verrückt und der Däne hielt alle Russen für Barbaren. Dass diese Vorurteile selbst hier eine so große Rolle spielten, betrübte Adelbert, war er doch vor ihnen aus Berlin geflohen. Auf die Laune der Besatzung wirkten sich auch die immer gleichen Gerichte des Kochs ungünstig aus. Da dieser die wenig abwechslungsreiche Speisekarte mit fehlenden Zutaten begründete, wurde Adelbert auf Teneriffa mit der Beschaffung von Küchenkräutern beauftragt, da er doch Botaniker sei. Über die offensichtliche Geringschätzung seines Metiers regte er sich nicht auf, war im Gegenteil froh, etwas von allgemeinem Nutzen tun zu können und begab sich gleich nach der Ankunft ins Innere der Insel.

Der Kapitän wollte noch vor dem antarktischen Winter Kap Horn erreichen, daher waren für den Aufenthalt auf Teneriffa nur vierundzwanzig Stunden vorgesehen, zu wenig, um mehr als einen flüchtigen Blick auf die Inselvegetation zu werfen. Trotz achtundzwanzig Grad im Schatten schritt Adelbert zügig voran und orientierte sich bei der Suche nach Küchenkräutern hauptsächlich mithilfe seiner Nase, so intensiv rochen Rosmarin, Kamille und Fenchel.

Die Gegend wirkte öde, die hohen zackigen Felsen waren spärlich mit Kakteen besetzt. Aus den Gärten der kleinen Stadt

Santa Cruz erhoben Dattelpalmen und Bananenstauden ihre Häupter über die weißgetünchten Mauern. Man mochte meinen, dass Reisende den plötzlichen Gegensatz von nordischer und südlicher Natur als überwältigend empfanden. Dem war nicht so. Adelbert war enttäuscht, er hatte alles dies schon irgendwo in Zeichnungen und auf Gemälden gesehen. Auf dem Weg von Santa Cruz nach Laguna kamen ihm Dromedare entgegen und der Vulkankegel war die ganze Zeit von Wolken umhangen, in die Adelbert, als er höherstieg, bald eintauchte.

Die Pflanzen, die er sammelte, trug er in einem Taschentuch bei sich, allerdings war die Ausbeute an besonderen Exemplaren spärlich. Unbekannte Pflanzenarten durfte er hier nicht erwarten. Er setzte sich unter einen Palmenbaum, rauchte eine Pfeife, schnitt sich ein Blatt vom Baum ab und benutzte die Rippe auf seinem Weg als Wanderstab, und war sich bald nicht mehr sicher, in welcher Richtung der Hafen lag. Mal ging Adelbert in die eine Richtung, mal in die andere, und die Affen schienen sich über seine Verwirrung zu amüsieren.

Als es dunkelte, fand er eine Unterkunft bei einer sehr gesprächigen und lustigen alten Frau. Sie wollte ihm am nächsten Morgen den Weg zum Hafen zeigen, bis dahin sollte er ihr von seiner bisherigen Reise erzählen. Sie wusste von dem russischen Expeditionsschiff und bestand darauf, in ihm sogleich die russische Lebensart erkannt zu haben. Ihre Fehleinschätzung bestätigte Adelbert einmal mehr die grundsätzliche Fragwürdigkeit solcher Vorurteile, und er beteuerte, nur ein Deutscher und als Deutscher eigentlich ein geborener Franzose zu sein, was die Alte für so verrückt hielt, dass sie lange darüber lachte.

Am nächsten Morgen hatten sich die Wolken in höhere Regionen zurückgezogen und erlaubten Adelbert einen fabelhaften Ausblick über die ganze Insel. Um zerstreut liegende Ansiedlungen sah er Drachenbäume und die amerikanische Agave stehen.

Sein Weg zum Hafen führte durch die Orte Matanza und Vittoria, zwei Namen, die auf den Karten der spanischen Kolonien oft vorkamen und gleichsam das Schicksal der eingeborenen Völker bezeichneten: Gemetzel und Sieg. Die letzte Strecke am Hafen musste Adelbert rennen, denn man war schon dabei, den Anker zu lichten. Offensichtlich legte der Kapitän es darauf an, ohne ihn abzufahren. Aber Adelbert rannte, stolperte auf den letzten Metern, stand wieder auf und sprang an Bord. Dort musste er erkennen, dass er sein Taschentuch mit den Pflanzen und den Küchenkräutern unterwegs verloren hatte. Die Mannschaft, die große Erwartungen in die Verbesserung des Essens gesetzt hatte, war darüber so enttäuscht, dass in den nächsten Tagen niemand ein Wort mit ihm sprach.

Am 6. November durchkreuzten sie um vier Uhr früh den nördlichen Wendekreis. An diesem Tag sah Adelbert Delfine, die höflichsten Geschöpfe des Meeres, die ihn mit ihrem feinen Lächeln an seinen Freund Hitzig erinnerten. Außerdem sah er die ersten fliegenden Fische. Verständlich, dass dem Nordeuropäer ein fliegender Fisch als Umkehrung der Natur, ja als ein fantastisches Wesen erscheint. Der erste fliegende Fisch, der auf dem Deck landete und den Matrosen in die Hände fiel, wurde von ihnen stillschweigend in Stücke geschnitten, die sie dann, allerlei Sprüche murmelnd, in alle Richtungen in die See warfen, ein Ritual, das an Geisterbeschwörungen gemahnte. Adelbert rührte dieser etwas hilflose Umgang mit fremden Dingen. Als Wissenschaftler aber konnte er dem Hokuspokus wenig abgewinnen, und so besorgte er sich einen eigenen fliegenden Fisch, dessen Anatomie er sorgfältig beschrieb und abzeichnete.

Sie hatten in Teneriffa eine Katze und ein kleines weißes Kaninchen an Bord genommen. Beide lebten in großer Eintracht, was der gesamten Besatzung zum Vorbild hätte dienen können.

Die Katze fing sich Fische und das Kaninchen verzehrte die Gräten, die sie ihm übrigließ. Adelbert beobachtete oft das ungleiche Paar und fragte sich, warum die Menschen, obwohl sie doch einer gemeinsamen Spezies angehörten, so oft gegen- statt miteinander handelten.

Dass er von der Mannschaft ausgeschlossen wurde, belastete ihn. An Land hätte er mit den Schultern gezuckt und wäre seines Weges gegangen, aber hier, auf dem Schiff, war er der Situation ausgeliefert. Um sein Ansehen wenigstens bei Choris zu heben, beschloss er, sich als Urheber der Schlemihl-Geschichte erkennen zu geben. Choris gehörte immerhin zu den subtileren Seelen an Bord, Adelbert hatte ihn schon im *Anton Reiser* blättern gesehen. Also holte er das Exemplar des *Schlemihl* aus seiner Kajüte und ging zu Choris, der dösend in seiner Koje lag. Aber als Adelbert ihm sein Buch mit dem Hinweis, er sei dessen Verfasser, reichte, glaubte Choris ihm nicht.

»Das hieße ja, Sie wären berühmt und außerdem sehr reich! Warum sollten Sie dann auf dieser Reise mitfahren?«

Adelbert seufzte, schlug das Buch auf und zeigte Choris einen Kupferstich, der ihn mit einer Botanisiertrommel an der Schulter zeigte. Choris sah nur kurz hin, war nicht zu überzeugen und wollte keine Ähnlichkeit erkennen. Adelberts halbseidener Ruf schien wie in Stein gemeißelt. Er setzte sich zu Choris ans Bett, schlug einen vertraulichen Ton an und fragte ihn, was er von der Expedition hielte. Der Junge begann wieder von hemmungslosen Weibsbildern zu schwärmen, was Adelbert erzürnte. »Das meine ich nicht«, sagte er. »Rede ehrlich mit mir, ich will dich kennenlernen. Und ich möchte wissen, wie du dich hier an Bord fühlst. Bist du zufrieden?«

Da wurde Choris rot und stammelte, dass er fast täglich Kämpfe mit Wormskjöld austrug, der ihn wie seinen Diener behandelte. Der Junge musste die Pflanzen des Dänen abzeichnen, ihm Essen bringen oder ihm die Instrumente putzen, obwohl das alles nicht zu seinen Aufgaben gehörte. Adelbert war schon aufgefallen, dass Wormskjöld eine böse Lust daran empfand, den unerfahrenen Choris zu schikanieren, und er bot dem Jungen Hilfe an. Fortan verbrachte er mehr Zeit mit dem Jungen und sie freundeten sich sogar an.

Der nördliche Passatwind, den sie bis zum sechsten Grad nördlicher Breite behalten hatten, verließ sie bald. Am 8. November setzte sich dicht vor Adelbert ein schöner, rot-blau befiederter Landvogel auf dem Bugspriet nieder. Woher mochte er gekommen sein? Ein bunter Vogel aus dem Nichts, wie ein Blumenstrauß, den der Himmel Adelbert schenkte.

Am Tag darauf hatten sie die Breite der Kapverdischen Inseln erreicht, aber weder Rauch noch Flammen verrieten die Vulkane dieser Inseln. Das erste Schwein sollte geschlachtet werden, wofür sich die Besatzung feierlich auf Deck einfand. Der Koch schärfte sein Messer und wählte kurzerhand das Schwein mit dem Namen Sacharin. Leutnant Sacharin wurde blass, sagte aber nichts, wohl weil er das Gerede der einfachen Matrosen, die hierin ein Vorzeichen sehen wollten, als Aberglaube empfand. Allerdings erhob Wormskjöld Einspruch gegen die Wahl des Kochs und schlug stattdessen Choris vor. »Sein Fleisch ist gewiss zarter.«

Die versammelte Mannschaft lachte, aber Adelbert erwiderte in scharfen Worten, dass das Fleisch des Dänen bestimmt das Ungenießbarste sei. »Warum also das Schwein Wormskjöld länger durchfüttern? Werfen wir Wormksjöld, dieses Schwein, doch einfach über Bord!«

Sonderbarerweise lachte die Besatzung nun nicht, und Wormskjöld sah ihn feindselig an. »Ich sprach von den Tieren, nicht von den Menschen. Den Unterschied sollten selbst Sie kennen. An welcher Universität, sagten Sie, haben Sie Ihren Doktortitel erworben?«

»An gar keiner«, antwortete Adelbert.

»Und wen haben Sie dann bestochen, um trotzdem an dieser Expedition teilnehmen zu können?«

Adelbert ignorierte die Provokation und entfernte sich von der Gruppe, auch weil das grässliche Quicken des zur Schlachtung geführten Schweins ihm zu Herzen ging. Er suchte den Kapitän und wollte mit ihm reden, denn er meinte, ein Kapitän müsse ein feineres Ohr für die Stimmungslage seiner Besatzung haben. Leider war Kotzebue völlig ignorant, nicht nur was Stimmungen betraf. Adelbert fand den Kapitän am Vorderschiff mit dem neuen Schiffschronometer hantieren, das in Plymouth für viel Geld gekauft worden war, jedoch um zwei Sekunden falsch ging. Die *Rurik* verlor immer wieder den Kurs, aber der Kapitän, stolz auf seinen Kauf, griff nicht auf das ältere, verlässlichere Chronometer zurück. Adelbert sprach ihn darauf an, sagte, dass die Besatzung nicht nur wegen der ständigen Kursänderungen gereizt war und warnte ihn vor einer Revolte. Wieder einmal kümmerte sich der Kapitän nicht um Adelberts Einwände.

An Bord wurde nun ein Segeltuch gegen die Hitze aufgespannt, und Adelbert trug nur noch ein einfaches Leinenhemd, eine Leinenhose und Bastschuhe. Da es unter Deck brütend heiß war, blieb fast nur das Segeltuch für den Aufenthalt in den Arbeitspausen. Erst am Abend, wenn die Luft abkühlte, konnten sie sich unbeschwert über das Deck bewegen. Wormskjöld betrank sich nun fast jeden Abend und suchte Streit, vor allem mit Choris, dem Adelbert mehr als einmal zur Seite stand. Immerhin ließ der Kapitän, nach einer Beschwerde Adelberts, die Koje des Dänen durchsuchen, um den Alkohol zu beschlagnahmen, aber Wormskjöld hatte die Flaschen geschickt versteckt und es wurde nichts gefunden.

Eines Abends saß Adelbert mit einer Kerze an Deck, presste Wasserpflanzen zwischen Löschpapier und legte sie in eine

Mappe, als er Wormskjöld schwankend herumgehen sah. Der Däne, wieder betrunken, machte sich an den Tauen zu schaffen, vielleicht weil dort eine Schnapsflasche versteckt war. Und Choris, ebenfalls an Deck, schlich hinter ihm her.

Plötzlich ahnte Adelbert, was der Junge vorhatte. Es wäre leicht, Wormskjöld über Bord zu stoßen und es wie einen Unfall aussehen zu lassen. Ein Betrunkener, der stolpernd ins nächtliche Meer fiel und für immer verschwand, oder ein am Leben Verzweifelter, der absichtlich sprang – hatte Adelbert den Jungen durch seinen derben Scherz, das Schwein Wormskjöld über Bord zu werfen, etwa auf die Idee gebracht? Er rief Choris so laut, dass auch der Däne ihn hörte. Beide schreckten aus ihren verworrenen Plänen auf und trollten sich. Später, in der Kajüte, beschwor er Choris, nichts zu unternehmen, was er ein Leben lang bereuen würde, aber der Junge tat, als verstünde er nicht.

In Sorge um den Frieden an Bord klopfte Adelbert am nächsten Tag unter einem Vorwand an die Kajütentür des Kapitäns, um mit ihm zu reden. Draußen regnete es in Strömen, und als Adelbert eintrat, sah er den Kapitän unbewegt auf einem Sofa liegen. Der Regen schlug gegen das Kabinenfenster, der Kapitän schien in nachdenklicher Stimmung. Adelbert behauptete, mit ihm über dessen Vater, August von Kotzebue, sprechen zu wollen, einem Autor höchst oberflächlicher Theaterstücke. Er hatte in Berlin einige seiner Stücke besucht und gab sich als Kenner und Bewunderer aus. Der Kapitän erschrak bei der Erwähnung seines Vaters, was ihn immerhin aus seiner Lethargie erhob. Obwohl der Kapitän sich für den unmilitärischen Beruf seines Vaters zu genieren schien, bot er Adelbert an, Platz zu nehmen. Zum ersten Mal sah Adelbert ihn lächeln.

Kotzebue erzählte von seiner Kindheit und dass der Adelstitel seines Vaters gerade einmal zehn Jahre alt und von dubioser Herkunft sei. Mit einem Glas Likör in der Hand lachten sie beide darüber, Adelbert plauderte von Versailles, von seinem Vater und dem sehr alten Geschlecht der Chamissos. Das Interesse des Kapitäns wuchs, er sprach so freundlich und offen mit Adelbert wie noch nie auf dieser Reise. Und nun erzählte Adelbert ihm von der schlechten Stimmung unter der Besatzung und schlug vor, zur Äquatorüberquerung ein kleines Fest auszurichten. »Das könnte die Stimmung heben.«

»Ich vertraue auf Befehle, nicht auf etwas so Unklares wie Stimmungen. Aber Sie haben wahrscheinlich recht.«

Außerdem wollte Adelbert Geld sammeln, um Wormskjöld auszuzahlen und beim nächsten Landgang nicht wieder an Bord zu lassen.

»Das verbiete ich«, sagte der Kapitän streng. »Solche Intrigen gegen einzelne Besatzungsmitglieder sind inakzeptabel, auch wenn ich persönlich Verständnis dafür habe.« Adelbert sah das ein.

Am 23. November mittags um zwei Uhr durchkreuzte die *Rurik* zum ersten Mal den Äquator. Adelbert stand mit offenem Hemd an Deck, eine romantische Extravaganz, die er sich heute erlaubte. Sie erreichten nun die andere Hälfte der Erde, und er war aufgeregt. Die Flagge wurde aufgezogen, alles Geschütz abgefeuert, ein weiteres Schwein geschlachtet und ein Fest gefeiert. Die Matrosen, die alle Neulinge in Sachen Äquatortaufe waren, wussten nicht so recht, was sie tun sollten, und ihre Neptunpuppe sah wie eine Vogelscheuche aus. Aber eine ausnehmende Freude herrschte unter ihnen, Punsch wurde auf Befehl des Kapitäns ausgiebig gereicht, und den Tag beschloss eine Komödie, die sie aufführten.

In seiner volkstümlichen Einfachheit hätte das kleine Schauspiel Kotzebues Vater gefallen. Es bestand darin, dass einige Matrosen Frauenkleider anzogen, die sie wohl nur dafür auf die Reise mitgenommen hatten. Eine Liebesromanze entwickelte sich auf der improvisierten Bühne aus Kisten und Brettern, und

Adelbert traute seinen Augen kaum. Zwei Männer berührten sich zärtlich an den Wangen, was sie sich wohl nur unter diesen besonderen Umständen getrauten, worauf das Publikum zu johlen aufhörte und schwieg, teils ehrlich die Einsamkeit der Matrosen mitempfindend, teils peinlich berührt. Auch Choris spielte in der Inszenierung mit, trug Frauenkleider und war geschminkt, und in dieser Aufmachung zwinkerte er Wormskjöld neckisch zu. Choris machte sogar einen Kussmund in Richtung des Dänen. Adelbert fand das gefährlich und gab Choris Zeichen, es zu unterlassen. Aber es war zu spät. Wormskjöld, natürlich betrunken, stürmte die Bühne und schlug auf das Gesicht des Jungen ein, bis es blutig war. Die Matrosen konnten Wormskjöld bändigen, den der Kapitän darauf mit drei Tagen Arrest bestrafte. Adelbert fragte sich, wie nun noch ein Zusammenleben mit Wormskjöld auf dem Schiff möglich sein sollte, und er wechselte bedeutungsvolle Blicke mit dem Kapitän.

Bald darauf fuhren sie an St. Helena vorbei. Mindestens acht englische Kriegsschiffe lagen dort vor Anker und zogen die fachmännische Bewunderung der Matrosen auf sich. Auch Adelbert stand an der Reling und blickte durchs Fernrohr, und was er sah, ließ ihm einen Schauder über den Rücken laufen wie bei einer Erzählung Hoffmanns. Er erkannte Napoleon am Hut und am Mantel mit aufgestelltem Kragen, der gerade über den Landungssteg in Richtung der Insel ging und von einem grauen Mann begleitet wurde, der um den Verbannten herumtanzte, als ob er ihn begrüßte. War das der Preis, den der ehemalige Kaiser der Franzosen bezahlen musste? Er hatte Europa fast zwanzig Jahre lang in Atem gehalten, und Adelbert hatte immer geahnt, dass etwas Übernatürliches dahintersteckte. Er konnte sich schwer vorstellen, dass Napoleon hier, auf dieser unwirtlichen Insel, für immer Ruhe geben würde. Aus einer Laune heraus drehte Adelbert sein Fernrohr um, und ihm war, als ob er den Wissenschaftler mit dem Künstler vertauschte. Hatte Hoffman ihm nicht empfohlen, das Ungereimte und Rätselhafte zuzulassen? Nun schaute Adelbert verkehrte herum auf die Welt, und er staunte. Sofort war alles ganz weit weg. Napoleon und der Graue waren zu klein, um noch erkannt zu werden, die Insel hatte sie verschluckt, ihre Geschichte war zu Ende.

Nachdem sie eine halbe Stunde in der Nähe der Insel verbracht hatten, gab eines der englischen Kriegsschiffe einen Warnschuss ab, und sie machten und eilig davon.

Flora bekränzt einen Affen

Adelbert war geradezu davon besessen, eine unbekannte Pflanzenart zu finden. Er stellte sich eine Pflanze in einem Bestimmungsbuch vor, die seinen Namen trug, und suchte diese ferne Pflanze sogar auf dem Meer. Einmal fuhren sie durch eine strohgelbe, scharf abgegrenzte Strömung, von der Adelbert eine Probe nahm. Das Wasser war wie von einem feinen Staub getrübt, der sich unter dem Mikroskop als freischwimmende, gegliederte Alge erwies. Das untersuchte Wasser enthielt außerdem in geringem Verhältnis grüne, schleimige Materie und kleine rötliche Tiere aus der Klasse der Krebse, die sich häufig Fäden von der Oberfläche des Wassers holten. In wenigen Wassertropfen lebte hier eine ganze Gesellschaft. Adelbert drehte am Rädchen des Mikroskops. ›Spielen Sie ein wenig damit herum!‹, hörte er Hoffmann rufen, und weil er in Gedanken war, drehte er aus Versehen in die verkehrte Richtung. Und wunderte sich: Etwas sah anders aus. Er schlug die gegliederte Alge in seinen Büchern nach und tatsächlich fand er ihren Aufbau noch nirgendwo beschrieben.

Seine Reaktion fiel nicht gerade euphorisch aus. Er musste diese Alge nach Europa mitnehmen und mit Präparaten in dutzenden Herbarien vergleichen, um sicher sagen zu können, ob es eine neue Art war. Und ein wenig war er sogar enttäuscht, denn er hatte sich vorgestellt, eine unbekannte Blume, vielleicht eine neue Orchideenart, zu finden, und nicht dieses unscheinbare, schleimige Ding. Die Algologie galt als fades Teilgebiet der Botanik, Algen zeichneten sich durch einen einfachen, man könnte sagen, plumpen Aufbau aus. Waren gerade deshalb vielleicht entscheidende Details von früheren Forschern übersehen worden? Adelbert kam sich vor wie jemand, der sich bemühte, ein Geschenk, das ihm nicht sonderlich gefiel, immerhin für dessen Nützlichkeit zu loben.

Am 21. Dezember erreichten sie die brasilianische Küste und gingen vor der Insel Santa Catarina vor Anker. Krokodile umschwammen die *Rurik*, und Adelbert sah dutzende Zuckerplantagen, eine nach der anderen, entlang der Küste. Am nächsten Tag gingen sie an Land, wobei er den Kapitän in die Stadt Nostra Señora de Desterro begleitete, um – wie es hieß – eine diplomatische Formalie zu erledigen. Er verstand sich inzwischen ganz gut mit dem Kapitän, der, da selbst unbeholfen im Umgang mit anderen Menschen, Adelberts Dienste bei Vermittlungen und Verhandlungen inzwischen gern in Anspruch nahm. Sie mieteten eine Kutsche und fuhren über lehmige Dschungelstraßen. Aufs Dach waren vier Kisten mit Gewehren gepackt, und als sie in Nostra Señora de Desterro die Waffen an einen zwielichtigen Händler verkauften, dolmetschte Adelbert, handelte den Preis sogar ein wenig herunter, erfuhr aber nicht, für wen der Händler, der gewiss nur ein Strohmann war, arbeitete.

Das also war die diplomatische Formalie, und auch wenn der Kapitän wortkarg blieb, konnte Adelbert sich denken, in welchem Zusammenhang sie stand. Da Brasilien zu dieser Zeit von Aufständen gegen die portugiesischen Besatzer erschüttert wurde, vermutete Adelbert, dass Russland die Aufständischen unterstützte. Den Grund wusste jeder, der Zeitungen las. Russland sehnte sich nach eigenen Kolonien und größerem Einfluss in der Welt, wobei Portugal ein Konkurrent, wenn nicht gar ein Gegner war. Vielleicht hoffte Russland, die brasilianischen Kolonien zu übernehmen.

Auf der Rückfahrt zum Hafen ließen sie sich Zeit, um sich auf der Insel umzuschauen, und Adelbert hatte nun wirklich den Eindruck, einen neuen Kontinent zu betreten. Die Insel Santa

Catarina lag zwar auf südlicher Halbkugel am selben Breitengrad wie Teneriffa auf der nördlichen, aber hier umfing ihn eine ganz anders geartete Schöpfung, auffallend in ihrer Überfülle und Riesenhaftigkeit. Immer wieder bat er den Kutscher anzuhalten, weil er eine Entdeckung gemacht hatte. Der Kapitän, wenig interessiert an Pflanzen oder Landeskunde, zeigte sich geduldig und wartete mit geschlossenen Augen im Fond. Adelbert brauchte nur wenige Schritte in den Dschungel hineinzugehen, um überwältigt zu werden. Oben auf den Bäumen wogten luftige Gärten von Orchideen und Lianen, auch Riesenpilze und Riesenfarne sah er, von denen er etliche Proben mitnahm. Überall war Leben, aber die größte Pracht herrschte unter den Insekten. Er sah Libellen, so groß wie seine Hand, und Schmetterlinge, die in der Größe mit Kolibris wetteiferten. Die allgemeine Formenvielfalt erinnerte ihn an die höfisch ausstaffierten Menschen seiner Jugend, die ihm immer wie Schmetterlinge oder Raupen vorgekommen waren, die geschnürten und gewickelten Damen von Versailles, die sogar ähnlich flatterhaft lebten.

Als sie weiterfuhren, erzählte ihm der Kutscher, dass die im Dschungel gelegenen Plantagen ständig gegen die Natur verteidigt werden mussten. War das nicht ein Sinnbild menschlicher Kultur auf Erden? Vernachlässigte man das Jäten, so der Kutscher, wuchsen binnen kurzem wilde Sträucher auf den Feldern. Später ließ sich Adelbert ein fast überwuchertes Feld zeigen und fand schöne Melastoma-Arten, umrankt von purpurblütigen Bignonien. Der Kapitän gähnte bei alldem und amüsierte sich höchstens über Adelberts kindliche Aufgeregtheit.

Seine Instrumente wurden an Land gebracht, hier wollte er in den nächsten vier Tagen den Dschungel durchstreifen und untersuchen. Auch die anderen Besatzungsmitglieder gingen an Land. Dem Kapitän diente ein ärmliches Haus als Wohnung, die anderen, so auch Adelbert, wohnten in Zelten, und alle genossen es, auf festem Boden zu schlafen. Choris hatte sein Zelt neben seinem aufgestellt, und Adelbert sorgte dafür, dass Wormskjöld nicht in seine Nähe kam. Der Däne war seit den Ereignissen bei der Äquatortaufe in mürrische Düsternis versunken, gab keine Antwort, wenn man ihn etwas fragte, und murmelte fluchend vor sich hin, sobald er sich unbeobachtet wähnte.

»Kaum zu glauben, dass Weihnachten ist«, sagte Choris, als sie am Lagerfeuer saßen. Kurz schwiegen sie, dann fing Choris an, *Stille Nacht, heilige Nacht* zu summen. Eine seltsame Stimmung breitete sich aus. Sobald sich die Nacht über diese grüne Welt senkte, entzündete auch die Tierwelt ihre Leuchtfeuer. Lampyris flogen mit schimmernden Unterleibern über den Wald, auch der Elaterkäfer trug zwei Leuchtorgane auf dem Brustschild, beinahe wie Christbaumschmuck, dachte Adelbert. Bald spielten die russischen Matrosen auf ihren Balalaikas, kanarischer Wein floss reichlich, und Adelbert wurde melancholisch. Seine Eltern waren nun seit fast vier Jahren tot und seltsamerweise vermisste er sie mehr als zu Lebzeiten. Immer weniger Menschen standen zwischen ihm und seinem eigenen Tod, wann immer dieser sein würde. Er dachte an seinen Bruder in Paris und an seine Freunde in Berlin, an Hitzig, auch an Antonie. Arme Antonie. Ob sie auf ihn wartete? Einer jungen, hübschen Dame wie ihr wurde gewiss täglich der Hof gemacht. Und was, wenn er niemals von dieser Reise zurückkehrte, weil er verunglückte oder weil er nicht zurückkehren wollte? Er konnte es sich durchaus vorstellen, an einem paradiesischen Ort am anderen Ende der Welt für immer zu bleiben. Tat er Antonie Unrecht, indem er sie warten ließ?

Adelbert wollte allein sein, stand auf und entfernte sich vom Lager. Grillen zirpten und aus dem Dschungel drang Gekreisch, von dem er nicht wusste, welches Tier es ausstieß. Er ging zum Strand, wo leuchtende Medusen angeschwemmt worden waren, die er kurz untersuchte. In der Ferne hörte er nicht nur die Balalaikas und das Tiergeschrei, sondern auch noch eine andere Musik. Hauptsächlich war es Gesang mit Trommeln, das aus den Sklavenhütten kommen musste.

Der Sklavenhandel stand hier auf der Insel so wie in ganz Brasilien in höchster Blüte. Das Gouvernement Santa Catarina allein benötigte jährlich fünf bis sieben Schiffsladungen Afrikaner, um die zu ersetzen, die auf den Pflanzungen starben. Die Portugiesen brachten Sklaven aus ihren Niederlassungen im Congo und in Mocambique hierher und schlugen daraus Gewinn. Die Kraft der Menschen schnell zu aufzubrauchen und sie durch Ankauf neuer Sklaven zu ersetzen, schien den Plantagenbesitzern vorteilhafter zu sein, als selbst Sklaven in ihrem Hause zu erziehen. Adelbert hatte von dem rücksichtslosen Verbrauch an Menschenleben schon gehört und wollte sich ein Bild machen. Er ging in Richtung des Gesangs und erreichte bald eine Reihe länglicher, einfacher Häuser, in deren Fackellicht, obwohl es spät abends war, immer noch Menschen arbeiteten.

Etwa zwanzig von ihnen standen in einer Reihe und befreiten, mit schweren Stampfkolben in hölzernen Mörsern, Reis von seiner Hülse. Einige blickten kurz zu ihm auf, das Weiß ihrer Augen war blutunterlaufen. Waren es die gleichen Sklaven, die tagsüber auf den Plantagen arbeiteten? Wann ruhten sie sich aus? Die Gesänge und Trommelschläge waren so monoton wie ihre Arbeit. Die langen Schatten an den Hüttenwänden gaben der Szene etwas Dämonisches, als ob Adelbert im Vorhof der Hölle gelandet war. Aber er, er konnte gehen, wann es ihm beliebte. Er fand den Anblick niederschmetternd, auch weil diese Arbeit in Europa längst durch Wind- und Wassermühlen geleistet wurde.

Betrübt kehrte er zum Lager zurück, wo sich den Besatzungsmitgliedern ein paar brasilianische Mädchen anboten. Vornehmlich Choris wurde von ihnen umschwärmt, was ihn in seinen dummen Vorurteilen bestätigte. Wusste er, dass die Mädchen es aus Not taten? Eine der leicht bekleideten Schönen brachte Choris gerade einen Tanz bei, den sie Fandango nannte, und es war nur eine Frage der Zeit, bis es unter den Angetrunkenen zu Eifersüchteleien kommen würde. Wormskjöld, schon schwankend, wollte eine Frau namens Claudia für sich und prügelte sich deswegen mit einem Matrosen. Der Kapitän schritt ein und schloss Wormskjöld mit wenigen Worten offiziell aus der Expedition aus. Alle waren betroffen, aber niemand widersprach, selbst der Däne nicht. Ihm wurde das Betreten des Schiffs untersagt, was nur heißen konnte, dass er vorerst hier in Brasilien bleiben musste. Auch Adelbert war überrascht, er fand das hart, aber im Stillen triumphierte er.

In der Nacht zog ein Sturm auf und warf sein Zelt um, wodurch seine gesammelten Pflanzen und die Papiere mit den Zeichnungen aufgeweicht wurden. Es war, als ob die Natur auf Seiten Wormskjölds stand und nun an Adelbert Rache nahm, weil er beim Kapitän so energisch gegen den Dänen agitiert hatte. Als er im Regen sein Zelt wieder aufzubauen versuchte, bemerkte er, dass ein Matrose seine Bestimmungsbücher als Kopfkissen benutzte. Adelbert riss sie ihm verärgert weg und musste erkennen, dass einige Seiten ausgerissen geworden waren, was einen unersetzlichen Verlust darstellte. Das Wasser drang durch seine Kleidung, und trotz der tropischen Nacht fror er. Jemand fragte, wo Wormskjöld sei, dessen Zelt verschwunden war. Anscheinend hatte er das Lager verlassen. Sie standen im strömenden Regen und wussten nicht, ob sie nach ihm suchen sollten. War er in Gefahr? Oder versteckte er sich und beobachtete Adelbert, auf eine Gelegenheit wartend, es ihm heimzuzahlen? Die anderen Matrosen riefen Wormskjöld, aber niemand wollte bei diesem Unwetter in den Dschungel hineingehen. Auch später sahen sie Wormskjöld nicht wieder.

Der Regen hörte so plötzlich auf, wie er begonnen hatte. In den nächsten Tagen absolvierte Adelbert seine Dschungelgänge, wobei sich seine Gesichtshaut veränderte und fast ledrig derb wurde. Spinnen fielen ihm auf den Kopf, er sammelte sie ein und beschrieb sie, so wie er einen Wurm beschrieb, der sich in seine Ferse gefressen hatte und vom Schiffsarzt herausgebrannt werden musste. Während er durch den Dschungel streifte, glaubte er manchmal ein Augenpaar zwischen Blättern sehen. Etwas schreckte auf und schlug sich flüchtend ins Unterholz, vielleicht ein Tapir oder ein Reh. Nach einer Woche kehrten die Besatzung, ohne Wormskjöld, an Bord zurück und legte ab.

Sie kamen gut voran und waren zuversichtlich, dass Kap Horn eisfrei sein würde, wenn sie dort einträfen, aber dann hielt sie ein Sturm vor Feuerland tagelang auf. Der Himmel hatte sich verfinstert, war beinahe schwarz, und starker Regen setzte ein. Das Schiff schaukelte so heftig, wie Adelbert es noch nie erlebt hatte. Er lehnte am Mast, umarmte ihn, und spürte eine eisige, antarktische Luft in seinem Gesicht, ein unheimlicher Anhauch von Süden her. Meterhohe Wellen schlugen übers Deck, während die Matrosen die beweglichen Sachen mit Tauen sicherten. Ein Hühnerkäfig ging über Bord, zwei Kanonen rissen aus ihren Verankerungen, rutschten über Deck und zerstörten die Galerie. Da der Sturm auch nach Stunden nicht nachließ, blieb der Besatzung nichts anderes übrig, als in ihre Kajüten zu gehen, sie von innen zu verrammeln und, in ihren Kojen liegend, zu beten. Die Petroleumlampe an der Decke baumelte und quietschte, Adelbert hörte Leutnant Sacharin die heilige Maria anrufen und fühlte sich selbst wie Jonas im Bauch des Wals. Er vergrub sein Gesicht im Kissen, schloss seine Augen und dachte an die Tage im Dschungel zurück. Hatte er das Paradies gesehen, ohne es zu wissen? Nein, es war das Gegenteil vom Paradies, dort war es gefährlich, dort wurde gejagt und gefressen, alles vermehrte sich oder verrottete in einer unglaublichen Geschwindigkeit. Als das Schiff einmal fast seitlich lag und die Bücher vom Tisch fielen, richtete Adelbert ein Stoßgebet an den Himmel, und er sah vor seinem inneren Auge das Schiff auf einen Eisberg zutreiben. Alles wirkte ganz plastisch. Auf dem Berg stand eine verhüllte menschliche Gestalt, in der er Wormskjöld erkannte, aber seine Gliedmaßen waren viel größer als sonst bei einem Menschen. Der Riese stand dort im Eis und zog das Schiff durch eine unsichtbare Kraft in seine Richtung. Adelbert wimmerte in seiner Koje, bat Wormskjöld um Vergebung und schlief irgendwann ein.

Nach sieben Tagen hörte das Schwanken, das Quietschen, das Poltern auf. Als sie an Deck traten, lag die See glatt vor ihnen. Der Laderaum war überschwemmt, und Leutnant Sacharin hatte sich ein Bein gebrochen, das geschient werden musste. Die Schweine hatten wie durch ein Wunder überlebt, aber vom Federvieh war nur ein Hahn übriggeblieben, der zerzaust, aber stolz übers Deck stakste wie der neue Kapitän.

Am 19. Januar passierte das Schiff Kap Horn und fuhr in den Stillen Ozean ein. Delfine und Albatrosse begleiteten es, doch zu Adelberts Bedauern keine Wale. Das Meer war ohne Phosphoreszenz, auch keine Polarlichter wurden beobachtet und auf den Bergen lag kein Schnee. Beim Kap San Juan trieb neben ihnen unterm Tang ein zweifelhaftes, fadenartiges Wesen, Tier oder Pflanze, das Adelberts Neugier reizte, ohne dass er seiner habhaft wurde. Er beobachtete es eine Weile, versuchte, es mit einer Stange zu berühren, bis es tiefer tauchte und verschwand. Zahlreiche Albatrosse schwammen um das Schiff; auf die Vögel wurde geschossen, aber das Blei drang, zur Überraschung der Matrosen, nicht durch den dicken Federpanzer.

Als sie nach Norden steuerten, verschwand der Tang ganz plötzlich, und eine fast unheimliche Stille legte sich über die felsige Küstenlandschaft. Adelbert sah das eigenartige Wesen wieder, das etwa vier Meter unter der Wasseroberfläche schwamm. Er beugte sich weit über die Reling, um mehr zu erkennen, aber ihm wurde schwindlig. Hier, in unbekannten Gegenden, war die Grenze zwischen Fantastischem und Realem wahrlich aufgehoben, fand Adelbert. Das Wesen, das neben dem das Schiff lag, glich zwar am ehesten einem sehr langen, dicken Wurm, hätte aber auch Uroboros, die Schlange der Ewigkeit, sein können. Was konnte Adelbert schon beweisen? Er war hier fremd, er wusste wenig. Krähen sind schwarz, bis jemand zum ersten Mal eine weiße sieht, dachte er. Und wer konnte das ausschließen? Als einige der Matrosen die Harpune bereitmachten, um das Wesen zu erjagen, wollte er sie davon abbringen. Er sagte, dass sie nicht wüssten, wie das Wesen reagieren würde, dass es sich wehren und das ganze Schiff gefährden könnte. Aber Adelberts Warnung wurde in den Wind geschlagen, das Katapult knallte, der Harpunenschaft blieb im Leib des Wesens stecken, vertrieb es aber nur in tiefere Bereiche des Wassers, wo es bald verschwand. Kein Blut war zu sehen gewesen.

Am 31. Januar 1816 wurde in der Nähe des Kap Vittoria sein vierunddreißigster Geburtstag, oder vielmehr sein Tauftag, gefeiert. Wann genau er geboren wurde, war nämlich in keinem Dokument verzeichnet. Unbestreitbar waren Adelberts mittlere Jahre angebrochen, er trug schon eine kleine Wampe vor sich her, so wie es auch sein Vater in diesem Alter getan hatte. In vielem allerdings fühlte Adelbert sich noch unfertig, unreif, geradezu jugendlich. Er beschloss, etwas dagegen zu unternehmen und nach seiner Heimkehr um Antonies Hand anzuhalten. Aus Brasilien hatte er etliche Goldfrüchte aufgespart, und als er diese nun unter der Mannschaft verteilte, gab der Kapitän eine Flasche Portwein aus seinem eigenen Vorrat zum Besten. Es war eine der wenigen Flaschen, die bei dem großen Sturm nicht zu Bruch gegangen waren.

Ohne Wormskjöld verlief der Alltag nahezu konfliktlos. Adelbert war nun der einzige Wissenschaftler an Bord und musste sich nicht mehr im Wettstreit beweisen, und auch Choris konnte in Ruhe seine Bilder malen. Fast traute Adelbert der Ruhe nicht, und nachts stellte er sich vor, Wormskjöld hätte sich an Bord versteckt oder würde ihm beim nächsten Landgang auflauern. Er hielt den Dänen für verrückt genug, den südamerikanischen Dschungel und auch die Anden zu durchqueren, der *Rurik* von einem Hafen zum anderen nachzujagen, nur um sich zu rächen. Aber bei Tage fand Adelbert das doch unwahrscheinlich.

Am 12. Februar 1816 nachmittags fuhren sie in die Bucht der chilenischen Stadt Conceptión ein und verlangten nach Seemannsbrauch einen Lotsen. Der Lotse aber kam nicht, und sie wurden nur von fern scheu beobachtet. Was man ihnen zurief, verstanden sie nicht, und sie konnten sich nicht verständlich machen. Die Nacht fiel ein, sie warfen Anker und beratschlagten, was sie tun sollten. Fürchtete man sie? Ihre Flagge schien hier unbekannt, und die Angst vor Korsaren aus Buenos Aires war in der ganzen Region groß. Oder wollte man sie warnen? Und wenn ja, wovor? Der Schiffsarzt hielt es für möglich, dass eine Krankheit in der Stadt wütete, und Kapitän Kotzebue behauptete, das Königreich Chile werde von einem rücksichtslosen, ehemaligen Banditen, den niemand zu Gesicht bekäme, regiert. Adelbert fand diese Geschichte romantisch, riet aber dazu, abzuwarten. Sie alle mussten sich eingestehen, dass sie so gut wie nichts über diesen Landstrich wussten.

Bei Tagesanbruch hörten sie Donnergrollen von den Anden her, dann ein Horn aus der Stadt, wie zum Weckruf für die Bevölkerung. Ihnen gelang es, ein Boot anzulocken, worin freundliche, aber stille Menschen saßen. Sie wurden zu einem Ankerplatz gelotst, und der Kapitän entsandte sogleich Sismarev und Adelbert zum Gouverneur der Stadt.

In den grauen Straßen sahen sie viele arme Menschen, die die Ankömmlinge begafften; es wurde wenig gesprochen und alle schienen in einer trübseligen Stimmung gefangen. Der Gouverneur, ein Mann in Adelberts Alter, verhielt sich freundlich, aber undurchschaubar, so als wolle er die Fremden rasch loswerden. Dennoch lud er die Crew für den Nachmittag zu einem Fest ein, das jedes Jahr zu Ehren eines Fisches stattfand, den die Ureinwohner als Schöpfer des Ozeans betrachteten. Der Gouverneur fuhr sich über seinen Schnurbart und schmunzelte über diesen Brauch wie über einen Aberglauben, was er wohl auch war.

Zurück auf dem Schiff berieten sie, ob sie zu dem Fest Waffen mitnehmen sollten, und um niemanden zu provozieren, entschieden sie sich dagegen. In jedem Fall aber wollten sie nicht an Land übernachten und nach dem Fest sogleich zum Schiff zurückkehren.

Das Fest fand im Gouverneurspalast statt, und in der Gesellschaft, die Adelbert dort traf, hatte er gleichsam das royale Frankreich seiner Kindheit vor Augen. Mehr als hundert Gäste waren geladen, Adelbert sah viele von ihnen in ungeheuchelter Loyalität sich vor dem Porträt des hiesigen Königs auf den Boden niederwerfen. Er fragte seine Sitznachbarn nach diesem Herrscher, wo er sich befände und ob man ihn treffen könne. Eine allgemeine Verlegenheit war die Folge. Später verriet ihm der Bischof, dass der König in einem Kloster hoch oben in den Anden wohnte. Seinen Namen auszusprechen sei im ganzen Reich bei Todesstrafe verboten. Es wurden Trinksprüche bei Kanonendonner und Trompetenschall ausgesprochen, manche Verse wurden improvisiert, wozu man sich durch Schlagen auf den Tisch und den Ruf »Bomba!« Gehör erbat. Adelbert musste dolmetschen, und er konnte von diesen Stegreifdichtungen nicht gerade sagen, dass sie vorzüglich wären.

Es war eine vorrevolutionäre Welt, er wusste nur zu gut, wie schnell sie zusammenbrechen konnte. Wusste das auch der König? Hielt er sich deshalb vorsorglich im Verborgenen auf? Hier auf dem Fest trugen die Granden Perücken wie im Frankreich vor vierzig Jahren, und Adelbert sah sie feiern, als ob es kein Morgen gäbe, in verschwenderischem Prunk wie zum Hohn gegen die arme Bevölkerung, naiv im Glauben an das ewige Fortbestehen dieser Ordnung. Um keinen Anstoß zu erregen, feierte Adelbert mit, lobte die Damen und trank, auch wenn ihm nicht wohl dabei war.

Ein alter Missionar namens Pater Alday erzählte Adelbert von den Araukanern, den Ureinwohnern dieser Gegend, und fragte ihn: »Wussten Sie, dass die Araukaner eine Knotenschrift besaßen? Sehr primitiv, aber funktionabel. Wie wir Wörter auf Papier schreiben, banden sie für jedes Wort einen Knoten in einen Strick. Ein Roman bestand demnach aus einem dicken Bündel an Stricken.«

»Die man auch im Dunkeln lesen, das heißt, ertasten konnte! Stellen Sie sich die Ersparnis an Kerzenwachs vor!« Zur allgemeinen Belustigung zog Adelbert sich einen Faden aus seinem Hemdärmel und bat den Pater, es ihm vorzuführen, doch wurde bald festgestellt, dass niemand genau wusste, wie diese Knotenschrift zu bewerkstelligen war.

Pater Alday versuchte seit geraumer Zeit, die Indios vom katholischen Glauben zu überzeugen, und wie man vernahm, mit wenig Erfolg. Auf den Anlass des Festes angesprochen, seufzte der Missionar nur und gab zu, dass den Granden jedes Fest willkommen ist, egal ob christlich oder heidnisch.

»Und der mythische Schöpfungsfisch?« fragte Adelbert. »Wie sieht er aus?«

Aber der Pater winkte ab und meinte, dass er über diesen Unsinn nicht weiterreden mochte, die Welt wurde von Gott in sieben

Tagen erschaffen, so stünde es in der Bibel. Adelbert konnte sich ein Schmunzeln nicht verkneifen, aber als der Pater das Wort »Wilde« verwendete, gerieten sie in einen regelrechten Streit. Adelbert sagte ihm, dass ein Wilder für ihn jemand sei, der allein durch die Wildnis streife. »Gemeinschaften dagegen können nicht wild sein, Pater.«

Der Missionar betastete mit einer Hand das Kreuz um seinen Hals und beschwor Adelbert, er müsse nur einige Jahre hier leben, dann würde er es verstehen. »Ich kenne Menschen wie Sie, Herr Chamisso. Sie haben Ihren Rousseau gelesen und träumen von einem Paradies auf Erden, und dieses Paradies soll sich ausgerechnet hier bei den Wilden befinden!«

»Benutzen Sie doch bitte nicht dieses Wort.«

»Wie soll ich diese armen Seelen denn sonst nennen?«

»Menschen! Es sind Menschen. Außerdem bin ich kein Anhänger Rousseaus, zumindest nicht im von Ihnen beschriebenen Sinn.« Adelbert glaubte nicht, dass der Mensch im Urwald menschlicher wäre als seine Artgenossen in Europa. Er glaubte auch nicht an einen Kern des Menschseins, der an irgendeinem Ort wahrer hervorträte als an einem anderen. Während er dies erklärte, wurde Adelbert immer lauter und merkte bald, dass er die Aufmerksamkeit der Umstehenden auf sich lenkte. Um sich zu beruhigen, verabschiedete er sich vom Pater mit ein einigen vagen, versöhnlichen Worten, und gesellte sich zum Kapitän und zu Leutnant Sacharin, der sich wegen seines gebrochenen Beins auf zwei Krücken stützte. Sie beratschlagten über den Fortgang der Expedition und beschlossen, Leutnant Sacharin hier in Concepción zu lassen, bis sein Bein verheilt war und er auf einem anderen Schiff nach Europa zurückkehren konnte. Sacharin war darüber betrübt, sah aber ein, dass dies eine vernünftige Lösung war.

Adelbert umarmte ihn zur Verabschiedung, der Leutnant wollte nicht noch einmal an Bord kommen. Und gerade als Adelbert versprach, Sacharins Koffer an Land bringen zu lassen, hörte er seinen Namen flüstern. Es war ein Bote, der sich halb hinter einem Vorhang versteckte und der ausgesandt worden war, um ihn zu holen. Der Bote erklärte, ein gewisser Choris befände sich in Schwierigkeiten. Adelbert seufzte und ahnte, worum es ging. Er hatte den Maler seit geraumer Zeit nicht mehr gesehen, zuletzt war er mit einer der Töchter Don Martins fortgegangen.

Der Bote führte ihn durch die dunklen Gassen der Altstadt, und Adelbert bereute es nun, keine Waffe bei sich zu tragen. Auf dem Weg zu Don Martins Villa berichtete der Junge ihm, dass, während der Vater sich noch auf dem Fest befand, dessen Tochter, die schöne Pepa Bruhual, mit Choris hierhergeschlichen sei. Als Adelbert das Haus betrat, geriet er mitten in einen Streit. Pepas Bruder, der das Paar wohl in situ ertappt hatte, wollte niemanden aus dem Haus fortgehen lassen und drohte mit der Gendarmerie.

Adelbert stellte sich als Mentor des Jungen vor, wobei er dem Maler einen tadelnden Blick zuwarf. Soweit er verstand, ging es um die Zukunft des jungen Paares, denn Choris sollte Pepa heiraten. Pepa selbst weinte, ihr Bruder sprach von Ehre, und Adelbert schimpfte mit Choris und nannte ihn einen verantwortungslosen Esel. Dem Bruder versicherte er, dass er in allem Recht hätte, und versprach, am nächsten Tag zurückkehren, um die Hochzeit zu planen. Bei diesen Worten sah Choris ihn verängstigt an.

»Du bist ein Taugenichts und du hast es dir verwirkt, auf der *Rurik* zu bleiben!« Adelbert brauchte sich nicht zu verstellen, er war wirklich außer sich. Er ließ sich eine Bibel bringen und schwor darauf, den heiligen Bund der Ehe zwischen Pepa und Choris zu knüpfen. Für diese Nacht aber müssten sie, dem Befehl des Kapitäns gemäß, zum Schiff zurückkehren.

Der Bruder hatte Verständnis für die Verpflichtungen gegenüber einem Vorgesetzten. Dass Adelbert auf die Bibel geschworen hatte, war ihm und Pepa Beweis genug für seine Vertrauenswürdigkeit. Man vereinbarte ein Treffen für den nächsten Morgen und verabschiedete sich mit freundlichen Worten. Aber sobald Adelbert und der Maler die Villa verlassen hatten, begannen sie zu rennen. Pepa und ihr Bruder, die ihnen aus dem Fenster nachgeblickt hatten, erkannten den Betrug und verfolgten sie bis zum Hafen.

Das Fest im Gouverneurspalast war inzwischen vorbei und die restliche Besatzung, außer Sacharin, war zum Schiff zurückgekehrt. Als Choris und Adelbert an Bord sprangen, riefen sie dem Kapitän zu, er müsse sofort den Landungssteg einholen und das Schiff vom Ankerplatz entfernen, sie würden ihm später alles erklären.

Während sie ablegten, sah er Pepa und ihren Bruder am Quai stehen, mit den Armen wedelnd und ihn verfluchend. Er hatte sie belogen, hatte ihre Gutgläubigkeit ausgenutzt und sich über ihren Glauben lustig gemacht. Adelbert fühlte sich wie ein echter Halunke. Auch Choris haderte mit seinen Frauengeschichten und versprach Besserung. Da spürten sie die Schiffsplanken unter ihren Füßen zittern, die Wellen im Hafenbecken schaukelten sich auf, und auch das Festland mit den Bergen wackelte. Ein Erdbeben trieb die aufgeschreckten Bewohner Conceptións aus ihren Häusern. Der Gouverneurspalast, in dem sie vorhin noch gefeiert hatten, fiel binnen Sekunden in sich zusammen, eine große Staubwolke erhob sich über die Stadt, auch andere Häuser stürzten ein. Adelbert hielt sich mit den Händen an der Reling fest und sah eine Welt untergehen. Die Trümmer begruben gewiss tausende Menschen unter sich, und wie er später erfuhr, war auch Leutnant Sacharin unter den Opfern. Pepa und ihr Bruder befanden sich am Quai und überlebten nur deshalb, weil sie am Hafen auf freiem Gelände standen.

Choris meinte, für ihn habe es so ausgesehen, als hätten Pepas wedelnde Arme das Erdbeben herbeigerufen, wohl um das Schiff zu bestrafen, was Adelbert jedoch allzu fantastisch erschien. Dann aber dachte er an das geheimnisvolle Wesen, das die Matrosen harpuniert hatten, und schwieg beklommen.

Aus Angst vor Nachbeben trauten sie sich nicht mehr auf chilensches Land und stachen sogleich in See.

Adelbert ärgerte sich über Choris' andauernde Eskapaden, und als sie unter dem Sonnensegel saßen und zwei ausgeworfene Angeln in den Händen hielten, sprachen sie darüber. Choris war nicht dumm, kam im Alltag meistens gut zurecht; aber er war durch und durch konventionell. Offenbar wusste der junge Maler gar nicht, dass seine Gedanken Ideen waren, die von irgendwoher kamen, die verändert oder zumindest hinterfragt werden konnten. Außerdem hielt Adelbert ihn für einen lausigen Porträtisten. Alle Gesichter, die er malte, sahen sich ähnlich, und in der Komposition waren die Bilder so schlicht wie Choris' Gemüt. Als sie an den Osterinseln vorbeifuhren, fragte ihn der Junge angesichts der riesigen, über die ganze Küste verstreuten Steinköpfe, wie die Wilden wohl an diese Skulpturen gekommen sein mochten, ob ein Gott oder ein außerirdisches Wesen sie ihnen gebracht hatte.

»Warum sollten die Einheimischen sie nicht selbst gebaut haben?« fragte Adelbert gereizt, außerdem wiederholte er seine Einschätzung über den richtigen Gebrauch des Wortes »Wilde«.

Sie waren so fasziniert von den mit würdigen Mienen aufs Meer hinausblickenden Steinfiguren, dass sie erst spät die Boote entdeckten, die von der Insel auf sie zukamen. Es waren drei schmale Ruderboote, mit jeweils zehn Männern darin. Adelbert sprang von seinem Stuhl auf und holte den Kapitän. Die Männer in den Booten wirkten alarmiert, ihre Körper waren mit weißer Farbe bemalt, und die, die nicht ruderten, hielten Speere, Bögen und Schilde in den Händen.

»Ich glaube, wir werden angegriffen«, murmelte Choris.

Wussten die Männer nicht, dass eine Kanonenkugel genügte, um eines ihrer Boote zu versenken? Aber ihr Mut imponierte Adelbert, und vom Kapitän erfuhr er, dass ein portugiesisches Schiff vor fünf Jahren einige der Insulaner verschleppt und versklavt hatte. Verständlicherweise mussten die Bewaffneten in der *Rurik* nun einen gefährlichen Eindringling in ihre Gewässer sehen. Als ein Schwarm Pfeile im Wasser neben dem Schiff niederging, gab der Kapitän den Befehl, die Kanonen bereit zu machen.

»Ist das Ihr Ernst?« fragte Adelbert.

»Man hat auf uns geschossen. Ich muss die russische Admiralität darüber informieren. Vielleicht schickt man eine Strafexpedition hierher.«

Adelbert war außer sich, er ermahnte den Kapitän, die Sache nicht aufzubauschen und schlug vor, sich bei den Ureinwohnern förmlich für den Menschendiebstahl zu entschuldigen. »Sehen Sie es als Beitrag zur Verständigung der Völker.«

»Wir sollen uns entschuldigen? Die Portugiesen sind schuld, nicht wir!«

Adelbert ließ nicht locker und konnte Kotzebue wenigstens überreden, die Kanonen nicht einzusetzen, sondern den Vorfall zu vergessen und rasch zu verschwinden.

Die politische Einfalt des Kapitäns bereitete ihm trotzdem Sorgen. Er dachte an die restlichen Kisten mit Gewehren im Laderaum. Für wen auch immer die Waffen bestimmt waren, Ureinwohner wären chancenlos. Inzwischen war Adelbert davon überzeugt, dass die Ankurbelung des Otterfellhandels dieser Expedition nur als Feigenblatt diente, auch das Finden einer Nordpassage war bestimmt nur eine Nebensache. Hier ging es nicht um Handel, sondern um die kolonialen Interessen des Zaren. Aber vielleicht hing das Eine mit dem Anderen eng zusammen.

Sie segelten quer durch die Südsee, gingen aber nirgendwo länger vor Anker. An einem Handelsstützpunkt, der von einem Niederländer betrieben wurde, tauschte der Kapitän die im Lagerraum befindlichen Töpferwaren gegen Perlen, Schildpatt, Sandelholz und Pfeilwurz. Güter, für die in Europa viel Geld gezahlt wurde.

»Das Tonbrennen ist in der Südsee nicht bekannt«, erklärte Kotzebue. »Sogar Ausschussware nimmt man hier gern.« Der Kapitän schnaufte vor Vergnügen. Der ganze Pazifik kam Adelbert wie ein Pulverfass vor, mit dem Kapitän als konfusem Zündler. Da er nicht vorhatte, dieser Weltregion Unglück zu bringen, fühlte er sich auf der Expedition allmählich nicht mehr wohl. Adelbert wäre sogar bereit gewesen, eine Meuterei anzuzetteln, falls der Kapitän zu kriminellen Taten überging. Aber konnte er sich auf die Unterstützung der anderen Besatzungsmitglieder verlassen? Selbst Choris sah in ihm einen unverbesserlichen Idealisten.

Während es weiter nordwärts ging, saß Adelbert an Deck, warf ab und zu seine Angel aus und dachte über die Ziele des Kapitäns nach. Wo und wie wollte Kotzebue in das koloniale Spiel eingreifen? Wollte er sich mit verbündeten Schiffen treffen? Sie passierten die Marshallinseln und kamen an den Marianen und Karolinen vorbei, für die sich der Kapitän nicht zu interessieren schien. Sie fuhren volle Fahrt voraus, wochenlang, ohne dass etwas Besonderes geschah und ohne dass dem Kapitän ein Hinweis zu entlocken war. Bald umgab wieder nördlicher Nebel das Schiff, und das Sonnensegel wurde eingerollt. Nachts sah Adelbert die heimischen Sternbilder am Himmel über sich, auch den Polarstern, der ihm schon manches Mal im Leben zur Ausrichtung gedient hatte. Den Siegelring des Dichterbunds trug er immer noch am Finger, auch wenn er keine Gedichte mehr schrieb.

Ein Jahr waren sie nun unterwegs, und sie befanden sich ungefähr auf dem Breitengrad von Paris, als ein kleiner Landvogel, ein Buchfink, sich auf die Reling setzte. Kurz darauf rief ein Matrose Land-in-Sicht aus. Es war der Sommer 1816, und sie hatten die russische Halbinsel Kamtschatka erreicht.

Adelbert sah hohes Land mit zackigen Zinnen; vulkanische, gänzlich baumlose Kegel. Obwohl es Juli war, lag Schnee auf den Abhängen. Als sie in der kleinen Hafenstadt Petropavlowsk anlegten, waren sie schon in aller Munde. Die hiesigen Zeitungen hatten ihre Namen ausposaunt, und man empfing vor allem die russischen Matrosen wie heimkehrende Söhne.

Adelbert gab Briefe an die Heimat auf, an Hippolyte in Paris, an Hitzig und Antonie in Berlin, auch an Rahel. In Letzterem ließ er Varnhagen grüßen, von dem er nicht wusste, wohin es ihn nach dem Wiener Kongress verschlagen hatte. Bestimmt ging es auf der Karriereleiter weiter bergauf für ihn, ob in Wien, Berlin oder anderswo.

Zu seiner Überraschung teilte ihm der Postmeister mit, dass ein Telegramm aus der Schweiz auf ihn wartete. Der Anlass war traurig, die Baronin de Staël war gestorben. Sie hatte, wohl wegen einer unheilbaren Krankheit, den Freitod gewählt. Da hatte sie so viele Jahre ihrem Erzfeind Napoleon die Stirn geboten, und war doch letztlich von ihrem eigenen Körper besiegt worden. Damals am Genfer See hatte sie ihm mehr als eine schlaflose Nacht bereitet. Adelbert war niedergeschmettert und er hatte niemanden, mit dem er darüber reden konnte. Choris war zu unerfahren und der Kapitän zu kaltherzig. Außerdem sprach Adelbert kein Russisch und konnte sich mit den Leuten hier nur oberflächlich unterhalten.

Er streifte allein durch die Gassen der kleinen Hafenstadt. Die Hütten waren niedrig, mit winzigen Fenstern, und das Moos auf ihren Dächern war das einzige Grün weit und breit. Er kaufte sich einen Parka, das gewöhnliche Pelzkleid der Nordvölker, ein langes, aus Rentierfell verfertigtes Hemd mit daran hängender Kapuze. Adelbert fühlte sich müde und einsam. Er hatte Heimweh, vermisste die geistvollen Unterhaltungen mit seinen Berliner Freunden, die Spaziergänge im Tiergarten oder Unter den Linden. Außerdem fürchtete er sich vor der nächsten Etappe ihrer Reise, dem hohen Norden, dem Eis und der beißenden Kälte.

Eine alte Russin, bei der er übernachtete, erkannte seine Schwermut, und um ihn aufzuheitern, schickte sie ihn zum Haus eines wunderlichen Franzosen, der hier im tiefsten Sibirien als Fellhändler arbeitete. Zur eigenen Belustigung hatte der Mann sich ein kleines Frankreich aufgebaut. Sein Häuschen besaß Balkone und Jalousien, als stünde es an der Seine, und das Souper, zu dem er Adelbert einlud, bestand aus einer traditionellen Bouillabaisse. Das alles tröstete Adelbert ein wenig. Er fand auch ein Porträt der Madame de Staël im Salon des Franzosen. Die Baronin war so berühmt, dass man sich sogar in Sibirien höchst fragwürdige Geschichten über sie erzählte. So verriet ihm sein Gastgeber, Madame soll eine russische Spionin gewesen sein, jeden Tag in warmer Schokolade gebadet und mehr als zwanzig Kinder geboren haben. Adelbert musste lachen. Er nickte und sagte nichts dazu. Als er ihr Tusche-Porträt sah und den Geschichten aus dritter und vierter Hand lauschte, kam ihm seine Reise um die Welt plötzlich wie eine skurrile Anekdote vor. Das Leben war ein kurzer Witz, eine wilde Fahrt durch ein bisschen Ordnung innerhalb des Chaos, und es nutzte nichts, nach einem Sinn zu fragen.

Ein paar Bücher waren von Berings Zeiten hier in Hintersibirien zurückgelassen worden und hatten sich zu einer kleinen Bibliothek angesammelt, in der Adelbert erfreut Boscs Standardwerk über Seewürmer fand. Darin las er die nächsten Tage mit viel Vergnügen. Auch konnte er sich mit neuem Löschpapier ausstatten. Da er gierig auf politische Nachrichten aus Europa hoffte, ließ er sich von dem Franzosen russische Zeitungen übersetzen, außerdem fand er ein paar ältere deutsche und englische Ausgaben, mit denen er sich in seiner Kammer verschanzte. Der Wiener Kongress hatte den Kontinent in beinahe vorrevolutionäre Zustände zurückgeworfen, was die Kommentatoren hauptsächlich auf Fürst Metternichs Verhandlungsgeschick zurückführten. Dessen persönliche Garderobe war zur allgemeinen Herrenmode in Europa geworden, und über die Liebesbeziehungen des Fürsten wurde so leidenschaftlich spekuliert wie einst bei Louis XVI. Auf einer Karikatur tanzte Metternich vor Freude mit dem preußischen und dem französischen König, und darunter stand der Satz: *Die Aristokratie sitzt wieder fest im Sattel!*

Immerhin brachten diese Neuigkeiten Abwechslung. Adelbert lag, umgeben von den Zeitungen, in seinem Bett, blickte wie mit einem papiernen Riesenfernrohr von einem Ende der großen Landmasse zum anderen hin, zu seiner Heimat, die aus so weiter Entfernung nur als Ganzes, als Europa, erkennbar war. Und er wurde neugierig und fragte sich, wie die Straßen Berlins bei seiner Rückkehr aussehen würden. Er stellte sich eine seltsam altmodische Welt vor, so als hätte es keine Reformen gegeben. Trugen die Menschen altmodische Kleidung und sprachen altmodisch? Wurden eingestürzte Gebäude wieder aufgebaut? Gewiss gab es keinen Weg zurück in die alte Zeit, und so musste es sich bei dieser »Restauration«, wie die Zeitungen es nannten, um einen recht bizarren Spuk ganz im Stil von Hoffmanns Erzählungen handeln.

Mitte Juli segelten sie weiter, auf nordöstlichem Kurs und mit dem etwas halsbrecherischen Ziel, eine Passage über den Nordpol nach Europa zu finden. Adelbert spürte die Luft täglich kälter werden und fühlte in sich eine Angst wachsen vor dem, was ihn erwartete. Er war ein Liebhaber der Vegetation, des Lebens, des Wachstums, und nichts, oder fast nichts davon würde er im Eis finden.

Bei den Aleuten, tausenden vulkanischen Inseln, die Asien mit Amerika wie eine lange Perlenkette verbanden, trafen sie die ersten Robbenjäger. Es waren Einheimische, die in Zelten aus Robbenhäuten hausten und ein hartes, einfaches Leben führten. Als die Jäger das Schiff bemerkten, rannten sie zu ihren Booten und hielten Kurs auf die *Rurik*. Aber bevor sie näher heranruderten, vollführten diese Menschen ein religiöses Ritual, wohl um sich vor bösem Zauber zu schützen. Sie opferten einen weißen Hund, der mit einem Messerstich geschlachtet und ins Meer geworfen wurde.

Das Jaulen des Hundes ging Adelbert durch Mark und Bein, und Choris musste sich angesichts des düsteren Schauspiels übergeben. Als der junge Maler sich über der Reling entleerte, drang Lachen von den Einheimischen herüber, und Adelbert hielt es plötzlich für möglich, dass all das nur ein Spaß für sie war, um den einfältigen weißen Mann zu erschrecken. Als die Jäger dem Schiff näherkamen, verrieten sie ihre eigentliche Absicht. Sie hielten Robbenhäute in die Höhe und wollten Handel treiben. Das einzige Wort, das Adelbert verstand, war »Tabak! Tabak!«

Er fragte den Kapitän, ob sie ihnen statt Tabak nicht Sinnvolleres geben sollten, Medikamente oder Streichhölzer etwa, aber Kotzebue meinte, dass sie diese Dinge bei erstbester Gelegenheit sowieso gegen Tabak eintauschen würden.

Und der Kapitän behielt Recht. Tabak war die wichtigste Währung dieser Weltgegend, was wohl nur bedeuten konnte, dass die Menschen hier genügsam waren und alles andere, was zum Leben nötig war, bereits besaßen. Adelbert zündete sich selbst eine

Pfeife an und paffte behaglich, während er an Deck saß und die finstere Küstenlandschaft vorbeigleiten sah. Wenn sich die Europäer, die auf Eroberung und Reichtum aus waren, doch bloß mit einer gemütlich gerauchten Tabakspfeife zufriedengeben würden! Die sonderbare Gewohnheit des Tabakrauchens war überhaupt erst vor wenigen Jahren aus Amerika nach Europa gekommen, wo sie binnen Kurzem zum allgemeinen Zeitvertreib avancierte. Auch Adelbert war ein leidenschaftlicher Raucher, und er verdankte dem magischen Qualm Trost und Lust. Wer diesen Zauber nicht kennt, sollte einmal einen Aleuten seinen kleinen, steinernen Pfeifenkopf mit dem kostbaren Kraut füllen sehen, das er sparsam halb mit Holzspänen vermischt hat, sollte sehen, wie er die Pfeife behutsam anzündet, mit geschlossenen Augen und tiefem Zug den Rauch einatmet, während aller Augen auf ihm haften und der Nächste schon die Hand nach der Pfeife ausstreckt.

In einer Bucht erkannte Adelbert Berge von gehäuteten Robbenkadavern, deren Gestank bis zum Schiff herüber wehte. Raubvögel hüpften über die Kadaverberge wie kleine Teufel. Die Einheimischen jagten und häuteten offenbar viel mehr Robben, als sie für sich selbst brauchten, und konnten mit dem Fleisch der Tiere wohl nicht viel anfangen. Das zu sehen machte Adelbert traurig, denn es entsprach nicht ihrer herkömmlichen Art zu jagen. Sie taten es, weil die Europäer sie nur für die Felle, nicht für das Fleisch, bezahlten, und er wusste, dass eine Ausweitung des Robbenhandels in Europa die Fleischberge noch vergrößern würde. Er bezweifelte, dass die Nordpassage den Robbenhändlern überhaupt einen Vorteil bringen würde, und hoffte heimlich, dass sie die Passage niemals fänden.

Die Beringstraße war nur ein fünfzig Seemeilen schmaler Kanal zwischen Asien und Amerika. Adelbert sah Land zu beiden Seiten und fühlte sich, als hätte er Siebenmeilenstiefel an den Füßen, als könnte er mit wenigen Schritten über die Welt spazieren, morgens in Asien und nachmittags in Amerika vorbeischauen. Als sie sich Alaska näherten, sah er Jurten wie Maulwurfshügel am Ufer stehen. Sie gingen an Land und fanden die Siedlung verlassen. Jetzt im Sommer war der Boden nicht mit Schnee bedeckt, und hier und dort wuchsen Farne, von denen er Proben nahm. Was für ein Gegensatz zum Dschungel! Diese Pflanzen hier harrten fast heldenhaft am lebensgefährlichen Rand der Welt aus. In einem Feuerofen brannte noch Glut, und etliche angebundene Hunde waren zurückgelassen worden, die nun wütend bellten. In den Jurten fanden sie Tabakspfeifen und Felle, Jagdgeräte und einfache Keramik. Tierknochen lagen auf dem Lehmboden und waren zu Mustern angeordnet, die wohl einen Abwehrzauber bewirken sollten. Adelbert nutzte die Gelegenheit, Plan und Aufriss einer Jurte schriftlich festzuhalten.

Als sie zum Schiff zurückkehrten, wurden sie von einer Gruppe Einheimischer aus einiger Entfernung schweigend beobachtet. Diese Menschen waren zurückhaltender als die Robbenhändler, und Adelbert hielt es für denkbar, dass sie zum ersten Mal ein europäisches Schiff sahen. Trommelschläge ertönten, ein tiefer Ton, langsam und eintönig, wie zur Warnung, und die Trommel verstummte erst, als sie an der Strickleiter aufs Schiff hinaufgeklettert waren.

Man sprach nun weniger miteinander, wurde stiller. Adelbert schob es auf die reizlose Umgebung, die keine Themen zur Unterhaltung bot. Der Himmel war dauerhaft von einer bleigrauen Wolkenschicht bedeckt, und Adelbert erkannte erschrocken, dass er seit langem keinen Schatten mehr geworfen hatte. Aber das war ja nicht anders zu erwarten! Wo keine Sonne, da kein Schatten! Trotzdem wuchs seine Unruhe. Er befand sich in einem überwachen Zustand, alles war ganz klar und doch geheimnisvoll. Seit Tagen fror er und hatte sich mit mehreren Fellschichten eingewickelt, so saß er an Deck und sah die braune, baumlose Landschaft vorbeiziehen. Seine Stirn und seine Wangen waren vom Salzwind verkrustet.

Bei 65,4 Grad nördlicher Breite fuhren sie in eine größere Bucht ein, die auf der Karte nicht eingezeichnet war. In der Mitte der Bucht befand sich eine kleine, felsige Insel, so trostlos, dass Adelbert seinen Blick beleidigt abwendete. Trotzdem gab der Kapitän ihr den Namen Chamisso-Insel; die Bucht benannte er Kotzebue-Sund; einige Inseln und Flüsse der Umgebung erhielten die Namen russischer Mäzene, die die Expedition finanziell unterstützt hatten.

Als Adelbert eine Enttäuschung bei Choris bemerkte, bot er ihm seine Insel an, aber der Kapitän ließ keinen Namenstausch zu. »Was uns wie ein Spiel vorkommt, kann in Sankt Petersburg zu heftigsten Protesten von Leuten führen, die sich übergangen fühlen«, erklärte er.

Adelbert nahm einen Kieselstein und taufte ihn auf den Namen des Malers. »Was macht es für einen Unterschied, ob dieses Inselchen oder dieser Kiesel deinen Namen trägt?«

»Einen großen!« sagte Choris. »Dein Name wird auf allen Karten stehen, und das auch noch in hundert Jahren.«

»Dann musst du eben unsterbliche Bilder malen.«

In den folgenden Tagen drangen sie weiter nach Norden vor, und Adelbert stellte sich vor, sie kämen irgendwann im Atlantik heraus, irgendwo zwischen Norwegen und Island. Diese Vorstellung hatte etwas Märchenhaftes, als würden sie eine Abkürzung durch ein Loch in der Erde nehmen. Aber nachdem sie den Polarkreis überquert hatten, stießen sie auf im Meer schwimmende, breite Eisschollen, zu gefährlich, um zwischen ihnen hindurchzufahren. Sie nahmen etliche Umwege, fuhren Kreuz und Quer, wobei die Kompassnadel immer stärker abwich und der Kapitän das Ziel nicht genau bestimmen konnte. Es war, als ob der Nordpol sich bewegte, oder als ob ein silbriger Geist in der Kompassnadel sie an der Nase herumführte.

Seitdem sie den Polarkreis überschritten hatten, wachte Adelbert jede Nacht auf und war überzeugt, sofort sterben zu müssen. Er wühlte sich hektisch aus seiner Koje, tapste verwirrt durch die Kabine. Es plagte ihn die Vorstellung, in seinem Gehirn befände sich eine Wunde, die seinen Kopf langsam mit Blut volllaufen ließ. Sein Herz raste und es dauerte einige Sekunden, bis er ganz wach wurde und sich beruhigte.

Sie schlugen ihre Zelte am Ufer auf, um die Umgebung zu erkunden. Mit seinem Stiefel kratzte Adelbert am Boden und erkannte, dass der Untergrund aus Eis bestand, über dem nur eine dünne Erdschicht lag. Hier herrschte das ganze Jahr über Frost, auch im Sommer.

Als er sich vom Lager entfernte, sah er eine Wasserfläche, in der sich ein niedriger Hügel spiegelte, aber als er auf dieses Wasser zuging, verschwand es und er erreichte den Hügel trockenen Fußes. Für den Kapitän jedoch, der bei den Zelten blieb, war Adelbert nun bis auf seine Fellmütze in die spiegelnde Luftschicht untergetaucht. Kotzebue rief, dass er ihn so verkürzt eher für einen Hund als für einen Menschen halten würde. Adelbert hob beide Arme, und dieser Anblick jagte dem Kapitän offenbar einen derartigen Schrecken ein, dass Adelbert ihn zum ersten Mal sich bekreuzigen sah.

»Als was erscheine ich Ihnen jetzt?« fragte Adelbert.

»Wie etwas aus einem Bild von Hieronymus Bosch!«

Hier, nahe dem Nordpol, liefen alle Längengrade zusammen und bündelten sich offenbar zu einer Kraft, die die Grenze zwischen dem Denken und der Welt aufhob. Er musste an die grenzenlose Fantasie in den Werken Rabelais' oder Swifts denken, oder an andere Geschichten, die aus der Dunkelheit kamen. Und natürlich auch an Hoffmann, in dessen Kopf es wohl ungefähr so aussah wie hier. Er blickte auf seine Hände, zählte seine Finger, nur um sich zu vergewissern. Zu seiner Überraschung zählte er sechs Finger an jeder Hand. Da bekam er es mit der Angst und lief zum Lager zurück.

»Das ist eine Geisterwelt!« sagte er zum Kapitän, der zwei Mammutzähne gefunden hatte, die halb im Frostboden steckten und die er als Brennmaterial verwenden wollte. Adelbert gelang es, eines der fossilen Stücke für die Berliner paläontologische Gesellschaft zu retten. Außerdem fanden sie Knochen von Menschen, die wegen des frostigen Bodens wohl über der Erde bestattet wurden. Einige der Knochen waren von kreisförmig angeordneten Steinen umgeben. Standen ihre Zelte etwa auf einem Friedhof?

Noch unruhiger wurde Adelbert, als er Geier über sich kreisen sah. Wie würden die Einheimischen reagieren, wenn sie die Totenruhe verletzt sahen? Aus diesem Grund verbrachte die Besatzung die Nacht nicht in den Zelten, sondern unter dem umgekippten Beiboot, was ihnen sicherer erschien. Es war die längste, schauerlichste Nacht in Adelberts Leben, und natürlich bekam er kein Auge zu.

Am nächsten Tag kehrten sie zum Schiff zurück und versuchten erneut, die Eisschollen zu durchdringen. Als ihnen dies nicht gelang, fuhren sie in Ruderbooten weiter nach Norden, bis es auch für diese kleinen Boote zu eng wurde. Wenn es eine Meeresverbindung nach Europa gab, war sie offenbar ganzjährig zugefroren.

Adelbert war erleichtert, als die Suche abgebrochen wurde, und auch der Kapitän schien nicht besonders betrübt. Sobald es wieder nach Süden ging, fiel von der ganzen Mannschaft eine schwere Last. Man unterhielt sich nun wieder öfter miteinander und lachte. Die Luft wurde milder, das Meer strotzte bald vor Pflanzen und Tieren. Seltsam, dachte Adelbert, welche Wirkung das Klima auf einen Geist doch hat. Alles ging ihm nun leichter von der Hand.

Bevor sie nach Europa zurückkehrten, wollten sie den Winter auf Hawaii verbringen. Anfang November sah Adelbert den ersten Tropikvogel, sein Flug war hoch und sein Geschrei durchdringend. Ein paar Tage später entdeckten sie durch die Wolken hindurch die blassen Berglinien von Hawaii. Adelbert notierte einige Zeilen über die Schönheit dieser Berge in sein Reisetagebuch und freute sich auf die Ankunft. Eine halbe Woche lang umkreisten sie die Hauptinsel O'ahu, deren vokalreicher Name ihm einen Vorgeschmack auf die hawaiianische Sprache gab, mit der er sich eingehender beschäftigen wollte. Er plante, ein Wörterbuch anzulegen, um zukünftige Begegnungen zu erleichtern, und spazierte übers Deck, immer wieder das Wort O'ahu aussprechend, als wäre es die Zeile eines Gedichts.

Zwei Insulaner ruderten an das Schiff heran. Derjenige, der auf das Vorderdeck stieg, beantwortete so scheu und zögernd ihre Fragen, dass sie sich Sorgen machten, als Feinde angesehen zu werden. Sie gaben den beiden Insulanern Geschenke mit und richteten die höflichsten Grüße an den König. Als das vollgepackte Kanu sich wieder entfernte, konnte Adelbert die Kraft und Gewandtheit dieser Fischmenschen bewundern.

Den ganzen Strand entlang waren Ansiedlungen von Menschen aufgereiht; erst südlich, längs der Küste, mischten sich mehr Kokospalmen zwischen die Häuser. Rauchsäulen stiegen in verschiedenen Gegenden des Landes empor. Als Adelbert die harmonische Landschaft sah, trat er gegenüber Choris in ein Fettnäpfchen, denn er äußerte seine Hoffnung, dass in Zukunft einmal ein bedeutender Maler diese Südseewelt festhalten würde. Choris war beleidigt.

»Kein Maler«, sagte der Junge trotzig, »kann aus dieser Wildnis erhabene Kunst machen.«

Adelbert fand seine Auffassung beschränkt, aber er sagte nichts weiter dazu. Ein weiteres Kanu kam zum Schiff, es brachte einen Mann, der sich als Gesandter des Königs Kamehameha ausgab. Er sollte an Bord bleiben und sie zur Hauptstadt lotsen.

Auf dem Weg dorthin erfuhren sie, dass zwei amerikanische Schiffe in Hana-ruru lägen, welche sich, vom Sturm geschlagen und entmastet, hierher gerettet hätten. Die Besatzungen der Schiffe kümmerten sich nicht um die Reparatur, sondern hatten sich der Inselbevölkerung angeschlossen. Adelbert wunderte sich, dass die amerikanischen Matrosen keine Lust verspürten, in ihre Heimat zurückzukehren. Außerdem erzählte der Gesandte, dass russische Händler vor Jahren damit gescheitert waren, die Inseln in Besitz zu nehmen und gedroht hatten, das Reich mit Krieg zu überziehen. Man wartete nun offenbar auf Kriegsschiffe und hatte auch in der *Rurik* zunächst eines vermutet.

Am Ufer standen zahlreiche Menschen mit bunt verzierten Schilden und Speeren, doch ganz offensichtlich wollten sie mit ihren Waffen prahlen, nicht drohen. Der alte König Kamehameha, vor dessen Wohnsitz die *Rurik* Ende November landete, saß von seinen Frauen umringt auf einer erhabenen Terrasse, gekleidet in seine volkstümliche Tracht, dem roten Schamgürtel und dem schwarzen Mantel aus Bast. Nur Schuhe und einen leichten Strohhut hatte er von den Europäern geborgt. Adelbert fand, dass von dem König eine gutmütige Ruhe ausging, und auch Choris flüsterte bewundernde Worte, die sich jedoch zu einem Lob der Vielehe auswuchsen, die der junge Maler sich wohl auch für Europa wünschte. Adelbert schüttelte den Kopf und behielt sein Lächeln. Der König, wie auch seine fünf Frauen äußerst beleibt, begrüßte ihn mit europäischem Handschlag, und

Adelbert antwortete mit »Aloha!« dem ersten Wort, das er lernte, und dem ersten Wort, das er für sein Wörterbuch aufschrieb.

Während sie durch das strohbedeckte Langhaus geführt wurden, genierte sich Adelbert für den Kapitän, der zu bestimmt auftrat. »Man nennt ihn übrigens den Napoleon der Südsee«, sagte Kotzebue in vollster Lautstärke.

Adelbert zuckte zusammen. »Der Vergleich hinkt. Dieser König hier kommt mir sehr friedlich vor.«

»Sie lassen sich wirklich zu leicht von Oberflächlichkeiten täuschen.«

Vor dem Essen kam es zu einem symbolischen Namenstausch, bei dem man den Namen seines Gastgebers annahm und seinen eigenen abgab. Ein Berater des Königs, bei dem der Kapitän wohnen sollte, hieß nun also Kotzebue. Der Schiffsarzt kicherte, als er das hörte, und auch für den Kapitän war es ein belangloser Spaß. Selbstverständlich nannte er sich weiterhin Kotzebue und benutzte keinesfalls seinen neuen, hawaiianischen Namen. Adelbert warnte ihn, die Bräuche dieses Volks nicht zu unterschätzen und lehnte selbst einen Namenstausch höflich ab. Zwar gefiel ihm die Idee außerordentlich, aber er hielt es für eine zu bedeutende Sache, seinen Namen zu verlieren.

Nach der Willkommensmahlzeit zog es ihn zum Botanisieren hinaus, indes Choris sich anbot, den König zu zeichnen. Der König stimmte zu, bestand aber darauf, in europäischer Kleidung mit Anzug und Weste dargestellt zu werden, weshalb ein Bote nach dem Schiff gesandt wurde, um Kleidung zu holen. Adelbert ordnete dies an, gab Choris noch einige Ratschläge bezüglich des Umgangs mit fremden Staatsoberhäuptern und machte sich dann auf, die Insel zu erkunden.

Endlich war er allein. In Begleitung der anderen Europäer hatte er sich wie jemand gefühlt, der seine ungehobelte Verwandtschaft im Schlepptau führte und sich allerorten für sie entschuldigen musste. Allein konnte er den Hawaiianern gelassener gegenübertreten, denn er war nur für sich selbst verantwortlich. Er wollte sehen, wie sie lebten, wie ihre alltäglichen Arbeiten aussahen, wie ihre Beziehungen untereinander geordnet wurden und welche Mythen sie sich erzählten.

Das dürre, ausgebrannte Feld hinter dem Dorf bot dem Botaniker nur eine karge Ausbeute. Eine mehr lachende als drohende Menge umringte Adelbert, und er fühlte sich an Dörfer in der Champagne erinnert, die tobenden Kinder, die humpelnden Alten. Ein Mann, der ihm auf dem Weg entgegenkam, schwang lachend seinen Wurfspieß gegen ihn und drückte ihm dann mit dem Friedensgruß »Avocha!« die Hand. Adelbert notierte das Wort, sprach es laut aus und wurde von dem Mann höflich korrigiert.

Er ging weiter, sammelte Wörter und erste Eindrücke, und so verging der erste Tag. Wenn er in ein Dorf kam, zog er alle Aufmerksamkeit auf sich, die Einwohner unterbrachen ihre üblichen Gewohnheiten und Adelbert konnte nichts von dem studieren, was ihn interessierte. Auch wurden alltägliche Dinge und Tätigkeiten nicht für wertvoll genug erachtet, sie einem Fremden zu zeigen, nur das Außergewöhnliche wurde ihm berichtet. Am verlässlichsten waren die Kinder, die weder von Eitelkeit noch von Scham gelenkt wurden. Außerdem pflegten Kinder in allen Weltteilen mit Gegenständen zu spielen, die von den Erwachsenen aussortiert wurden. Stolz präsentierten sie ihm ihre Schätze: Knöpfe, Besteck, Nadeln, Zahnbürsten oder Kleidung, und manches schenkten sie ihm auch. Jedes künstlich geschaffene Ding war die Botschaft eines Menschen, und Adelbert stellte sich vor, dass all diese hawaiianischen Dinge einmal in Berlin ausgestellt werden könnten, als Botschaft der Menschen von der anderen Seite der Erde. Er erinnerte sich an die mit Rokoko-Muscheln verzierten Säle des Schlosses Monbijou, in die die Südsee-

Artefakte gut passen würden, und er fragte sich, wie viel von dieser Kultur in dreißig Jahren noch übrig sein würde. Denn die Europäer würden ihre Wirkung auch hier entfalten, er selbst trug vielleicht dazu bei.

Er hatte seinen Kalender an Bord gelassen und verlor nahezu sein Zeitgefühl. Manchmal ging er im Kreis, ohne es zu merken. Ab und zu traf er einen amerikanischen Matrosen und unterhielt sich mit ihm, aber keiner hatte großes Interesse daran, mit einem anderen Weißen engere Bekanntschaft zu machen. Die Amerikaner waren über die ganze Insel versprengt und galten in den Dörfern als Kuriositäten. Einen sah er, der seinen zerfledderten Rousseau bei sich trug, und Adelbert musste lächeln. Er selbst hielt sich bislang für keinen Schwärmer und nahm sich vor, das, was er sah, nicht zu verklären.

Da die Sonne mittags zu heiß wurde, bastelte Adelbert sich aus Blättern einen Hut, so streifte er auch durchs Gebirge und fand am Rande eines Tümpels eine Orchideenart, die er aus keinem Bestimmungsbuch kannte. Er hockte sich vor die blaue Blüte, geheimnisvoll und tief wie Unterwasserträume, und erkannte in ihrem Aufbau andere Lebewesen wieder: den Rüssel der Insekten und der Elefanten, die Flügel der Schmetterlinge, den Rachen eines Löwen, und unten in ihrem Kelch Tupfer in Form eines menschlichen Gesichts. Um sie seiner Sammlung zuzufügen, riss er die Blume aus. Ein Hawaiianer, der gerade des Weges kam und das sah, beschimpfte ihn deswegen. Adelbert fühlte sich wie ein Barbar, und er konnte den Einheimischen nur mit Mühe besänftigen.

Er wollte die Blume in seinen Büchern nachschlagen, aber je länger er auf der Insel blieb, desto weniger sah er eigentlich eine Notwendigkeit darin. Die kühleren Spätnachmittage verbrachte er am Strand. Er ließ seine Haare wachsen und trug sie offen, ebenso sein Hemd, wenn er sich im schneeweißen Sand ausstreckte. Er pflegte nackt zu baden und dachte sich nichts dabei, und einmal, als ihm das Wasser nur bis zu den Knien ging, sah er ein leichtes Kanu heranrudern. Eine Dame saß darin, mit Perlen geschmückt und offenbar der ersten Kaste angehörig. Sie hielt mit dem Rudern inne, legte das Paddel vor sich aufs Kanu und betrachtete Adelbert mit intensivem Blick. Sie schien sich geradezu an ihm zu ergötzen. Adelbert bedeckte seine Scham mit beiden Händen und fühlte sich wie ein unschuldiges Mädchen, mit dem ein Flegel sich den Spaß erlaubte, es zu beunruhigen.

Es stellte sich heraus, dass die Insulanerin, die Lani hieß, nicht über seine Scham belustigt war, sondern über die blasse Haut des Kanaka Haore, was »weißer Mann« bedeutete. Auch ihr Lachen hatte nichts Herablassendes, Lachen war auf dieser Insel das Recht eines jeden Menschen, jeder lachte über den anderen, unbeschadet ihres sonstigen Verhältnisses. Und sobald sich Adelbert daran gewöhnt hatte, bewegte er sich ungezwungen zwischen den Einheimischen. Wenn er am Strand neben Lani lag, warf er einen dunklen, kraftvoll pulsierenden Schatten, den er stolz seiner Freundin zeigte. Lani fand nichts dabei, fand es sogar lächerlich, damit zu prahlen. Allerdings erschrak sie über seine Haut, die sich von seiner Schulter schälte. Das Phänomen des Sonnenbrands gab es bei den Insulanern nicht, und Adelbert musste ihr versichern, dass dies keine schlimme Krankheit war.

Erst nach fünf Wochen traf er Kapitän Kotzebue wieder. Adelbert besuchte ihn im Lendenschurz, was den Kapitän zu allerlei derben Bemerkungen veranlasste. Auch hatte sich im Verhältnis zwischen Besatzung und Einheimischen einiges zum Schlechten verändert und es war zu Spannungen gekommen. Der Kapitän hatte die Kisten mit den Gewehren auf die Insel bringen lassen und sie dem König geschenkt, worüber sich Letzterer sehr freute. König Kamehameha und Russland seien nun Brüder, hatte der

Kapitän gesagt, und Adelbert ahnte, dass Russland ab nun mehr und mehr Forderungen an seinen neuen Verbündeten stellen würde.

Auf Befehl von König Kamehameha war die Besatzung fürstlich versorgt worden, mit Wurzeln und Früchten, wie sie nur dieses Land hervorzubringen vermag, mit gebratenem Schwein und Geflügel – so viel, dass die Gäste kaum die Hälfte davon verzehren konnten. Neben den Hütten der Matrosen hatte sich Müll angesammelt, der zu stinken anhob und bei den Hawaiianern die Sorge vor Krankheiten aufkommen ließ. Auch hatte der Kapitän die Gastfreundschaft der Insulaner durch eine besondere Boshaftigkeit enttäuscht, indem er den Matrosen erlaubt hatte, sich »Mädchen zu nehmen«. Die Bevölkerung war dadurch sehr aufgebracht worden und es wurden zwei der Matrosen getötet. Zum Zeitpunkt von Adelberts Besuch dachte der Kapitän über eine angemessene Strafe nach, und Adelbert hielt ihn mit Mühe davon ab, Vergeltung zu üben. Stattdessen bat er ihn, sich bei den Frauen und deren Familien zu entschuldigen, was Kotzebue ablehnte.

Tags darauf begann Leutnant Sismarev mit anderen Matrosen, eine Bucht auszumessen und mit roten Fahnen zu markieren. Die Fahnen erinnerten die Einwohner an die Flagge der russischen Handelskompanie, die schon einmal versucht hatte, die Insel in Besitz zu nehmen, und nun griff alles zu den Waffen, denn waffenlustig war dieses fröhliche Volk. Da Adelbert als Einziger der Europäer etwas Hawaiianisch sprach, beschwichtigte er den König und wurde dessen Berater, was dem Kapitän übel aufstieß. Adelbert trug nun die Tracht der Insulaner und schmückte sich wie sie. Mit einer in blaue Farbe getauchten Nadel stach er sich ein Sternbild des Südhimmels, den Paradiesvogel, unter die Haut zwischen seinem linken Daumen und Zeigefinger. Seinen Namen aber tauschte er, trotz Bitten seitens seiner Gastgeber, nie.

Als er am Tabu-pori, einem dreitägigen religiösen Fest, teilnahm, zu dem auch Fürsten anderer Inseln anreisten, stellte sich heraus, dass der Kapitän mit mehreren Oberhäuptern der Nachbarinseln den Namen getauscht hatte, sodass es nun insgesamt fünf Kotzebues gab. Unter den Inselfürsten entzündete sich ein Streit darüber, wer der wahre Träger des Namens sei, und nach dem Fest kam es zu nächtlichen Überfällen, wobei auch die russischen Gewehre eingesetzt wurden.

Das alles verdross Adelbert, und er machte dem Kapitän heftigste Vorwürfe. Er forderte Kotzebue auf, wegen des Namens einen Schiedsspruch zu sprechen und verlangte außerdem, dass das Schiff mit der Besatzung unverzüglich abreise. Adelbert selbst wollte auf der Insel bleiben. Was zog ihn schon nach Europa zurück? Er hatte es in Europa ja nur deshalb bisher zu nichts gebracht, weil er für das Leben dort nicht geeignet war! Hier aber, auf Hawaii, lebte er so, wie er es immer gewollt hatte. Er brachte dem Kapitän seine gesammelten Pflanzen und Artefakte, gab ihm Anweisungen, an welche Stellen in Berlin sie zu übergeben seien. Auch schrieb er Briefe an Antonie und an Hitzig, in denen er sich erklärte. Kotzebue aber nahm weder die Briefe noch die Sammlung an, und wollte auch nichts davon hören, dass Adelbert blieb. Er nannte ihn übergeschnappt und warf ihm vor, seine wissenschaftliche Distanz verloren zu haben, und in diesem letzten Punkt konnte Adelbert ihm nicht widersprechen.

König der stillen Inseln

Natürlich kehrte er nach Europa zurück. Der Kapitän und Choris überzeugten ihn davon, dass er seine Urteilskraft verloren hatte. Sie lockten ihn aufs Schiff, bearbeiteten ihn mit Argumenten, mit ihrer europäischen Vernunft, bis Adelbert weich wurde. Missmutig und grübelnd verbrachte er die Rückfahrt unter Deck.

Natürlich genierte er sich später für den Lendenschurz, den er getragen, für die ganze Robinsonade, die er auf Hawaii aufgeführt hatte. Warum hatte er behauptet, ihn zöge nichts nach Europa zurück? Er musste wirklich verzaubert worden sein. Es gab doch Antonie.

Als er in Berlin, mit vom langen Sitzen steifer Hüfte, aus der Kutsche stieg, kam sie ihm entgegengelaufen. Ihre Haare waren länger geworden, sonst hatte sie sich nicht verändert. Adelberts Herz hüpfte und ihm wurde heiß, als sie sich wie selbstverständlich küssten. Er musste erzählen, tagelang nur erzählen. Wie seine Reise war, wie die südamerikanischen Frauen, und ob er Menschenfresser getroffen hatte. Währenddessen hielt Antonie seine Hand fest, wie um zu verhindern, dass er noch einmal fortginge.

Er zog zunächst wieder bei Hitzig ein. Nach seiner Rückkunft brauchte er ein paar Monate, um sich an Berlin zu gewöhnen. Die preußische Gründlichkeit ging ihm auf die Nerven, er musste Formulare ausfüllen, musste Termine beim Dekan der Universität, bei Professoren und Mäzenen einhalten, um die Ergebnisse der Forschungsreise unters wissenschaftliche Volk zu bringen. Hitzig half ihm dabei. Die Haare seines Freundes waren grau geworden und sein Gesicht kam Adelbert ungesund blass und deutsch vor. Wie die meisten Deutschen bewegte auch Hitzig sich abgehakt wie ein Automatenmensch. Wenn Adelbert durch die Straßen Berlins ging, fragte er sich, wie dieses steife Volk es überhaupt schaffte, sich fortzupflanzen. Jedermanns Lieblingsphilosoph war nun Hegel, und jedermanns Lieblingsbeschäftigung war die Dialektik, worunter man eine Art unsichtbarer Treppe verstand, die ohne Körper, rein gedanklich, bestiegen werden konnte. Adelbert lachte, wenn er Hitzig diese Treppe besteigen sah. Manch ein Deutscher hielt den Körper wohl für völlig verzichtbar, und Adelbert prognostizierte das Aussterben dieses Volkes binnen eines Jahrhunderts.

Auch wenn Zöpfe bei Männern inzwischen der Vergangenheit angehörten, hatte sich in Preußen politisch wenig verändert. Wilhelm Friedrich III. ging immer noch, wie seit zwanzig Jahren, täglich um die Mittagszeit im Tiergarten spazieren, trug wie immer seinen hellblauen Regenmantel, regierte immer noch ohne Parlament und ohne freie Wahlen. Seit dem Wiener Kongress wurden die patriotischen Vereine und damit die Demokratiebewegung unterdrückt. Für das Politische interessierten sich die Berliner nicht mehr besonders, auch in den Zeitungen fand es kaum statt; man las stattdessen an den Straßenecken die Komödien- und Konzertzettel, den Anschlagszettel vom großen Elefanten im Zoo, vom starken Mann und andere unterhaltsame Dinge.

Adelbert sah den König zuweilen von weitem, wenn er selbst im Tiergarten spazieren ging, und es musste wohl Teil seiner hawaiianischen Verzauberung sein, dass er König Kamehameha so viel sympathischer, ja unschuldiger fand als diesen König dort mit seiner Pickelhaube. Denn auf Hawaii gab es ja ebenfalls keine Wahlen, und die Menschen dort schien das auch nicht sehr zu stören.

»Man besucht nun keine Salons mehr«, sagte Hitzig, während sie spazieren gingen. »Dafür gibt es jetzt die gute Stube.«

»Heißt das, man bleibt zu Hause? Wie findet da der Ideenaustausch statt?«

»Ideen sind gefährlich geworden, Adelbert. Seit Wien stehen an jeder Ecke Spitzel.«

»Vor einem Botaniker wird niemand Angst haben.«

»Die Obrigkeit hat vor allem Angst«

Und Hitzig hatte Recht. Ideen waren nur noch akzeptabel, wenn sie in eine ordentliche Stufenleiter eingebaut werden konnten, und natürlich mussten Ideen immer unsichtbar bleiben. Adelbert aber war mehr für greifbare Erfahrungen. Er zerschnitt die Blaue Blume, die er von Hawaii mitgebracht hatte, und veröffentlichte ihre Beschreibung in der Zeitschrift der preußischen botanischen Gesellschaft. Hitzig schärfte ihm ein, mehr denn je darauf aufzupassen, was er sagte, wenn ihm an seiner wissenschaftlichen Karriere etwas läge; auch von kolonialen Themen sollte er sich besser fernhalten. Also stürzte Adelbert sich in die Auswertung seiner Fundsachen, ohne politisch allzu viel nachzudenken. In einer Übersicht für die Akademie zählte er achtundzwanzig neue Arten von Meeresschnecken, Quallen, Würmern und Polypen auf. Er sezierte und klassifizierte, füllte Vitrinen und Herbarien - passte das Wilde ein, ohne wild zu spekulieren. Seit sein Gesicht den Polarwinden ausgesetzt war, litt er unter entzündeten Augenwinkeln. Antonie rieb sie ihm mit Walfett ein, das sie teuer im Kolonialwarenladen erstanden hatte. So etwas gab es nun: Kolonialwarenläden. Adelbert fragte nicht, wie der Händler an die Ware gekommen war, was er dafür getauscht hatte.

Er saß mit geschlossenen Augen auf dem Sessel, während Antonie ihm zärtlich über die Wangen fuhr. Er war nun siebenunddreißig Jahre alt, und bestimmt entdeckte Antonie gerade ein paar Falten an ihm. Sie hatte kürzlich ihren neunzehnten Geburtstag gefeiert. Er musste ihr uralt vorkommen. Wollte sie überhaupt... Konnte sie sich überhaupt vorstellen, mit ihm...?

Er behielt seine Augen geschlossen, als er um ihre Hand anhielt, was rückblickend feige erscheinen mag. Aber mit offenen Augen hätte er es nicht geschafft. Und hätte sie nein gesagt, wäre er mit geschlossenen Augen aufgestanden, aus dem Haus gestolpert und immer weiter gegangen, bis eine Pferdekutsche ihn überfahren oder er in die Spree gefallen wäre. Aber Antonie sagte ja. Er öffnete seine Augen, sah ihr Lächeln und Tränen in ihren Augen. Als sie sich küssten, wurden sie von einem Klopfen an der Tür gestört. Ein Brief war für Adelbert abgegeben worden:

Verehrtester Weltumsegler und berühmter Naturforscher! Bitte mir gefälligst Auskunft zu geben! Gehören die sogenannten Wickelschwänze zum Geschlecht der Affen oder zu dem der Kobolde? Ich präferiere Letzteres, vielleicht weil ich selbst ein unverbesserlicher Kobold bin?

Hoffe, Sie bald zu sehen,
Ihr E.T.A. Hoffmann

Hitzig, Antonie und Adelbert machten sich auf, um bei Hoffmann ihr Wiedersehen zu feiern. Man wollte sich nun wieder regelmäßig zum Dichten und Trinken treffen, obwohl Adelbert mit dem Dichten, und eigentlich auch mit dem Trinken, nicht mehr viel am Hut hatte. Er sah sich als Botaniker, vielleicht auch als Entdecker, als jemand, der der zählbaren Wirklichkeit mehr Vertrauen schenkte als der ungefähren.

Sie spazierten zu dritt an der neuen Universität im Prinz-Heinrich-Palais vorbei. Unter den Linden flanierten alte Stutzer mit Gehstock und Dreizackhut neben einzelnen Damen in neuester Pariser Mode. Berlin hatte sich verändert. Die meisten Straßen waren mit Granitstein bepflastert, die Spree begradigt und unzählige neue Brücken gebaut worden. Auf ihrem Weg zu Hoffmann wurden sie von Mietdroschken überholt, das waren Kutschen auf Schienen, die Hitzig als Ausgeburten der Hölle beschrieb, weil sie so viele Unfälle verursachten. Täglich wurden Hunde überrollt, und zuweilen auch Menschen, aber die Passanten schienen sich daran zu gewöhnen und sagten, dass das Stadtleben nun einmal gefährlich sei. Früher, erinnerte sich Adelbert, hatte man so über das Leben jenseits der Stadtmauern gesprochen. Es gab zwei neue Theater in Berlin, und aus den Fabriken am Ostrand der Stadt zogen Rußwolken manchmal bis zum Schloss. Es hieß, der König habe einen Ingenieur damit beauftragt, einen Riesenblasebalg zum Zurückdrängen der Rußwolken zu entwickeln, bislang jedoch ohne Erfolg.

Die alten Holzhäuser am Ufer hinter dem Schloss waren abgerissen worden. Früher war dies die Gegend der Bettler und Gauner gewesen. Adelbert hatte es immer seltsam gefunden, dass sie so nah beim Schloss hausten. Er selbst hatte manche Abende hier gewartet, damals, als er hungerte und auf Essensabfälle aus der königlichen Küche hoffte. Sollte er davon erzählen? Was wusste seine Verlobte überhaupt von seinen vielen anderen Leben? Antonie summte ein Liedchen, Hitzig hielt sein Gesicht in die wärmenden Sonnenstrahlen, und Adelbert dachte an die Zeit, als er bettelarm, aber vom Wunsch nach einem wahrhaftigen Künstlerleben getrieben, durch die Straßen gezogen war. Sein damaliges Leben erschien ihm nun voller Widersprüche. Er war empfindsam gewesen und gerne provokant, hatte unabhängig sein wollen und trotzdem nach Anerkennung gegiert. Ein paar Freundschaften hatte er opfern müssen, um sich dieses krumme Selbstbild zu bewahren.

War er nun alt genug, um zu wissen, was er konnte und was nicht? »Ich bin nie ein guter Gedichteschreiber gewesen«, sagte er unvermittelt. »Zwei oder drei passable waren dabei, aber der Rest…« Bevor Hitzig protestieren konnte, bogen sie in die Taubenstraße ein, von wo sie schon Hoffmanns Eckhaus am Gendarmenmarkt sahen.

Als sie Hoffmanns Wohnung betraten, umwehte sie der vertraute Duft nach Räucherkerzen und Punsch, doch darunter versteckte sich ein Geruch nach Krankheit und nach Medizin. Gespräche drangen aus der guten Stube, viele Gäste waren da, auch Rahel und Karl Varnhagen. Die beiden schienen glücklich, und Karl – ganz Diplomat – wollte von ihm eine genaue Beschreibung der russischen Expansionspläne im Pazifik. Adelbert vertröstete ihn, auch vertraute er Varnhagen, seitdem er beim Wiener Kongress die Restauration unterstützt hatte, nicht mehr wie früher. Mehr aus Rücksicht auf Rahel wechselten sie höfliche Worte, bevor Adelbert sich nach dem Gastgeber umsah.

Er fand Hoffmann am Eckfenster stehen, noch kleiner und krummer als in seiner Erinnerung. Vor dem neu errichteten Schauspielhaus auf dem Gendarmenmarkt wurde gerade eine Demonstration aufgelöst. Hoffmann schüttelte den Kopf. »Nichts ist mehr erlaubt!«

»Am besten, man schaut weg.«

»Oder man bekämpft es.«

Adelbert fühlte sich zu schwach dafür, und Hoffmann machte keinen stärkeren Eindruck. Im Laufe ihres Gesprächs sagte Hoffmann, sie beide wären wie der französische und der deutsche Dom. Dem widersprach Adelbert, denn er fühlte sich weder so fest verankert noch so eindeutig französisch, und schon gar nicht war er so dick! Da hörte Adelbert eine vertraute Stimme im Nebenzimmer und erstarrte. Konnte das sein? Diese Stimme, diese Person, hatte er hier am wenigsten erwartet. Er ging sogleich hinüber, um sich zu vergewissern.

Es war Wilhelmine, aus irgendeinem Grund hatte Hoffmann auch sie eingeladen; bestimmt wusste er nicht, dass sie sich kannten. Sie hatte zugenommen, war geradezu rund geworden, mit roten Bäckchen im Gesicht und Röllchen um den Bauch, und auf dem Kopf trug sie eine Pfauenfeder. Kreischend wie eine alte Mamsell kam sie mit ausgebreiteten Armen auf Adelbert zu. »Du bist eine richtige Berühmtheit geworden!« Sie rieb ihren Busen an seinem Oberarm, strich mit der Hand über seinen Rücken als wollte sie ihn wärmen. Dabei war ihm ganz und gar nicht kalt. Er sprang zurück. Seine Augen suchten Antonie, dann erst dachte er an das gemeinsame Kind, das gestorben war. Er musste mit Wilhelmine darüber reden. Hatte die Kleine schon einen Namen gehabt? Er fühlte Mitleid mit Wilhelmine, nahm ihre beiden Hände in seine und küsste sie. In diesem Moment kam Antonie aus dem Nebenzimmer, sie sah die beiden und machte auf der Stelle kehrt.

»Galant wäre es gewesen«, sagte Wilhelmine zwinkernd, »die Orchidee nach einer Dame zu benennen.« In der Vossischen Zeitung war eine Abbildung der Orchideenart mit der blauen Blüte erschienen, die nun seinen Namen trug: *Chamissonia.* Antonie hatte die Abbildung ausgeschnitten, und manche Näherin benutze das Bild als Vorlage für ihre Muster. Offenbar hatte auch Wilhelmine davon erfahren.

»Wenn es die wissenschaftliche Gepflogenheit erlauben würde, hätte ich sie nach meiner Verlobten benannt.«

»Oh. Handelt es sich dabei um die Dame, deren erhitztes Gesicht ich eben kurz sehen durfte?«

»Ja. Ich stelle sie dir vor.« Er nahm Wilhelmine bei der Hand und zog sie zu Antonie. Die beiden Frauen hatten sich nicht viel zu sagen. Um so dankbarer war er, als Hitzig seine Stieftochter zu sich rief. Sobald er mit Wilhelmine allein war, fragte sie ihn, was Hippolyte von der Sache hielt.

»Welche Sache?«

»Dass du mit einer Bürgerlichen verlobt bist! Ihm wird das nicht gefallen. Du hast zwar eine blaublütige Blume gefunden, aber diese hier ist nicht blaublütig, falls du mir das Wortspiel gestattest. Das junge Ding wirkt sogar ein wenig einfältig. Langweilst du dich nicht mit ihr?«

»Kein Wort mehr darüber!« zischte er. Er hatte noch keinen Gedanken daran verschwendet, dass irgendjemand Anstoß an Antonies Herkunft nehmen könnte. Er ärgerte sich über Wilhelmine und wollte nichts mehr mit ihr zu tun haben. Er verabschiedete sich kühl und kehrte zu Hoffmann zurück, der einer Runde von Zuhörern gerade erzählte, dass Turnvater Jahn wegen demagogischer Umtriebe verhaftet worden war. »Diese lächerlichen Foltergeräte in der Hasenheide hat man beschlagnahmt«, krächzte Hoffman, »und das ist das einzig Gute an der Sache.«

Er hatte Ludwig Jahn nie gemocht, aber immerhin war er für freie Wahlen eingetreten, was ihm nun offenbar zum Verhängnis geworden war. Als Kammergerichtsrat war Hoffmann mit der Begutachtung der polizeilichen Vernehmungsakten Jahns beauftragt worden und hatte auf Freispruch plädiert.

»Ich konnte beim besten Willen keine Majestätsbeleidigung erkennen,« sagte Hoffmann, vor seinen Zuhörern lebhaft gestikulierend. Die flinken Hände schienen mit unsichtbaren Wesen zu ringen, oder vielmehr schien Hoffmann seine Hände absichtlich so zu halten, dass Feen, die nur er sah, darauf balancieren konnten.

»Und wisst ihr, wie man mich inzwischen nennt?« fragte Hoffman in die Runde. »Demagogenanwalt! Ihr müsst aufpassen, überall sind Spitzel, bestimmt auch hier auf der Feier.«

Adelbert stutzte. Wenn jemand nicht hierher passte, dann Wilhelmine. Unauffällig beobachtete er durch die offene Stubentür, wie sie von Gast zu Gast ging und nickte, wobei die Pfauenfeder über ihren Gesprächspartnern wippte wie ein unheilvolles Omen. Es sah wirklich so aus, als würde Wilhelmine Informationen sammeln. Und als sie durch eine Tapetentür verschwand, war Adelbert alarmiert, und folgte ihr in ein Treppenhaus, das er noch nie benutzt hatte. Mit wem traf sich Wilhelmine hier? Er blickts durchs Treppenhaus nach oben, hörte Schritte über sich und schlich die Stufen hinauf. Als er ganz oben ankam, rief Wilhelmine: »Erwischt!« und fiel ihm um den Hals.

Er schob sie von sich weg. »Arbeitest du für die Geheimpolizei?«

Wilhelmine lachte.

»Unser Kind…«, stammelte Adelbert.

»Kein Wort darüber.« Sie legte ihm einen Finger auf die Lippen, dann versuchte sie, ihn zu küssen. Er zuckte zurück und schwor ihr, dass er Antonie liebte. Als Wilhelmines Blick sich verdüsterte, wandte er sich ab und kehrte zur Feier zurück.

Anfang 1819 legte er auf Empfehlung seines Zoologie-Professors Lichtenstein in der Medizinischen Fakultät die Abhandlung *Von einigen Tieren aus der Linneischen Klasse der Würmer* vor, die ihn zum Doktor machte. Für 600 Taler im Jahr trat er eine Stelle im Botanischen Garten in Schöneberg an, wo er und Antonie im Gartenhaus wohnten, das sie sich mit Kanapees und Lehnstühlen gemütlich einrichteten. Antonie bekam, ganz nach der Mode der Zeit, einen Nähtisch, und Adelbert einen Patentsekretär mit dutzenden Schubladen, den er sich aus Wien besorgte. Er richtete sich sorgfältig ein, konnte sich sogar vorstellen, seinen Lebensabend hier zu verbringen. Er galt nun als Experte für Algologie, nachdem er acht neue Algenarten aus dem Meer gefischt hatte. Nicht dass ihn Algen besonders faszinierten. Aber es hatte sich nun einmal so ergeben. Sein Ruf gründete insbesondere auf der Entdeckung einer neuen, kuriosen Form der Fortpflanzung. Als er eines Tages vergessen hatte, sein Labor zu lüften, fand er in der ungewöhnlich warmen Zimmertemperatur unter seinem Mikroskop ein ganz seltsames Gewirr, das am Vortag noch nicht dagewesen war. Die Alge hatte sich unplanmäßig und ganz ohne die Befruchtung durch eine andere Alge vermehrt. Er ließ die Probe eine Woche lang stehen und notierte die Veränderungen, und so fand er heraus, dass sich das Pflänzchen, wohl um Zeit und Energie zu sparen, nicht nur geschlechtlich, sondern auch ungeschlechtlich, durch Teilung, fortpflanzen konnte.

Die Entdeckung verschaffte ihm große Anerkennung an der Universität, wo er nun Vorlesungen hielt und allgemein so viel Zeit verbrachte, dass die Kollegen, als Antonie in den folgenden Jahren drei Kinder gebar, scherzhaft fragten, ob die Fortpflanzung in diesen Fällen geschlechtlich oder per Selbstteilung erfolgt sei.

Nach Jahren der Erfolglosigkeit erntete er nun Beifall von allen Seiten. Er war von Menschen umgeben, die ihn unterstützten, die von ihm sagten, er hätte eine gewinnende Art. Adelbert traute dem nicht recht. Wo war seine gewinnende Art gewesen, als er Hilfe bitter nötig hatte? Er war beharrlich und fleißig gewesen, und natürlich hatte er Glück gehabt, auch wenn es lange auf sich warten ließ. Er beneidete die jungen Erfolgreichen, die früh vom Glück Begünstigten, die nicht anders konnten, als sich mit ihrem Schicksal identisch zu fühlen. In ihm dagegen blieb stets der Zweifel.

Er brachte die Abende nun am liebsten in seinem Ohrensessel zu, mit einer Pfeife im Mundwinkel und mit Lektüre auf dem Schoß. Choris hatte ein Buch mit Bildern unter dem Titel *Bei kunstsinnigen Kannibalen* veröffentlicht, darin blätterte Adelbert voll Ärger über den verleumderischen Titel.

Er legte Choris' unsägliches Machwerk beiseite und schlug Hoffmanns Novellensammlung *Die Serapionsbrüder* auf, deren Rahmenhandlung ihre gemeinsamen Abende wiedergab. Auch eine Figur, die ihm ähnelte, tauchte auf, und er fand sich treffend beschrieben. Aber gerade als er es sich in seinem Ohrensessel behaglich machte, hörte er Antonie in der Küche mit Geschirr klappern. Er stand auf und zog sich seinen Mantel an, um Hoffmann zu besuchen.

Sein Freund war kürzlich achtundvierzig Jahre alt geworden, hatte seinen Geburtstag aber aus gesundheitlichen Gründen nicht gefeiert. Als er bei dessen Wohnung eintraf, öffnete die Köchin die Tür. Hoffmann selbst war zu schwach, um noch aufstehen zu können, er lag, schon fast vom Leben besiegt, auf dem Sofa, sein wilder Backenbart ergraut. Der stiere Blick, der auf so viele Menschen unheimlich wirkte, war in den vergangenen Monaten noch intensiver geworden.

»Berlin wächst«, krächzte Hoffmann zur Begrüßung, »während mein Märchenmuskel verkümmert. Mir will nichts mehr einfallen!«

Es stimmte, Berlins Stadtgrenzen waren ins Umland vorgedrungen. Er erinnerte sich, wie er mit Cérès vor dem Halleschen Tor im hohen Gras gelegen hatte, wie viele Jahre war das her? Nun befanden sich dort eng aneinandergebaute Wohnhäuser um den Friedhof herum. Und Cérès? Wo war sie jetzt? Damals hatte er behauptet, ein guter Vater für ihren Sohn sein zu können, aber bei seinen eigenen Kindern hielt Antonie ihm oft vor, zu nachgiebig zu sein, sich zu sehr aus der Erziehung herauszuhalten.

»Der Botanische Garten ist auch schon ganz von Häusern umgeben«, sagte Adelbert und setzte sich neben das Sofa. »Bald wird man stundenlang gehen müssen, um ein Stückchen Natur zu sehen.«

Wann war er selbst zuletzt in der Natur gewesen? Er hatte so gut wie keine Zeit mehr dafür. Hoffmann war abgemagert und konnte seine Beine nicht mehr bewegen. Und er war demoralisiert, weil sein Roman-Manuskript mit dem Titel *Meister Floh* im Verlag beschlagnahmt worden war, angeblich weil das Manuskript aus vertraulichen Prozessakten zitierte. Außerdem war ihm per Kabinettsbeschluss das Schreiben weiterer Romane untersagt worden. »Man kann niemandem das Schreiben von Romanen verbieten«, ereiferte sich Hoffmann, »das ist so lächerlich.«

Sie unterhielten sich über den Theaterdirektor August von Kotzebue, der sich in einer Satire über liberale Burschenschaften lustig gemacht hatte und daraufhin von einem Studenten ermordet worden war. Adelbert beunruhigten solche Gewaltausbrüche, die es in letzter Zeit häufiger gab, und er erzählte Hoffmann, dass Kotzebues Sohn sein Kapitän auf der *Rurik* gewesen war.

»Der Sohn hat es richtig gemacht, hat Deutschland verlassen«, seufzte Hoffmann.

Die Köchin klopfte an und sagte, drei Beamte stünden vor der Tür und wollten Herrn Hoffmann vernehmen. Adelbert ging zu ihnen, um zu protestieren, und als das nichts half, schickte er die Köchin nach einem Arzt, der Hoffmanns Vernehmungsunfähigkeit attestieren sollte. Die Beamten sagten, sie würden so lange warten, und einer von ihnen hielt ein Jagdfernrohr in der Hand, mit dem er sich spaßeshalber im Treppenhaus umsah.

»Schau'n Sie mal verkehrt rum rein«, sagte Adelbert, aber der Beamte schüttelte den Kopf, zückte seine Taschenuhr und schien von da an die Minuten zu zählen. Als der Arzt nach einer halben Stunde noch nicht da war, verlangten die Männer, die Wohnung betreten zu dürfen. Es kam zu einer Rangelei, Adelbert schlug ihnen die Wohnungstür vor der Nase zu und setzte sich zu Hoffmann, als wäre nichts geschehen. Er schnaufte nur ein wenig und versuchte, sich zu beruhigen, da sah er, dass Hoffmanns Gesicht blau angelaufen war.

»Die Lähmung hat meinen Hals erreicht«, krächzte Hoffmann.

Adelbert sprang auf, knöpfte ihm den Kragen auf und ging dann zum Fenster, um nach dem Arzt zu schauen, während Hoffmann von tierischem Magnetismus und dem Zeitalter der Elektrizität redete, als sähe er das alles in einer letzten Vision vor sich.

Wo blieb nur die Köchin mit dem Arzt? Hatte sie Angst bekommen und traute sich nicht mehr her? Als er endlich Schritte im Treppenhaus vernahm, stürzte er zur Tür und riss sie auf, doch dort stand nur der Graue.

»Dr. Chamisso, wie schön, Sie wiederzusehen. Keine Sorge, ich bin nicht wegen Ihnen hier. Herr Hoffmann erwartet mich bereits. Alles hat er mir zu verdanken, und jetzt hole ich mir meinen Teil.«

Adelbert wurde kalt, er erinnerte sich an den Nordpol, die Nacht, die er unter dem umgekippten Beiboot verbracht hatte. Als er zitterte, lachte der Graue und sagte »Schauen Sie doch mal, wie viele Finger Sie an den Händen haben!«

Wie ein Schwachsinniger zählte Adelbert seine Finger ab, es waren sechs an jeder Hand. Bestürzt schlug er die Tür zu, drehte den Schlüssel zweimal um und kehrte, blass und zitternd, in die gute Stube zurück, wo Hoffmann, mit offenem Mund und offenen Augen, tot auf dem Sofa lag.

Drei Tage nach Adelberts einundvierzigstem Geburtstag erhielt er die Nachricht vom Tod Hippolytes, der am Schlagfuß gestorben war. Dass er seinen Bruder nie mehr wiedersehen würde, nahm er seltsam distanziert zur Kenntnis. Sie hatten sich nicht mehr viel zu sagen gehabt in den letzten Jahren. Wie an jedem Wochentag ging Adelbert den Weg von der Universität zum Botanischen Garten zu Fuß, ein Marsch von zwei Stunden, der ihm nach den Stunden im Labor oder im Vorlesungssaal guttat. Es war ein Frühlingstag, und er beobachtete die alten Leute, die an den frischen, über die Gartenzäune hängenden Blüten rochen und mit geschlossenen Augen lächelten. Je älter sie wurden, desto mehr freuten sie sich über jeden neuen Frühling, während die Kinder die Blüten gnadenlos abrupften.

Adelberts Geruchssinn war abgestumpft, er roch die Pflanzen einfach nicht mehr, wahrscheinlich weil er ständig von ihnen umgeben war. Trotzdem ging es ihm nicht schlecht. Jedenfalls beeinträchtigte der Tod seines Bruders nicht seine Arbeit, und immerhin fühlte er sich gesund. Er hatte kürzlich den Auftrag erhalten, für das Kultusministerium eine Übersicht der nutzbarsten und schädlichsten Gewächse, die wild oder angebaut in Norddeutschland vorkamen, anzulegen. Diese Übersicht, ein Nachschlagewerk von mehreren hundert Seiten, sollte 1827 in Druck gehen, und bis dahin musste er mehr als siebenhundert Pflanzen beschreiben und vierunddreißig Herbarien für den Unterricht an Schulen zusammenstellen. Aus allen Teilen Norddeutschlands wurden ihm Pflanzen zugeschickt, und Adelbert saß oft bis spät in die Nacht in seinem Arbeitszimmer im Gartenhaus vor Präparaten und Tabellen, bis sein Blick verschwamm. Er setzte sich erschöpft in seinen Ohrensessel, legte sich eine Wolldecke über die Beine und zündete sich die letzte Pfeife des Tages an. Er hörte Antonie im Schlafzimmer nebenan husten, eine hartnäckige Erkältung quälte sie seit Wochen, der Arzt hatte ihr Bettruhe verordnet. Mit geschlossenen Augen träumte Adelbert, wie so oft, von den Robbenjägern, wie sie um Tabak bettelten, und von Lani am Strand von Hawaii. Wie würde er jetzt leben, wenn er dortgeblieben wäre? Wenn er sich der Anweisung des Kapitäns widersetzt hätte? War er zu vernünftig gewesen?

Er musste eingeschlafen sein und wurde von einer Hitze auf seiner Brust geweckt. Als er die Augen aufschlug, sah er Flammen um sich, seine Pfeife war ihm im Schlaf aus dem Mund gefallen. Er sprang auf, warf die brennende Decke von sich und trat darauf, doch in Windeseile begannen auch der Teppich und die Vorhänge zu brennen. Er holte Antonie und die Kinder aus den Betten; sich an den Händen haltend, rannten sie nach draußen und mussten mit ansehen, wie das Gartenhaus vollständig abbrannte.

Die Feuerwehr kam spät und schleppte Wassereimer herbei, auch Adelbert reihte sich in die Menschenkette ein, aber er wusste, dass seine Pflanzensammlung und die Herbarien und die Schriften zerstört waren. Später, als das Feuer gelöscht war und er durch die verkohlten Überreste ging, musste er weinen, und er merkte, dass er nicht nur wegen der Pflanzen und Schriften weinte, sondern wegen etwas, das er lange vorher verloren hatte.

Vorerst zogen sie zu Hitzig, der inzwischen halb erblindet war und sich freute, seine Pflegetochter wieder um sich zu haben. Aber die Wohnung war zu klein für die ganze Familie, und während Adelbert seine Arbeit für das Kultusministerium wieder aufnahm, sah er sich nach einem neuen Domizil um. Er erhielt nun einen Assistenten, der ihm half, den durch den Brandt entstandenen Rückstand aufzuholen. Adelbert schuftete wie ein Ochse, er bekam er einen Buckel und ein steifes Kreuz. Wie faltig inzwischen seine Handrücken geworden waren! Dieser Körper, mit dem er an hawaiianischen Tänzen teilgenommen hatte, war nun der eines preußischen Bürokraten.

Ein Buch mit seinen alten Gedichten wurde neu aufgelegt und verkaufte sich überraschend gut. Es hieß *Frauen – Liebe und Leben*, und Antonie, die ihn nur noch »Väterchen« nannte, reagierte spöttisch auf den Erfolg. »Jetzt bist du ein Frauen-Schriftsteller geworden? Du blickst in ihre Herzen und erkennst… was?«

»Ich habe keine Ahnung.«

Er gab einen neuen *Musenalmanach* heraus, in dem junge Dichter wie Heinrich Heine oder Ferdinand Freiligrath veröffentlichten, aber bei der Auswahl der Gedichte kuschte er vor der Zensur, bevorzugte harmlose Natur- und Liebeslyrik. Berühmtheiten besuchten ihn, darunter Hans Christian Andersen, dem Adelbert die Stadt zeigte. Die beiden Schriftsteller erzählten sich gegenseitig die Gerüchte, die über sie in der Öffentlichkeit kursierten. Angeblich hätte Adelbert sich in Paris dem Bankier de

Rothschild gegenüber in einem Robinson-Kostüm gezeigt. »Wie kommen die Leute nur auf solche Ideen?«

»Nun, Sie sind gebürtiger Franzose und Sie waren in der Südsee. Mehr braucht die Fantasie nicht.«

Ihm war der Ruhm als Dichter selbst ein wenig peinlich, aber immerhin konnte er von den Einnahmen ein Haus in der südlichen Friedrichstraße, am Belle-Alliance-Platz, kaufen, mit einer Köchin, einem Knecht und einer Krankenschwester für Antonie, bei der eine Tuberkulose festgestellt worden war. Drei Wochen Kur in Karlsbad brachten ihr keine Besserung.

Die Sächsische Akademie der Naturforscher lud ihn nach Dresden ein, um ihm den Ehrennamen des Weltumseglers »Jason« zu verleihen. Mehr als auf die Auszeichnung freute Adelbert sich auf die Fahrt dorthin, denn er wollte an der Jungfernfahrt der ersten deutschen Fernbahnstrecke von Leipzig nach Dresden teilnehmen. Er war vorher noch nie mit der Eisenbahn gefahren und hatte die abenteuerlichsten Geschichten darüber gehört. Außerdem hatte er, da er an den Fortschritt, an die Verbesserung der Welt durch Telegraphen, Börse und Dampfmaschine glaubte, Eisenbahnaktien gezeichnet. Das Leben war mächtig, und zu leben bedeutete, Verbindungen aufzunehmen, das hatte Adelbert von den Pflanzen gelernt. Er hätte zwanzig Gulden darauf gewettet, dass spätestens in fünfzig Jahren Schiffe die Landenge von Panama durchfahren würden.

Zunächst stieg er in Berlin in die Postkutsche nach Leipzig. Nach der neuesten Mode trugen die Männer hohe Hüte, die man »Zylinder« nannte. Auch er hatte sich einen zugelegt. Mit einem Mitreisenden unterhielt er sich über die Cholera, die in Berlin ausgebrochen war. Man nannte sie die »indische Krankheit«, weil sie von Osten her käme. Rahel war kürzlich daran gestorben. Zuvor hatte sie ihm geschrieben, dass wieder Juden angefeindet wurden, weil man ihnen die Schuld an der Krankheit gab. Er sorgte sich um Antonie, die durch ihre Tuberkulose ohnehin schon geschwächt war. Nach seiner Rückkehr wollte er endlich die Grammatik der Hawaiianischen Sprache und den Bericht seiner Weltreise schreiben. Warum hatte er das so lange aufgeschoben? Hatte er gedacht, er hätte ewig Zeit?

Adelbert machte es sich in der Kutsche bequem, blickte aus dem Fenster und versuchte sich vorzustellen, nicht von Pferden, sondern von Dampf gezogen zu werden. Angeblich war es in England wegen der hohen Geschwindigkeit der Lok zu Verwirrtheiten bei den Fahrgästen gekommen. Er schlug die Zeitung auf, da war es wieder, das ganze Schlachtgemälde: Cholera, liberale Unruhen in Paris und in Polen, Regentenmorde in Griechenland und Albanien. Angeblich stand wieder eine Revolution bevor. Die wievielte für ihn? Sein Leben wurde von Revolutionen begleitet, unterbrochen nur von kurzzeitigen Gewöhnungsphasen. Die Jahre waren so schnell vergangen; erfolgreiche Jahre, weniger erfolgreiche Jahre. Dass er irgendwann in Jahren rechnen würde, hatte er sich als junger Mensch nicht vorstellen können.

Als sie im Norden von Leipzig hielten, standen bereits hunderte Schaulustige am Bahnhof, um die Jungfernfahrt zu feiern. Adelbert stieg in den überdachten Wagen der ersten Klasse, ein offener Wagen der zweiten Klasse hing am Ende des Zugs. Als sich die in England gebaute Lock in Bewegung setzte, applaudierte die Menge. Adelbert aber war die abrupte Beschleunigung nicht gewohnt und sein Magen wurde vom restlichen Körper hinterhergezogen. Seinen Mitreisenden ging es nicht anders. Der Leipziger Bürgermeister, der leitende Ingenieur, die Honoratioren der Stadt – alle waren blass im Gesicht.

Draußen auf der parallel verlaufenden Straße versuchten Reiter mitzuhalten, aber nach wenigen Minuten waren sie abgehängt. Adelbert gewöhnte sich an die Geschwindigkeit. Er wurde nicht vom Sitzt gehoben. In Zukunft werden sich abgelegene Weltteile miteinander verbinden, davon war er überzeugt, und mit den Regionen würden auch die Menschen in regeren Kontakt treten.

Bahnwärter salutierten ihnen. Sie überquerten die Elbe bei Riesa und durchfuhren bei Oberau einen Tunnel. Gegen den Lärm anschreiend erklärte der Ingenieur, dass der Tunnel fünfhundertdreizehn Meter lang und von Freiberger Bergknappen mit einem Dampfbohrer ins Gestein getrieben worden war. Dampf, überall Dampf! Dampfschiffe auf dem Atlantik und Dampfwalzen in den Fabriken. Dass etwas so Weiches wie Dampf so kraftvoll sein konnte, fand Adelbert geradezu fantastisch.

Sie verließen den Tunnel. Schafe und Bauernhöfe flogen vorbei, und alles kam Adelbert kleiner vor, wie eine Landschaft aus Puppenhäusern. Die Honoratioren hielten ihre Zylinder fest, denn auch im geschlossenen Wagen wehte Fahrtwind. In der zweiten Klasse waren Gummimäntel und Schutzbrillen verteilt worden, aber hier, in der ersten Klasse, brannten Adelbert von den Rußkörnern in der Luft die Augen. Da es noch keine erfahrenen deutschen Lockführer gab, stammte der ihre aus England. Er hieß James, und als Adelbert seinen Kopf aus dem Wagen steckte und mit zusammengekniffenen Augen nach vorn blickte, um den Lokführer zu grüßen, sah er erst nur grauen Qualm und dann den Grauen selbst, wie er Kohlen vom Tenderwagen in die Lok schaufelte. Adelbert erschrak nicht. Es musste wohl so sein.

Bisher hatte die Fahrt von Leipzig nach Dresden mit der Kutsche sechzehn Stunden gedauert, heute kamen sie schon nach vier Stunden an. Sie stiegen verschwitzt am frisch gezimmerten Bahnsteig aus, aber keine Blaskapelle empfing sie, sondern wütender Protest. Kutscher und Postillione, die um ihre Gewerbe fürchteten, buhten sie aus, auch Bauern, die sich um ihr Vieh neben den Schienen sorgten. Eine Revolution gegen die nächste Revolution, alles war im Fluss, dachte Adelbert, und erst wenn alles vor Kälte erstarrte, war es vorbei. Er zog sich seinen Zylinder tiefer in die Stirn, duckte sich weg, als ein Ei angeflogen kam, und fuhr mit der nächsten Kutsche in die Innenstadt zur Akademie, um die Auszeichnung entgegenzunehmen.

Für meinen Vater

Bücher
sind
fliegende
Teppiche
ins Reich
der Fantasie.

James Daniel

Die Arbeit am Roman wurde mit einem Neustart-Kultur-Stipendium gefördert.

Das vorangestellte Zitat stammt von
Nicolás Gómez Dávila.

MIX
Papier | Fördert gute Waldnutzung
FSC® C083411

Bibliografische Information der Deutschen Nationalbibliothek
Die Deutsche Nationalbibliothek verzeichnet diese Publikation in der Deutschen Nationalbibliografie; detaillierte bibliografische Daten sind im Internet über http://dnb.d-nb.de abrufbar.

Dieses Werk wurde vermittelt durch die Literarische Agentur Simon, www.agentursimon.com

Lektorat: Tabea A. Rotter
Covergestaltung: Anja Carrà, Weimar
Bildnachweis: © AdobeStock
(Muschel: blumer1979; Ornament: Thomas Leonhardy)
Umschlag, Satz und Layout: Anja Carrà, Weimar
Der Titel wurde in der Times New Roman gesetzt.
Gesamtherstellung: CPI books GmbH – Germany

ISBN: 978-3-7374-1199-8

Mehr über Ideen, Autoren und Programm des Verlags finden Sie auf www.verlagshausroemerweg.de und in Ihrer Buchhandlung.